编委会

普通高等学校"十四五"规划旅游管理类精品教材
教育部旅游管理专业本科综合改革试点项目配套规划教材

总主编

马 勇　教育部高等学校旅游管理类专业教学指导委员会副主任
　　　　中国旅游协会教育分会副会长
　　　　中组部国家"万人计划"教学名师
　　　　湖北大学旅游发展研究院院长，教授、博士生导师

编 委（排名不分先后）

田 里　教育部高等学校旅游管理类专业教学指导委员会主任
　　　　云南大学工商管理与旅游管理学院原院长，教授、博士生导师
高 峻　教育部高等学校旅游管理类专业教学指导委员会副主任
　　　　上海师范大学环境与地理学院院长，教授、博士生导师
韩玉灵　北京第二外国语学院旅游管理学院教授
罗兹柏　中国旅游未来研究会副会长，重庆旅游发展研究中心主任，教授
郑耀星　中国旅游协会理事，福建师范大学旅游学院教授、博士生导师
董观志　暨南大学旅游规划设计研究院副院长，教授、博士生导师
薛兵旺　武汉商学院旅游与酒店管理学院院长，教授
姜 红　上海商学院酒店管理学院院长，教授
舒伯阳　中南财经政法大学工商管理学院教授、博士生导师
朱运海　湖北文理学院资源环境与旅游学院副院长
罗伊玲　昆明学院旅游学院副教授
杨振之　四川大学中国休闲与旅游研究中心主任，四川大学旅游学院教授、博士生导师
黄安民　华侨大学城市建设与经济发展研究院常务副院长，教授
张胜男　首都师范大学资源环境与旅游学院教授
魏 卫　华南理工大学旅游管理系教授、博士生导师
毕斗斗　华南理工大学旅游管理系副教授
蒋 昕　湖北经济学院旅游与酒店管理学院副院长，副教授
窦志萍　昆明学院旅游学院教授，《旅游研究》杂志主编
李 玺　澳门城市大学国际旅游与管理学院执行副院长，教授、博士生导师
王春雷　上海对外经贸大学会展与传播学院院长，教授
朱 伟　天津农学院人文学院副院长，副教授
邓爱民　中南财经政法大学旅游发展研究院院长，教授、博士生导师
程丛喜　武汉轻工大学旅游管理系主任，教授
周 霄　武汉轻工大学旅游研究中心主任，副教授
黄其新　江汉大学商学院副院长，副教授
何 彪　海南大学旅游学院副院长，教授

普通高等学校"十四五"规划旅游管理类精品教材
教育部旅游管理专业本科综合改革试点项目配套规划教材

总主编 ◎ 马 勇

中国旅游文学教程
Chinese Tourism Literature Course

主　编 ◎ 艾晓玉
副主编 ◎ 龚　贤　余义兵

华中科技大学出版社
http://press.hust.edu.cn
中国·武汉

内容简介

为提高旅游专业学生的文学功底,更加深入地了解我国旅游文学的发展状况及开发利用情况,我们编写了这本《中国旅游文学教程》,以适应新形势下旅游教育事业的发展。本书按文体将旅游文学的主要内容分成七章,第一章为绪论,第二章到第七章分别为旅游诗歌、旅游散文、旅游小说、旅游楹联、旅游广告文案及旅游解说词,对旅游文学的不同文体分别进行了概述,再配合相关作品赏析,加深学生对该文体特色的理解,同时加入字词注释和景点说明等相关内容,丰富阅读体验,加深学生对旅游的认知和理解。

图书在版编目(CIP)数据

中国旅游文学教程/艾晓玉主编. —武汉:华中科技大学出版社,2024.3
ISBN 978-7-5772-0604-2

Ⅰ.①中… Ⅱ.①艾… Ⅲ.①旅游-文学-中国-教材 Ⅳ.①I206

中国国家版本馆CIP数据核字(2024)第056629号

中国旅游文学教程 艾晓玉 主编
Zhongguo Lüyou Wenxue Jiaocheng

总 策 划:李 欢	
策划编辑:李 欢 王雅琪	
责任编辑:鲁梦璇	
封面设计:原色设计	
责任校对:阮 敏	
责任监印:周治超	
出版发行:华中科技大学出版社(中国•武汉)	电话:(027)81321913
武汉市东湖新技术开发区华工科技园	邮编:430223
录 排:孙雅丽	
印 刷:武汉市籍缘印刷厂	
开 本:787mm×1092mm 1/16	
印 张:13.75	
字 数:298千字	
版 次:2024年3月第1版第1次印刷	
定 价:49.80元	

本书若有印装质量问题,请向出版社营销中心调换
全国免费服务热线:400-6679-118 竭诚为您服务
版权所有 侵权必究

总序
Preface

习近平总书记在党的二十大报告中深刻指出,要实施科教兴国战略,强化现代化建设人才支撑。要坚持教育优先发展、科技自立自强、人才引领驱动,开辟发展新领域新赛道,不断塑造发展新动能新优势。这为高等教育在中国式现代化进程中实现新的跨越指明了时代坐标和历史航向。

同时,我国的旅游业在疫情后全面复苏并再次迎来蓬勃发展高潮,客观上对现代化高质量旅游人才提出了更大的需求。因此,出版一套融入党的二十大精神、把握数字化时代新趋势的高水准教材成为我国旅游高等教育和人才培养的迫切需要。

基于此,在教育部高等学校旅游管理类专业教学指导委员会的大力支持和指导下,教育部直属的全国重点大学出版社——华中科技大学出版社,在党的二十大精神的指引下,主动创新出版理念和方式方法,汇聚一大批国内高水平旅游院校的国家教学名师、资深教授及中青年旅游学科带头人,在已成功组编出版的"普通高等院校旅游管理专业类'十三五'规划教材"基础之上,进行升级,编撰出版"普通高等学校'十四五'规划旅游管理类精品教材"。本套教材具有以下特点:

一、深刻融入党的二十大报告精神,落实立德树人根本任务

党的二十大报告中强调:"坚持和加强党的全面领导。"党的领导是我国高等教育最鲜明的特征,是新时代中国特色社会主义教育事业高质量发展的根本保证。因此,本套教材在编写过程中注重提高政治站位,全面贯彻党的教育方针,融入课程思政,融入中华优秀传统文化和现代化发展新成就,将正确政治方向和价值导向作为本套教材的顶层设计并贯彻到具体章节和教学资源中,不仅仅培养学生的专业素养,更注重引导学生坚定理想信念、厚植爱国情怀、加强品德修养,以期落实"立德树人"这一教育的根本任务。

二、基于新国标下精品教材沉淀改版,权威性与时新性兼具

在教育部2018年发布《普通高等学校本科专业类教学质量国家标准》后,华中科技大学出版社特邀教育部高等学校旅游管理类专业教学指导委员会副主任、国家"万人计划"教学名师马勇教授担任总主编,同时邀请了全国近百所高校的知名教授、博导、学科带头人和一线骨干教师,以及旅游行业专家、海外专业师资联合编撰了"普通高等院校旅游管理专业类'十三五'规划教材"。该套教材紧扣新国标要点,融合数字科技新技术,配套立体化教学资源,于新国标颁布后在全国率先出版,被全国数百所高等学校选用后获得良好反响。其中《旅游规划与开发》《酒店管理概论》《酒店督导管理》等教材已成为教育部授予的首批国家级一流本科课程的配套教材,《节事活动策划与管理》等教材获得省级教学类奖项。

此外,编委会积极研判"双万计划"对旅游管理类专业课程的建设要求,对标国家级一流本科课程,积极收集各院校的一线教学反馈,在此基础上对"十三五"规划系列教材进行更新升级,最终形成"普通高等学校'十四五'规划旅游管理类精品教材"。

三、全面配套教学资源,打造立体化互动教材

华中科技大学出版社为本套教材建设了内容全面的线上教材课程资源服务平台:在横向资源配套上,提供全系列教学计划书、教学课件、习题库、案例库、参考答案、教学视频等配套教学资源;在纵向资源开发上,构建了覆盖课程开发、习题管理、学生评论、班级管理等集开发、使用、管理、评价于一体的教学生态链,打造了线上线下、课内课外的新形态立体化互动教材。

在旅游教育发展的新时代,主编出版一套高质量规划教材是一项重要的教学出版工程,更是一份重要的责任。本套教材在组织策划及编写出版过程中,得到了全国广大院校旅游管理类专家教授、企业精英,以及华中科技大学出版社的大力支持,在此一并致谢!衷心希望本套教材能够为全国高等院校的旅游学界、业界和对旅游知识充满渴望的社会大众带来真正的精神和知识营养,为我国旅游教育教材建设贡献力量。也希望并诚挚邀请更多高等院校旅游管理专业的学者加入我们的编者和读者队伍,为我们共同的事业——我国高等旅游教育高质量发展——而奋斗!

总主编
2023 年 7 月

前言
Preface

我国幅员辽阔,山川秀美,民族众多,自然景观和人文景观不胜枚举。从古至今,多少文人墨客触景生情,写下了大量有着深厚文化底蕴的文学作品,形成了独具特色的旅游文学风格。随着岁月的沉淀,这些旅游文学作品被奉为经典,广为流传,甚至被选入中小学教材。民众对旅游景点的初始认知往往是一首诗、一篇散文或一部小说,可以说这些作品在培养潜在旅游者方面起到了长久而积极的作用。

随着旅游业的发展,旅游文学越来越受到重视。为提高旅游专业学生的文学功底,深入了解我国旅游文学的发展状况及其开发利用情况,我们编写了这本《中国旅游文学教程》,以适应新形势下旅游教育事业的发展。同时,本书也可以用作旅游爱好者自学,阅读本书有利于提升旅游者的审美情趣,丰富旅游体验,并加深旅游者对旅游的理解和认知。

本书共分成七章,第一章为绪论,第二章到第五章分别介绍了旅游诗歌、旅游散文、旅游小说、旅游楹联这四种旅游文学样式。为了提高旅游管理专业学生在实际旅游相关工作中对旅游文学的运用能力,本书增加了旅游广告文案和旅游解说词两章。需要说明的是,文学本身无功利性,而旅游广告文案和宣传解说词旨在促进旅游产品销售和提升旅游景点解说质量,往往被归类为应用文。然而,旅游广告文案和旅游解说词的写作会经常运用描写、抒情等文学创作中的手法,这一点与运用归纳、类比等逻辑方法写作的其他应用文有明显区别,但与诗歌、散文、小说、楹联等文学形式关系密切。因此,本书将这两部分列为第六章和第七章,旨在帮助旅游专业的学生在今后的职业生涯中,结合旅游的推广需求,运用旅游文学的知识和方法,创新旅游广告文案和解说词内容。

本书以中国作品为主,全面反映中国旅游文学的基本情况和发展脉络,具体特点如下。

(1) 本书按文体分类,详细介绍了与旅游行为相关的诗歌、散文、小说、楹联等文学形式,对旅游宣传涉及的旅游广告文案、旅游解说词也进行了概括和分析,以提高旅游专业学生的文学鉴赏能力和写作能力。

（2）本书对旅游文学的不同文体分别进行了概述，并结合相关的作品赏析，加深学生对该文体特色的理解，丰富阅读体验。

（3）本书在代表作品的赏析中加入了作品分析、字词注释和景点说明等相关内容，帮助学生对这些作品进行全面理解和掌握。

《中国旅游文学教程》的编写是一项艰巨的工程，很荣幸得到了江西财经大学旅游与城市管理学院的大力资助。本教材由江西财经大学工商管理学院艾晓玉老师主编并负责统稿审核，人文学院龚贤、余义兵老师参与编写。本教材在编写中引用了大量文学作品，参考了相关文献资料，若有疏漏，还望见谅，欢迎相关作者指正。在研究过程中得出的观点，有不当之处也请相关专家、学者批评指正。

编者

2023 年 12 月

目录
Contents

第一章　绪论　　/001

第一节　旅游与旅游文学　　/001
一、旅游　　/001
二、旅游文学　　/003

第二节　中国旅游文学的发展史　　/006
一、中国旅游文学的孕育期(先秦至汉代)　　/006
二、中国旅游文学的形成期(魏晋南北朝)　　/006
三、中国旅游文学的成熟期(唐宋时期)　　/007
四、中国旅游文学的巩固期(元明清时期)　　/008
五、中国旅游文学的全面发展期(近现代)　　/009

第二章　旅游诗歌　　/011

第一节　旅游诗歌概述　　/011
一、旅游诗歌的含义　　/011
二、旅游诗歌的基本分类　　/012
三、旅游诗歌的主要特点　　/015
四、旅游诗歌的写作目的　　/017

第二节　旅游诗歌作品赏析　　/018
一、山水旅游诗赏析　　/018
二、边塞旅游诗赏析　　/031
三、怀古旅游诗赏析　　/038
四、送别旅游诗赏析　　/051

第三章　旅游散文　　　　　　　　　　　　　　　　　　/057

第一节　旅游散文概述　　　　　　　　　　　　　　　　/057
　　一、旅游散文的含义　　　　　　　　　　　　　　　/057
　　二、旅游散文的基本分类　　　　　　　　　　　　　/059
　　三、旅游散文的主要特点　　　　　　　　　　　　　/060
　　四、旅游散文的主要内容　　　　　　　　　　　　　/061

第二节　旅游散文作品赏析　　　　　　　　　　　　　　/063
　　一、景物游记赏析　　　　　　　　　　　　　　　　/063
　　二、旅游辞赋赏析　　　　　　　　　　　　　　　　/073
　　三、旅游随笔赏析　　　　　　　　　　　　　　　　/089
　　四、旅游日记赏析　　　　　　　　　　　　　　　　/095

第四章　旅游小说　　　　　　　　　　　　　　　　　　/107

第一节　旅游小说概况　　　　　　　　　　　　　　　　/107
　　一、旅游小说的基本分类　　　　　　　　　　　　　/107
　　二、旅游小说的主要特点　　　　　　　　　　　　　/111
　　三、旅游小说的基本结构　　　　　　　　　　　　　/112

第二节　旅游小说作品赏析　　　　　　　　　　　　　　/113
　　一、讲史小说之历史幻化演义小说赏析　　　　　　　/113
　　二、世情小说之离魂梦幻游历小说赏析　　　　　　　/118
　　三、神怪小说之地理博物志怪小说赏析　　　　　　　/122

第五章　旅游楹联　　　　　　　　　　　　　　　　　　/128

第一节　旅游楹联概述　　　　　　　　　　　　　　　　/128
　　一、旅游楹联的含义　　　　　　　　　　　　　　　/128
　　二、旅游楹联的发展历史　　　　　　　　　　　　　/129
　　三、旅游楹联的基本分类　　　　　　　　　　　　　/130
　　四、旅游楹联的主要特点　　　　　　　　　　　　　/133
　　五、旅游楹联的功能作用　　　　　　　　　　　　　/134

第二节　中国各地的旅游楹联作品鉴赏　　　　　　　　　/135
　　一、北京　　　　　　　　　　　　　　　　　　　　/136
　　二、上海　　　　　　　　　　　　　　　　　　　　/137
　　三、天津　　　　　　　　　　　　　　　　　　　　/139

四、重庆　　　　　　　　　　　　　/140
　　五、河北省　　　　　　　　　　　　/141
　　六、山西省　　　　　　　　　　　　/142
　　七、辽宁省　　　　　　　　　　　　/143
　　八、吉林省　　　　　　　　　　　　/144
　　九、黑龙江省　　　　　　　　　　　/145
　　十、山东省　　　　　　　　　　　　/146
　　十一、江苏省　　　　　　　　　　　/148
　　十二、浙江省　　　　　　　　　　　/149
　　十三、安徽省　　　　　　　　　　　/150
　　十四、福建省　　　　　　　　　　　/151
　　十五、江西省　　　　　　　　　　　/152
　　十六、河南省　　　　　　　　　　　/153
　　十七、湖北省　　　　　　　　　　　/154
　　十八、湖南省　　　　　　　　　　　/155
　　十九、广东省　　　　　　　　　　　/156
　　二十、海南省　　　　　　　　　　　/157
　　二十一、陕西省　　　　　　　　　　/158
　　二十二、甘肃省　　　　　　　　　　/159
　　二十三、青海省　　　　　　　　　　/160
　　二十四、四川省　　　　　　　　　　/161
　　二十五、云南省　　　　　　　　　　/162
　　二十六、贵州省　　　　　　　　　　/163
　　二十七、内蒙古自治区　　　　　　　/164
　　二十八、新疆维吾尔自治区　　　　　/165
　　二十九、宁夏回族自治区　　　　　　/166
　　三十、广西壮族自治区　　　　　　　/167
　　三十一、西藏自治区　　　　　　　　/168
　　三十二、香港特别行政区　　　　　　/169
　　三十三、澳门特别行政区　　　　　　/169
　　三十四、台湾省　　　　　　　　　　/170

第六章　旅游广告文案　　　　　　　　/172

第一节　旅游广告文案概述　　　　　　　/172
　　一、旅游广告文案含义　　　　　　　/172
　　二、旅游广告文案的基本分类　　　　/173
　　三、旅游广告文案的主要特点　　　　/173
　　四、旅游广告文案的基本结构　　　　/176

五、旅游广告文案的修辞手法　　/182

第二节　旅游广告文案赏析　　/185
　　一、旅游诗歌式广告文案　　/185
　　二、旅游散文式广告文案赏析　　/187
　　三、旅游小说式广告文案赏析　　/188

第七章　旅游解说词　　/190

第一节　旅游解说词概述　　/190
　　一、旅游解说词的含义　　/190
　　二、旅游解说词的基本分类　　/191
　　三、旅游解说词的语言特点　　/192
　　四、旅游宣传片解说词的基本结构　　/193
　　五、旅游解说词的修辞手法　　/195

第二节　旅游解说词赏析　　/196
　　一、旅游景区解说词　　/196
　　二、古建筑旅游解说词　　/198
　　三、红色旅游解说词　　/201

参考文献　　/204

第一章　绪　论

本章导读　本章首先对旅游与旅游文学的基本概念进行了简要阐述,对旅游文学在文学中的地位进行了分析,并对旅游文学进行了基本分类。接着,对中国旅游文学的发展史进行了梳理,并将其分为五个时期:孕育期(先秦至汉代)、形成期(魏晋南北朝)、成熟期(唐宋时期)、巩固期(元明清时期)、全面发展期(近现代)。本章对各个时期的中国旅游文学的主要作家、特点及代表作品进行了分类概述。

学习目标　了解旅游和旅游文学的概念和关系,初步了解和认识中国旅游文学的主要题材和发展史,为中国旅游文学作品的欣赏和写作打下坚实的基础。

第一节　旅游与旅游文学

一、旅游

为了更好的生存环境,人们一直在不断迁徙和定居。人们找到宜居的地方定居下来,遇到灾难的时候又离开,这个过程不断反复,每次迁徙都是血泪淋漓的生死考验,每一次定居都是历经磨难的劫后余生。由于自然生活条件恶劣,离群索居的死亡率较高,在很长的一段时间里,先民们不喜欢离开家园,只有在迫不得已的情况下才会出门远行,"老死故乡"才是人生圆满。

最初的旅游行为是一种集体行为,比如出征、逃难等。汉字中"旅"这个字至今仍表示军队的一种编制单位,古时候五百人为一旅,军人被称为"军旅之人"。那些经常要出门谋生的人一如"军旅之人"在外奔波,所以也被称为"旅人"。"旅颜"指的是旅人困顿疲惫的样子,"旅愁"指的是在外奔波的哀愁,从这些词汇可看出,"旅"这一行为在古时候是无奈、辛苦、哀伤的。而"游"就不一样了。甲骨文中"游"字从水,字形像一个人拿着一面旗(见图1-1),跟现代导游带团的样子非常像。而从"游"字衍生出来的词语,如"逍遥游""仙游""遨游"等都具有心境闲适、无所挂碍的意味。其他派生词汇如"游玩""游览""游乐"等都具有放下生活压力、放松玩乐的意思。"游人"也与"旅人"不同,指的是那些无功利目的休闲玩乐的人。而"旅"与"游"连在一起,则表示离家旅行既有苦也有乐,同时包括了离开家园的辛苦旅程和愉快的游玩活动。最早的"旅游"二字出现在南朝诗人沈约的《悲哉行》中,诗中写道:"旅游媚年春,年春媚游人"。这里的"旅游"指的是春天走进大自然的休闲活动,即春游。这在当时是一种风俗,人们在漫长的冬天里被拘束在家中,到了春天,大地回春,万物复苏,人们纷纷出门踏青、赏花、游玩。

图1-1 "游"字的甲骨文

人类的各种迁徙与觅食的旅游行为很早就存在,但现代意义上的旅游发展至今才两百多年。现代意义上的"tour"(旅游)源自拉丁语的"tornare"和希腊语的"tornos",其本意是"围绕一个中心点或轴的运动"。这个"中心点或轴"是家、居住地或国,围绕该中心点或轴的运动就是旅游。

最早开始出游的是英国的贵族子弟。为了摆脱岛国的束缚,17世纪,英国贵族子弟开始穿越海洋前往欧洲游学,他们选择的热门地点是法国和意大利,其目的是获得更多的实践经验,吸收欧洲传统文化的精华,拓展视野,增长见识,从而融入欧洲精英阶层。后来,其他国家的贵族也纷纷效仿,兴起了子弟游学之风。一时之间,这样的游历成了贵族们精英身份的他方认证和超然优越感的自我认定。可以说,这种旅游是一种贵族教育的社会实践。但对普通大众而言,高昂的费用和不确定的旅程仍然是他们无法克服的障碍,大多数人还是过着与土地联系紧密的生活,旅游是一种遥不可及的奢望。

真正的大众旅游起步于1841年,当时英国人托马斯·库克创办了第一个旅行社。这标志着旅游不再是绕一个圈返回原地的贵族活动,而是普通民众皆可参与的娱乐休闲方式。对远方的好奇以及对现实的倦怠,促使着一批又一批的旅游者从四面八方涌入江河湖海、名山大川、草原沙漠。到今天,可以说没有什么地方没有旅游者,没有什么地方不是旅游目的地。

如今,交通发达、通信便利,旅游对很多人来说不再是奢侈的休闲活动。一句"世界那么大,我想去看看",说出了很多人的心声。人们旅行的目的多种多样,可以是观光、体验、追求冒险,或是为了学习。在旅游过程中,人们提高了自己的认知水平,丰富了阅历,增长了知识,完善了自身。对现代人而言,旅游不仅是一种休闲活动,还是一种精神生活。

我国现代意义的大众旅游始于改革开放。随着物质生活水平的提高,人们对休闲的需求不断增加。"食必常饱,然后求美;衣必常暖,然后求丽。"当基本的温饱问题解决之后,人们开始追求更高层次的享受,去各地观光、游览、探险成为新的休闲方式。

1986年,国内旅游者为2.7亿人次,到2023年,国内旅游总人次达到48.9亿,其增长势头不可阻挡。旅游的形式也丰富起来,城市观光、乡村旅游、休闲度假、骑行穿越、登高探险等旅游项目层出不穷,旅游者们各取所需,尽兴而游。旅游已然成为一项全民休闲活动,不仅城市居民,许多农村居民也加入了旅游的行列,借此拓宽视野、愉悦身心。

二、旅游文学

(一)旅游文学的概念

旅游文学是旅游的副产品,随着旅游的兴起而产生,并且不断演变。同时,旅游文学也对旅游本身产生影响。依靠旅游文学,许多景点和城市广为人知,供人千年仰望。文学创作是需要灵感的,钟灵毓秀的山水,奇异的风土人情,让文人们走出书斋,奔向远方,灵感和创意不断涌现,一篇篇旷世佳作由此产生。这些旷世佳作又吸引着心生向往的人们前来,在旅游中反复体验和品味作品中所表达的情感与体验。旅游文学已经成为旅游的核心吸引力,以至于即使一些景点多次被毁,仍然会不断地被重建,因为人们知道,尽管当年的景色不复存在,其文化内涵与情感意义仍经久不衰。

旅游文学以旅游活动为对象,将旅游活动中的吃、住、行、游、购、娱等方方面面纳入文学创作的题材之中。按照现在的普遍观点,一切跟旅游或旅游服务有关的文学作品都可被称为旅游文学。因此,旅游文学反映的是旅游生活,作者通过自己的感官,描绘出旅游中的所见、所闻、所感、所想。

旅游文学的创作可以追溯到很早,如《诗经》《楚辞》中就有与旅游相关的诗歌。然而,"旅游文学"这一概念却不是古已有之,而是直到20世纪80年代才被提出来的。1987年,中国旅游文学研究会成立,从此旅游文学的创作和研究呈现出日渐繁荣的趋势。学者们首先对古代旅游文学进行了分类研究,为当代的旅游文学创作提供了指导。这不仅有助于提升文学作品的质量,也有利于旅游产业的健康发展。此外,旅游文学作品还有一个区别于其他文学的特点,就是它们可以直接成为旅游景观的一部分,如名胜古迹的匾额、楹联、题记。匾额上虽然只有寥寥几字,但概括性极强,需要题字者具有极强的文学功底和对景色的概括能力。楹联作为一种独特的中国古代文学的样式,是名胜古迹的点睛之笔,它既是景观的装饰,也是文化品位的体现。题记则是景点建立、重修的历史见证,更是对景点景色的整体描述,一篇优秀的题记能使景点上升到极高的艺术境界。

(二)旅游文学在文学中的地位

1. 旅游文学是文学的重要组成部分

虽然作为一个文学概念,旅游文学的提出仅有近四十年的历史,但仔细分析古今中外的文学作品,到处都可以找到旅游的影子。除了为旅游而创作的作品,旅游也成为许多文学作品的重要情节和内容。那些整日坐于书斋,不亲近自然、不与他人接触的人很难创作出优秀的文学作品。旅游可以出新作，旅游可以得新知，正所谓"读万卷书，行万里路"。旅游活动本身由于其新异性，容易激发灵感和想象，许多作家通过旅游采风来收集资料、整理思路，从而创作出大量的诗歌、小说、散文、楹联，丰富了旅游文学的内容。此外，一些作品虽然不属于旅游文学的范畴，但以旅游的视角叙述故事的情节也成为了文学经典桥段。例如，《红楼梦》中"刘姥姥进大观园"这一段就写得十分精彩，刘姥姥以"游客"的身份进入大观园，作者通过她的旅程巧妙地描绘了大观园各处精致的景观设计和贵族们的生活娱乐，平民之于贵族，庸俗之于高雅，对比强烈，笑料百出。该段若单独成篇也会是一篇不错的旅游文学作品。

2. 旅游文学是文学拓展的重要领域

随着旅游者的不断成熟，个性化的旅游需求和表达诉求逐渐形成。旅游者在旅游中充实和完善自己，也希望自己的经历被看见和欣赏。因此，在旅游文学作品中描绘自己、表达自己成了旅行文学的创作动机。旅游文学的创作群体日益庞大，读者群也与日俱增。除传统的小说、诗歌、散文外，人们将旅游文学与时代和科技结合，创作出了许多代入感更强的文学作品，使读者能够在其中有所体验与感受。现在，读者只需点开一个旅行APP，搜索地点的关键词，就可看到各种旅游攻略及旅游体验分享。同时，旅游者也能成为独立的文学形象，走进文学人物形象长廊。各类旅游影视作品、网络旅游评论、短视频配文、景区宣传等，也让旅游文学创作进一步贴近民众生活。从创作到理论研究，旅游文学将进入一个新的昌盛时期，也势必会成为一门独立且深受读者欢迎的学科。

（三）旅游文学的分类

根据旅游文学的体裁，本书将旅游文学分成旅游诗歌、旅游散文、旅游小说、旅游楹联、旅游广告文案、旅游解说词等几个类别。

1. 旅游诗歌

旅游诗歌是以诗歌形式反映旅游生活的文学作品。中国的旅游诗歌通常具有简短而精致的特点，主要以抒情诗为主，以景物为咏叹对象，表达作者的情感。这些诗歌读起来朗朗上口、妙趣横生，主要分为山水诗、边塞诗、怀古诗和送别诗等。

2. 旅游散文

旅游散文是指那些在写景的基础上，抒发情感或进行议论的文章。中国的旅游散文题材丰富，写作灵活，语言优美，技法成熟，包括游记、旅游骈赋、旅游随笔、旅游景点的序或记。

3. 旅游小说

旅游小说是以小说的形式编排旅游故事，描写人物游历过程，以表达作者的思想、情感和审美情趣的作品。中国旅游小说分为讲史小说之历史幻化演义小说、神怪小说之地理博物志怪小说、世情小说之离魂梦幻游历小说三类。

4. 旅游楹联

旅游楹联指写在旅游景区门口、廊柱、亭子等楹柱上的联句，因为上下联句相呼应,所以也叫"对联"。旅游楹联分为自然景观的楹联和人文景观的楹联。楹联对语言艺术的要求很高,既要字数相同,平仄押韵,又要突出意境。

5. 旅游广告文案

旅游广告文案是让旅游目的地和旅游相关活动引起人们注意的一系列广告宣传用语。随着旅游业的兴起,许多旅游城市或景点为了宣传,投放了大量的广告和宣传片,这些广告和宣传片对树立旅游目的地形象、培养潜在旅游者具有极其重要的作用。

6. 旅游解说词

旅游解说词通过对旅游景区相关事物和历史的准确描述及情绪渲染,打动旅游者,使其了解旅游景区的实际情况、发展状态和文化意义。旅游解说词能帮助游客在观看实物或视频的过程中加深感受,使视觉与听觉相结合,让游客对景区的感知更具体、深入。

（四）旅游文学的特征

1. 真实性

除了部分旅游小说,大部分的旅游文学属于纪实文学,真实性是其第一要义。旅游文学的真实性体现在旅游文学具有记录、写景、描物的特点,如旅游诗歌、旅游散文等都建立在真实可信的旅游行为之上。首先,这些作品必须客观真实地进行创作,尤其是旅游广告和宣传更要实事求是,不能夸大其词、虚假欺骗。如果旅游者到景区后发现被欺骗,将会极大地损害景区声誉,影响其长期吸引力。此外,旅游文学的真实性还体现在情感的真实性上,故意拔高或牵强附会都会引起读者的不适,从而产生负面效果。因此,作者写作时要有真情实感,用恰当的方式表达情感,让作品更具说服力和合理性。即使是旅游小说,虽然内容可以有一定虚构性,但也要符合常理、符合地方特色、符合当地民俗民风、符合故事的历史背景。这些文学内容显得越真实,观众就越能身临其境,保持观赏的热情。

旅游文学的真实性还体现在亲历感上。旅游诗歌、旅游散文等大多以第一人称进行叙述,这增加了描写的真实性。作者将景物写实、写透后,抒情或议论也显得真实而可靠。亲历能使作品详略得当、重点突出、层次分明,引发读者的美好感受。许多旅游文学的作者本身就是旅行家,他们亲到景点、亲自体验,创作出来的作品自然情感真挚,毫不做作,更能打动人心。

2. 形象性

旅游文学的形象性首先表现在作品能栩栩如生地呈现旅游景点,让读者仿佛置身其中。这种描写带有作者极强的主观能动性,生动的叙述能让旅游中所见之物、所见之景立体而饱满、真实而可感,使读者一如亲见。即使是被他人无数遍描写过的景色,不同作者依然能从不同的角度进行描摹,找出新意,从自身的体验出发写出与众不同的感受。山水不言,清风不语,敏锐的感官和独特的写作技巧能让景物的形象重新浮现在读者眼前。

旅游文学的形象性也通过旅游者自身的形象塑造。旅游文学带有很强的个人色彩,作者本身在景中游,不是被动、机械地对景色进行说明,而是积极地对旅游生活进行描写。在旅游文学作品中,作者自身的形象也在藏在字里行间,一个孤独的行者,或一个睿智的哲人,或一个坚强的奋斗者,等等,这些形象跃然纸上,令人印象深刻。

旅游文学的形象性还表现在语言的形象性。旅游文学的语言应该鲜活、客观、不刻板,这需要创作者对语言进行提炼、加工和反复推敲,准确找到能够表现旅游感受的生动语言,为读者构建充分的想象空间,引发思考和共鸣。

第二节 中国旅游文学的发展史

一、中国旅游文学的孕育期(先秦至汉代)

中国目前公认的第一篇旅游文学作品是《诗经·郑风·溱洧》。这是一篇以春游为题材的作品。上巳节(农历三月三)这天,人们手持兰花去溱水与洧水边游玩,一对男女暗生情愫,互诉衷肠。这是最早反映春游的作品,诗文所描绘的自然环境优美,情感细腻真挚。这首诗对旅游的描写较为直白,内容也比较简单。此外,《山海经》《论语》等文学经典中也有一些旅游方面的文字,但它们并不是独立的旅游作品,而是将山水作为背景、情节,或为了满足比兴的需要。

到汉代,一些文学作品如枚乘的《梁王菟园赋》、司马相如的《上林赋》、班固的《两都赋》、蔡邕的《述行赋》等,开始运用"赋"这种特殊的文体,描写景物,抒发情感。这些作品虽然没有全然写景,但其华丽的辞藻、铺陈的排比,对后世旅游文学的发展产生了重要影响。

东汉时期,建安十二年(公元207年),曹操北征乌桓,班师时路过碣石山,写下了《观沧海》一诗,被认为是我国最早的山水旅游诗。

二、中国旅游文学的形成期(魏晋南北朝)

东晋时期,政局不稳,社会动荡,许多文人为了避祸,离开朝堂,寄情山水。其中,谢灵运是我国第一位以山水为题材进行大量诗歌创作的诗人,他创作的《登池上楼》《石壁精舍还湖中作》成为山水诗的典范。此外,他的《游名山志》中的一些片段分别保存在《初学记》和《太平御览》等古籍里,成为山水游记的典范。

谢朓是继谢灵运之后又一位山水旅游诗人,与谢灵运并称"二谢",其诗自然飘逸、清新质朴。其他如沈约、王籍等人也创作了部分以山水旅游为题材的诗作,山水诗此时已经初具雏形。

除山水旅游诗外,魏晋南北朝时期以赋和文来描写出游和山水的创作也渐趋成熟。山水旅游的赋如王粲的《登楼赋》、曹丕的《登城赋》、孙绰的《游天台山赋》等都是描绘盛景的佳作,文辞工丽,脍炙人口。郦道元的《水经注》是一部旅行考察大作,也是我国第一部水文地理题材的巨著。这一时期,旅游书信也流行起来,旅行者将自己旅游中的所见所闻以书信的方式告诉朋友,这些书信至今读起来还是趣味盎然、情思悠远,如吴均的《与朱元思书》、陶弘景的《答谢中书书》。此外,东晋时期葛洪的《袁广汉园》是第一篇记载私家园林的园记,开了园林景色记序的先河。

三、中国旅游文学的成熟期(唐宋时期)

唐宋时期,我国的旅游文学进入成熟发展阶段。首先,在旅游诗的创作方面,唐代以孟浩然和王维为代表的山水田园诗人,将山水和田园作为诗歌创作的主要内容固定下来,形成了山水诗派和田园诗派。在这些诗作中,作者以叙述者的身份,将自己的主观感受融入景色之中,在山水和田园中寻找人生的真趣。这些诗色彩鲜明,情景交融,极具画意和音乐感,得到后世的广泛赞誉,如苏轼赞王维"味摩诘之诗,诗中有画;观摩诘之画,画中有诗"。唐代诗家辈出,李白、杜甫、李商隐、白居易等都留下许多得到后世广泛赞誉的旅游诗,如李白的《望庐山瀑布》《早发白帝城》《望天门山》等;杜甫的《登高》《望岳》《登岳阳楼》等;白居易的《钱塘湖春行》等,这些作品至今仍备受推崇。唐代除了山水诗派和田园诗派,还发展出了一个新的旅游诗派——边塞诗派。这一诗派以岑参和高适为代表,将旅游目的地拓展到与中原风土迥异的边塞。边疆奇异迷人的自然风光、戍边将士的武威豪情、羁旅之人的无奈凄苦都被写进了一篇篇诗作当中,留给后人无尽的感慨与沉思。

宋代的旅游诗,虽不及唐代雄浑辽阔,但苏轼、王安石、黄庭坚、杨万里等诗人也创作出大量各有特色的旅游诗。例如,苏轼的《题西林壁》具有很强的哲理性,一切当局者迷都不过是"只缘身在此山中"而已,把写景和说理有机地融合在一起,使后世产生广泛共鸣。李清照作为婉约词的代表人物,却写下了《夏日绝句》这一怀古诗,说出了"生当作人杰,死亦为鬼雄"的豪言壮语,至今依然响彻云霄,让后世敬仰。

受诗的影响,宋词也有不少旅游方面的创作。例如,欧阳修的《踏莎行·候馆梅残》、柳永的《望海潮·东南形胜》、苏轼的《念奴娇·赤壁怀古》、辛弃疾的《永遇乐·京口北固亭怀古》等,都是千古名篇。这些词作或融理入词,或借景抒情,景物生动,情感真挚,被世人反复吟咏。

从唐代开始,游记已成为独立的文体。旅游散文不再仅是游山玩水的游戏之作,文人开始借自然之景抒人生得失之情,旅游散文开始具有较高的思想境界,记游言志的写作基调对后世旅游散文的写作影响很大。王勃的《滕王阁序》气势恢宏、辞藻华丽,是集写景、叙事、抒情、议论于一体的奇文佳作。柳宗元的《永州八记》描绘的自然景色清新自然,境界优美,但字里行间又流露出对自身际遇的感叹与自我开解。王安石的《游褒禅山记》叙述了作者与几位同伴游褒禅山"半途而止"的经历,抒发了"夫夷以近,则游者众;险以远,则至者少""而世之奇伟、瑰怪,非常之观,常在于险远,而人之所罕至焉,故非有志者不能至也"的感慨。宋代范仲淹的《岳阳楼记》是为重修岳阳楼而作的记,岳阳楼四季的奇妙变幻、修建该楼的一时盛景跃然纸上。写至最后,作者笔锋一转,表达自身"先天下之忧而忧,后天下之乐而乐"的政治抱负,体现了一个文人深刻的忧患意识和家国情怀。

宋代时,园记逐渐发展成熟,成为一个新的旅游散文分支。例如,欧阳修的《醉翁亭记》表现出他"乐民之乐"的胸怀,充满士大夫悠闲自适的情调,并从侧面展现了作者治理滁州的政绩。宋徽宗的《艮岳记》、李格非的《洛阳名园记》、苏轼的《喜雨亭记》等对我国古代园林进行了细致描绘,其中的美学思想和造园艺术也为后世推崇。这些佳作不仅是非常优美的散文,还是研究中式园林的珍贵史料。

日记体的游记从宋代开始出现,陆游的《入蜀记》和范成大的《吴船录》都是旅游日记,这两部作品对景物的描写细腻而真实,对所访的古迹进行了深入细致的考察研究,对所见的风土人情进行了记录评说,内容丰富,读之如亲历,对后世游记的影响很大。

四、中国旅游文学的巩固期(元明清时期)

元代兴起了散曲这种文学样式,丰富了旅游文学的内容,成为中国古代旅游文学一个新的分支。其中,卢挚的《水仙子·西湖》构思奇特,将西湖拟人化为西施,分别从"妒色""好客""百巧"和"淡净"的角度,用四支小令描写了西湖四季美景,令人心生向往。马致远的《天净沙·秋思》语言凝练,捕捉到位,简单罗列几处秋景便是表现出深秋古意,思乡情切,羁旅之苦,闻之断肠。其他如张养浩的《山坡羊·潼关怀古》、乔吉的《水仙子·吴江垂虹桥》等也是散曲佳作。

旅游诗到了明清两代,延续了宋代创作热情,高启的《登金陵雨花台望大江》、王世贞的《登太白楼》、康有为的《秋登越王台》等都是旅游诗中的优秀作品。

这段时期的游记最重要的作品是徐霞客所创作的《徐霞客游记》,该作洋洋洒洒60余万字,是一部日记体的游记,同时也是一篇详尽的地理学巨著。该作语言简洁,文笔生动,同时在世界科学史占有重要的地位。作者通过自己脚步丈量了祖国的大好河山,以壮志豪情开启了另一种人生境界。其他游记如朱彝尊的《游晋祠记》,融考证、写景、抒情于一体,对今天的晋祠旅游依然影响巨大。袁枚的《游桂林诸山记》、姚鼐的《登泰山记》则分别对桂林、泰山这两处重要的旅游景点进行了深入描述,文笔生动,语言洗练,特别是《登泰山记》还是桐城派的代表作,集中体现了该派义理、考据、辞章三者并重的文学主张。明代园林修筑渐成风气,园林题记也陡然增加,如王世贞的《游金陵诸园记》描绘了南京徐达后人园林十座、其他私家园林五座,呈现了当时南京园林修筑之盛。清代袁枚的《随园记》概述了清代名园——随园的历史演变、布局景观。张岱的《陶庵梦忆》《西湖梦寻》作为旅游小品,夹杂着历史事实、民间传说、风土人情,文笔自然清新。这些毫无刻意、不着痕迹的悦己之作,后人读之更能感叹高士风骨。

景观楹联从宋代开始兴起,到了明代开始流行,清代更是兴盛,广泛地运用于名胜古迹、园林府邸。这些楹联多出自名家手笔,对仗工整,集写景、抒情、咏史、评价多种功能于一体。这些楹联丰富了名胜古迹的文化内涵,成为旅游景点的"画龙点睛"之笔。其中,钟云舫所写的长联《江津临江楼联》长达1612字,为古今长联之最。而孙髯的《昆明大观楼联》全联共180字,上联描写昆明景物,下联陈述云南历史,情景交融,浑然一体,被誉为"海内第一长联"。

五、中国旅游文学的全面发展期(近现代)

辛亥革命之后,中国人民继续探索图强之路,历经五四运动、新民主主义革命、社会主义革命和建设,让中华大地发生了翻天覆地的变化,中国的古老文明在大时代的变迁中呈现出文化兴盛的新局面。表现在旅游文学上,首先是语言的改变,大量的白话旅游散文和诗歌的出现,助力了新文化运动的开展,对开启民智起到了极大推动作用。李大钊的《五峰游记》、朱自清的《桨声灯影里的秦淮河》、叶圣陶的《黄山三天》、巴金的《海上日出》等游记运用白话文,将旅游中的所见所闻所感详尽地描写出来,语言优美质朴,读来令人沉醉。白话体旅游诗因其口语化与通俗化而贴近生活,朗朗上口,如徐志摩的《再别康桥》、戴望舒的《雨巷》等,成为人人皆可诵读的大众诗歌。

创作的内容上,为让国人更加了解国外的基本情况,引入新的思想和文明,许多作家创作了大量的国外游记。有的传播西方文明,如朱自清的《莱茵河》、徐志摩的《我所知道的康桥》;有的介绍国外的名胜古迹,如季羡林的《琼楼玉宇,高处不胜寒》介绍了印度著名的泰姬陵;有的凭吊了革命圣地、先贤故居,如瞿秋白的《到达莫斯科》、胡君宣的《访马克思故居》。这些旅游散文让国人开阔了眼界,增长了见识。

在革命过程中,革命者激情澎湃的革命斗志也在旅游文学的创作方面得到了体现。诗词方面如毛泽东的《沁园春·雪》、贺敬之的《回延安》,散文方面如茅盾的《白杨礼赞》、刘白羽的《长江三日》等,给人新生的激情和斗争的勇气。尤其是《沁园春·雪》,它让领袖的革命豪情在旅游词作中大放异彩,体现了改天换地的勇气、继往开来的豪情,在新的时代赋予了词这种古老的文学形式新的内容。

改革开放之后,我国进入经济高速发展的时代,人们对旅游的需求与日俱增。同时,许多作家走出书斋,到各地边走、边思考、边写作,旅游文学作品层出不穷,涌现了《文化苦旅》《名山大川》《行走中国》等旅游文学作品。同时,外国优秀的文学作品也被陆续引进而受到读者喜爱,如《在路上》《瓦尔登湖》《前往阿姆河之乡》《世界:半个世纪的行走与书写》等。参与旅游文学创作的作者如此之多,在散文创作领域大放光彩,使旅游文学在文坛中占据重要地位。而影视文学作品中也出现了大量以旅游为背景的创作,如国产电影《人再囧途之泰囧》《唐人街探案》《可可西里》等都取得了不错的票房成绩。在这些作品中,角色们因不同契机踏上旅途,在旅行过程中不断感受惊讶、痛苦、欢乐、失去、得到,直至完成自我的救赎。

1. 旅游文学的定义是什么？有哪些基本分类？
2. 中国旅游文学的第一首诗出自哪部作品？
3. 唐宋八大家们都创作了哪些旅游散文？请举例说明其对旅游的作用。
4. 中国旅游小说的基本分类有哪些？请谈一谈旅游小说的吸引力在何处。
5. 旅游楹联的作用是什么？请选取故乡景点的楹联进行佐证。

第二章 旅游诗歌

本章导读 本章首先界定了旅游诗歌的概念,并把旅游诗歌分为山水旅游诗、边塞旅游诗、怀古旅游诗和送别旅游诗四类,依次分析了这四类旅游诗歌的发展脉络和语言特色,并选取了代表性作品进行鉴赏。

学习目标 了解旅游诗歌的概念,区分四种不同类型的旅游诗歌,掌握鉴赏旅游诗歌的方法和技巧。

第一节 旅游诗歌概述

一、旅游诗歌的含义

众所周知,中国一直有着"诗的国度"的美誉,旅游诗歌是中国旅游文学中历史最悠久、作品数量最多的文学样式。旅游活动使人们脱离现实的生计和劳作,沉浸在风景之中,思考万象,在这种氛围中,伴随着适当的韵律和音律,一首首动人的旅游诗歌便自然产生了。由于在旅途中,写作大篇幅的作品并不方便,短小凝练的诗歌就成了旅游过程中最常见的创作样式。因此,旅游诗歌在历朝历代都非常盛行,成为旅游文学的重要组成部分。旅游诗歌,也称为记行诗、记游诗、行旅诗、羁旅诗,它以诗歌的形式叙述旅游生活,描写旅途所见所闻,表达旅游者的思想、情感和审美情趣。

在中国诗歌三千多年的发展历程中,以旅游生活为主要题材的诗歌在各个时期、各种流派中都有广泛的体现。从历史时期来看,从先秦时期的《诗经》《楚辞》,到汉代以后的《昭明文选》《玉台新咏》《乐府诗集》,再到《全唐诗》《全宋诗》《全元诗》《全明诗》等,旅游诗歌源远流长。就写作流派而言,从魏晋时期开创的山水诗到,唐代的山水田园诗派、边塞诗派,再到晚唐时期和宋代的花间词派、婉约词派、豪放词派等,旅游诗歌异彩纷呈。就体裁类型而言,从古体诗、近体诗,到词、曲,再到现代的新体诗,旅游诗歌都占有重要地位。

二、旅游诗歌的基本分类

根据题材内容,我们可以将旅游诗歌分为四类,分别为山水旅游诗、边塞旅游诗、怀古旅游诗和送别旅游诗。

(一)山水旅游诗

山水旅游诗,是指以叙述旅游生活、描写旅途山水风景为主要内容的诗歌。中国山水旅游诗起源于先秦时期,兴盛于汉魏晋时期,在唐宋时期大放异彩,而后不断发展演变。

先秦时期,尽管山水风景尚未成为诗歌中独立的审美对象和写作题材,但仍有一些作品描绘了自然景物,并将景物与游历相结合,使其成为抒情写意的烘托和陪衬,如先秦《诗经》中的《郑风·溱洧》《王风·黍离》等。《楚辞》是运用楚地(今两湖一带)的文学样式、方言声韵和风土物产等进行创作的诗歌总集,其中也有一部分描写旅行中的风物景致的作品。由于屈原多次被放逐,他的作品中有众多关于途中所见所闻的描写,如《哀郢》《涉江》等。

东汉末年曹操的《观沧海》是我国历史上第一首完整的山水旅游诗,诗中描写了辽阔雄奇的沧海波涛,表达了诗人的开阔胸襟和远大志向。

山水旅游诗在东晋至南朝勃然兴盛,功劳首推谢灵运。他是第一位全力创作山水诗的诗人,被称为山水诗派鼻祖,代表作有《石壁精舍还湖中作》《登池上楼》《入彭蠡湖口》《登江中孤屿》等。谢灵运的山水诗,风格明丽清新,辞藻华美精致,注重声色的描绘,追求图画音乐式的美感,在题材、内容、诗歌语言及表现手法上别具一格,开拓了旅游诗的新境界。

唐宋时期,山水旅游诗大放异彩,发展至鼎盛。初唐有王勃、陈子昂等,盛唐有山水田园诗派,以及李白、杜甫等著名诗人,中唐有韦应物、柳宗元等,晚唐有杜牧、李商隐等。其中,李白、杜甫较为多产,成就极高,李白的《望庐山瀑布》《峨眉山月歌》《早发白帝城》和杜甫的《望月》《登高》《秋兴八首》等诗,继承了魏晋以来谢灵运、谢朓等人的创作传统,以描绘自然山水风景为主,音律和谐多变,借景抒情,意蕴丰富。

晚唐以后,山水旅游诗的写作拓展到词。晚唐的花间词派、北宋的婉约词派和豪放词派都创作了大量的山水旅游词作,代表人物有苏轼和辛弃疾。苏轼生性豁达,为人率真,好交友,好美食,好茗茶,更好游山林,他的词作如《题西林壁》《饮湖上初晴后雨二首》《惠州一绝》《初到黄州》《六月二十七日望湖楼醉书五首》《浣溪沙·簌簌衣巾落枣花》等都是千古佳作。如果说宋代以前的山水诗歌侧重于以山水景色言志或言情,那么苏轼则开启了以山水景色言理的新风向。而辛弃疾则开启了以山水言志的新篇章,如《菩萨蛮·书江西造口壁》《南乡子·登京口北固亭有怀》《阮郎归·耒阳道中为张处父推官赋》《西江月·夜行黄沙道中》等词作,豪迈奔放又不乏细腻柔媚。

元明清时期,由于文化受到限制,思想受到禁锢,再加上诗歌创作不是文坛创作主流,该时期的山水旅游诗创作热情逐渐消退,作品数量有所减少。然而,仍有一些佳作传世,如马致远的《天净沙·秋思》、张可久的《人月圆·雪中游虎丘》、魏源的《衡岳吟》《天台石梁雨后观瀑歌》等。特别是清末的龚自珍、林则徐等人,继承了陆游爱国主义的优秀传统,在山水旅游诗中融入反帝反封建的写作内容,表达了诗人们忧国愤时的激情和对光明、理想的追求。

近现代时期,毛泽东的一些旧体诗词也可看作是山水旅游诗,如《七律·长征》《沁园春·长沙》《水调歌头·重上井冈山》等。这些诗词意境高远,寓意丰富,将山水描写和中国的革命斗争与社会主义建设等结合,奏响了时代的洪音。

（二）边塞旅游诗

边塞旅游诗,是指诗人将边塞作为旅行地,反映边疆军民生活和塞外自然风光的诗歌。

边塞诗在先秦时期就有所萌芽,如《诗经》中的《唐风·鸨羽》《大雅·江汉》《小雅·出车》等,这些诗的主要内容是讲述征战攻伐。战争题材的诗在汉魏六朝得以发展,如陈琳的《饮马长城窟行》、鲍照的《代出自蓟北门行》、蔡琰的《胡笳十八拍》、徐陵的《关山月》等,这些诗多反映边地战争的艰苦和征人思妇的煎熬。但实际上,这些诗大多是诗人根据自己对北方边塞生活的间接了解和前辈作家的经历创作的,因此还不能算是真正意义上的边塞旅游诗。例如,鲍照虽然创作了《代出自蓟北门行》,但并未亲自前往边塞,更没有直接体验过边塞生活。

初唐和盛唐时期,有一大批优秀的诗人怀着投笔从戎、建功立业的豪情远赴边疆,有的进入节镇幕府生活,有的则将边塞作为漫游的目的地。他们被沿途的所见所闻以及万里河山的雄奇瑰丽打动,因此借用诗歌对不同于中原的异域风光和边疆军民生活进行了大量的描绘和刻画,创造出了真正意义上的边塞旅游诗。骆宾王和陈子昂有边疆从军的经历,是初唐边塞旅游诗的代表人物。盛唐时期的边塞诗派诗人大多也亲身经历了边塞生活,如高适、岑参、王之涣、王昌龄等,他们写下了许多流传至今的边塞旅游诗,后人将他们合称为"边塞四诗人"。他们的边塞旅游诗气势奔放,洋溢着盛唐时期所特有的奋发进取、蓬勃向上的时代精神,如高适的《燕歌行》《蓟中作》《塞下曲》等,岑参的《轮台歌奉送封大夫出师西征》《走马川行奉送出师西征》《天山雪歌送萧治归京》等。此外,盛唐边塞旅游诗还有王昌龄的《出塞二首》、王之涣的《凉州词》、李白的《关山月》、杜甫的《兵车行》《前出塞九首》《后出塞五首》等。诗人们对边塞旅游诗的创作充满了热情,不仅在内容上涵盖广泛,如大漠、边关、草原、雪山、烽火城以及边疆牧民、戍边战士,无不被作为描写的主体,而且诗作情感也十分丰富,或是对大好山河的赞美,或是对家乡亲人的怀念,或表达戍边的苦楚,或表达对建功立业的渴望等。

唐代以后,历代君王开始把主要精力放在对江南富庶之地的开发上,边疆成为流放之地，曾经鼎盛的边塞诗逐渐衰落，只有贬谪到边疆的官员创作的零星作品。

中华人民共和国成立后，随着屯垦边疆事业的发展，不少诗人前往边疆，创作了一批新的边塞旅游诗，如闻捷的《天山牧歌》《复仇的火焰》、贺敬之的《西去列车的窗口》、张志民的《西行剪影》等，他们描写边塞风景，叙述边塞生活，被称为"新边塞诗人"。

（三）怀古旅游诗

怀古旅游诗，是指诗人通过瞻仰历史遗迹和凭吊古人事迹来抒发感慨的诗歌。怀古旅游诗将游览的山水景色，特别是名胜古迹，同咏史感怀相结合，即诗人往往临古迹、写实景、思古人、忆古事、感兴衰、抒己志，其感情基调通常是苍劲悲凉的。

怀古旅游诗和山水旅游诗有明显的区别。尽管两者都是写景状物，但怀古旅游诗更侧重于思古人、忆古事，多用典故，或感慨兴衰，或托古讽今。怀古旅游诗最早见于《诗经》之中，如《王风·黍离》。魏晋南北朝时期，出现了一些凭吊古人的诗作，以抒发时人对世事沧桑的感慨，如沈约的《登北固楼诗》、谢朓的《同谢谘议咏铜雀台》、张正见的《铜雀台》、吴均的《登二妃庙》、何逊的《行经孙氏陵》等。

隋唐时期的怀古旅游诗开始有了借古讽今的含义，该时期的诗作常通过对古人往事的瞻仰表达诗人对现实的不满和自己壮志难酬的愤懑，如卢思道的《春夕经行留侯墓诗》、王绩的《过汉故城》、杜审言的《登襄阳城》、陈子昂的《登幽州台歌》等。盛唐时期，李白写有《登金陵凤凰台》《秋登宣城谢朓北楼》《登广武古战场怀古》《夜泊牛渚怀古》等，杜甫写有《琴台》《蜀相》《武侯庙》《咏怀古迹五首》等，孟浩然写有《登鹿门山怀古》《与诸子登岘山》等。中唐时期，刘禹锡写有《西塞山怀古》《金陵怀古》《乌衣巷》《石头城》等，李益写有《汴河曲》，刘长卿写有《长沙过贾谊宅》《秋日登吴公台上寺远眺》等。晚唐时期，杜牧写有《泊秦淮》《赤壁》《题乌江亭》等，皮日休写有《汴河怀古》，陆龟蒙写有《吴宫怀古》等。

怀古旅游诗在宋代拓展到词的创作，代表词人是豪放派的苏轼和辛弃疾。例如，苏轼写有《念奴娇·赤壁怀古》，辛弃疾写有《永遇乐·京口北固亭怀古》《南乡子·登京口北固亭有怀》，此外还有秦观的《望海潮·洛阳怀古》、王安石的《桂枝香·金陵怀古》等。

怀古旅游诗在元代融入了曲的创作，如张养浩的《山坡羊·潼关怀古》《山坡羊·骊山怀古》、徐再思的《人月圆·甘露怀古》、张可久的《人月圆·吴门怀古》、卢挚的《折桂令·长沙怀古》等。

明清时期，怀古旅游诗稳步发展，如高启写有《吊岳王墓》《姑苏杂咏 阖闾墓》《登金陵雨花台望大江》等，袁枚写有《马嵬》《谒岳王墓》，此外还有王世贞的《登太白楼》、于谦的《岳忠武王祠》、杨慎的《武侯庙》、查慎行的《三闾祠》、纳兰性德的《秣陵怀古》、康有为的《秋登越王台》等。

（四）送别旅游诗

送别旅游诗，指的是以记叙或描写送别为内容的诗。南朝时期文学家江淹在《别赋》中感叹道："黯然销魂者，唯别而已矣！"这是由于古代交通不便利，通信不发达，亲朋一旦远游往往难以再相见,再加上安土重迁的思想观念,因此古人特别看重离别。离别时常常会长亭设酒,古道相送,折柳相赠,有时还要吟诗话别,因此离情别绪成为古代文人创作的重要题材。

送别不但和旅游有着直接的联系,而且由于送别地点往往是郊外,诗作也会写到郊外山前水畔的景色,因此送别诗也可以被视为旅游诗的一个子类。

中国的送别旅游诗起源自先秦时期的《诗经》,一直延续至今,可谓源远流长。从先秦到魏晋南北朝时期,送别旅游诗中描绘的送别活动往往在郊外,但地点往往较笼统且不固定,或北郊,或南津,或西渚,或东林。诗经中的《邶风·燕燕》开辟了中国送别旅游诗的传统,后代很多诗篇都是仿照它来写的。此外,还有《秦风·渭阳》,表达的是甥舅之间依依惜别的情感。

唐代以后,随着交通往来的发达和频繁,以及馆驿亭舍的剧增和普及,送别活动更加具有仪式性。馆驿是旅行的出发地和终点,有设宴饯别的场所、齐备完全的设施,以及优美的自然环境。这为送别活动经常化、普泛化提供了现实基础,为送别旅游诗的创作提供了必要保障和客观条件。"馆驿亭舍"与"送别"之间因此建立起密切、稳固的联系,送别旅游诗的题目也常常标明馆驿名称。

唐代的送别旅游诗把写景与抒情的巧妙结合。一方面,这样的创作方式使诗歌内容突破了单一的送别情景,容纳了更丰富的意蕴,不再局限于"有别必怨,有怨必盈"的别情诉说,而是多了积极开朗的格调,如"海内存知己,天涯若比邻""莫愁前路无知己,天下谁人不识君"等。另一方面,这也便于诗人更艺术地传达自己的思想感情,进一步拓展了诗歌的审美内涵。在这样的创作方式下,唐代产生了许多情景交融、意境幽远、令人反复回味的送别旅游诗佳作。

唐代的送别旅游诗包括了许多杰出的作品,如王勃的《送杜少府之任蜀州》《江亭夜月送别二首》《白下驿饯唐少府》、李白的《赠汪伦》《送友人》《金陵酒肆留别》、王维的《送元二使安西》,还有高适的《别董大》、王昌龄的《芙蓉楼送辛渐》、岑参的《白雪歌送武判官归京》、刘长卿的《送灵澈上人》、白居易的《赋得古原草送别》等。

送别旅游诗发展到了北宋,表现出的情感更为丰富,不仅展现个人的思想情怀,还寄托了作者的胸怀抱负,蕴含了济世利民的价值追求,如苏轼《别黄州》等。

虽然送别旅游诗在元明清时期产生了一些佳作,如吴伟业《送友人出塞》、丘逢甲《送王晓沧之汀州》等,但大多延续了前朝送别旅游诗借景抒情、融情于景的传统写作风格,或表达离情别恨、深情厚谊,或言志明理、激励劝勉。

三、旅游诗歌的主要特点

(一)短小精干,语言简练

中国旅游诗歌的形式以四言、五言、七言为主,一般短小简练,大部分在100字以内。我国古代旅游诗歌在描写景物时,兼顾整体氛围和微观细节,保持了诗歌的简洁之美。同时,这些诗歌在平仄、押韵、字数等方面都呈现出多样性。

中国孩子的启蒙诗——王安石的《梅花》,描绘了早春出游寻梅时的美景,诗中写道:"墙角数枝梅,凌寒独自开。遥知不是雪,为有暗香来。"梅雪相映,妙趣横生。初唐诗人骆宾王在七岁时创作的五言古诗《咏鹅》写道:"鹅,鹅,鹅,曲项向天歌。白毛浮绿水,红掌拨清波。"这描写的是一幅春天池塘边的景象,柳丝飘舞,池水清澈,水上鹅儿成群。这些诗歌字数很少,易于背诵,即使是不识字的孩童都能脱口而出。我国古代诗人凭借其熟练的语言驾驭能力,创作出众多简洁而富有深刻意蕴的旅游诗歌,令人反复吟诵,回味无穷。

(二)题材宽泛,内容多样

旅游诗歌的题材涵盖广泛,有山、水、植物、动物、沙漠、孤城等;体裁多样,有诗、词、曲、现代诗歌等。诗人们的足迹遍布祖国大江南北,他们有感而发的诗作形式多样、角度多维、异彩纷呈。有些天赋异禀的诗人能在一篇短小的旅游诗歌里做到写景、抒情、论理相结合,创作者敏锐的感受力、洞察力、理解力、表达力让人读诗如看景,看景如读诗;诗在景之上,景在诗之外。

当然,面对不同景物,同一位作家的语言风格可能会有很大差异;同类型景物,不同作家欣赏的角度也可能相去甚远。读者只有充分地感受、融入和体验景物,才能感受到景物、作者心境与自己的关联性,从而达到精神上的共鸣。辛弃疾的《丑奴儿·书博山道中壁》中写道:"少年不识愁滋味,爱上层楼。爱上层楼,为赋新词强说愁。而今识尽愁滋味,欲说还休。欲说还休,却道天凉好个秋。"辛弃疾道尽了少年意气和历经沧桑后的愁闷。这首词是辛弃疾在今江西省广丰县西南部的博山上所作,当时的博山还是名不见经传的普通山峰,比起很多名山大川,其景逊色许多。然而,辛弃疾却在观此景之后,写下了这首深刻反映中年人的无奈、失语和复杂人生况味的佳作,我们不得不佩服词人这种"人人心中所想,人人笔下所无"的创作能力。这首词具有强烈的现实性和对照性,让每个读者都能有所感悟。

(三)寓情于景,情景交融

旅游诗歌通常以写景开篇,但往往不局限于写景,随后的抒情部分提升了整首诗的美感和情感氛围,诗与景的关系可以用辛弃疾的一句词来形容:"我见青山多妩媚,料青山见我应如是。"在诗人眼中,山水花草是有生气的,有感情的,只是无法言语,诗人见其美,感其情,视其为知己,互诉衷肠。因此,中国旅游诗歌擅长描绘山水之美,或绘其声色,或造其气势,或状其神韵,都是出于真心的喜爱与欣赏。为将这种喜爱之情表达出来,诗人在诗中营造了特殊的意境之美,或恬淡静谧,或壮阔雄奇,或凄冷清幽,与景色的风貌和诗人的心境相呼应。中国旅游诗还体现着中国哲学的和谐观,即自然与人的和谐相处,动静结合,情景交融,物我统一。当然,这种寓情于景、借景抒情都源自诗人的真实感受,与他们的人生际遇紧密相连。他们将自己的情感寄托于山水之间,融合了主观感受,或寄托幽情,或蕴含哲思,或暗藏理趣。这些诗人大多以第一人称的身份创作,将所见之景与内心状态融合交错,明丽之景最抚人心,清幽之处最见真性。

四、旅游诗歌的写作目的

(一)表达

旅游脱离日常生活,人们在面对全新的人、事、物、景时,常常会有不一样的体验和感受,或惊奇,或感伤,或欣喜,或领悟。旅游诗歌表达的方式有两种,直接表达和间接表达。直接表达是直截了当地表达诗人在旅游过程中的体验,而间接表达则是通过写人、事、物、景来表达情感。

直接表达的旅游诗歌有许多,如李白的《赠汪伦》:"李白乘舟将欲行,忽闻岸上踏歌声。桃花潭水深千尺,不及汪伦送我情。"深情厚谊直接用桃花潭水来比喻,清晰明了,直截了当。间接表达则如陈子昂的《登幽州台歌》:"前不见古人,后不见来者。念天地之悠悠,独怆然而涕下!"登台望景,写古悲今,怀人伤己,诗人生不逢时、怀才不遇、无奈寂寥的心境得到了间接的表达。

(二)分享

在旅游结束后,把旅游描述成诗分享给朋友,这既是交际的需要,也体现了自己的高雅情操。许多的旅游诗都是在风景名胜地聚会时创作的,大家争奇斗艳,各显神通,成为一时佳话。例如,王勃的《滕王阁诗》是他长途跋涉去交趾(今越南)探望父亲时,途经洪州(今江西南昌),参与都督阎伯屿宴会,在写完《滕王阁序》后即兴而作的一首诗歌:"滕王高阁临江渚,佩玉鸣鸾罢歌舞。画栋朝飞南浦云,珠帘暮卷西山雨。闲云潭影日悠悠,物换星移几度秋。阁中帝子今何在?槛外长江空自流。"此序与诗一出,令在场人赞叹不已,大家争相传诵。王勃少年英才,出口成章,名声迅速传遍大江南北。作者们愿意主动分享,读者也期待着这种分享。对于那些尚未涉足的旅游景点,人们常常出于好奇,期待去过的人提供相关信息或旅游感受,这是人之常情。如今,互联网发展迅速,微信、微博等自媒体和网络论坛平台,成为了旅游诗新的分享地。

(三)纪念

旅游会使作者们的感官得到开放,实现主观和客观的统一,使心灵得到充分释放,让他们的眼中的世界变得更加宽广。一首旅游诗歌的创作包括感官上的冲击、情绪的唤醒、灵感的激发、想象的展开、修辞的运用以及语言的锤炼。一首好诗高度凝练了作者的经历、情感和思想,也是对人生经历的一种记录。因此,作者们往往到一地写一诗,连续起来,就可以看到自己一生的经历,具有非常深刻的意义。在许多杰出文人的文集里,我们可以通过他们创作的旅游诗来分析他们的人生历程和各个阶段的生活状态。例如,苏轼在元丰五年去往沙湖道买田,三月七日在途中遇雨,写下了这首《定风波·莫听穿林打叶声》:"莫听穿林打叶声,何妨吟啸且徐行。竹杖芒鞋轻胜马,谁怕?一蓑烟雨任平生。料峭春风吹酒醒,微冷,山头斜照却相迎。回首向来萧瑟处,归去,也无风雨也无晴。"这首词描绘了旅途中的风景和作者自我旅行的状态,普通的景与意外的雨引导了作者思想的突破和领悟。苏轼此时被贬黄州,在如此人生低谷时,他却有如此胸襟气魄,因此受到后世敬仰。

第二节　旅游诗歌作品赏析

一、山水旅游诗赏析

（一）《诗经·郑风·溱洧》

诗经·郑风·溱洧[1]

溱与洧,方涣涣兮[2]。士与女[3],方秉蕳兮[4]。女曰:"观乎?"士曰:"既且[5]。""且往观乎[6]?洧之外,洵訏且乐[7]。"维士与女[8],伊其相谑[9],赠之以勺药[10]。

溱与洧,浏其清矣[11]。士与女,殷其盈兮[12]。女曰:"观乎?"士曰:"既且。""且往观乎?洧之外,洵訏且乐。"维士与女,伊其将谑[13],赠之以勺药。

字词注释

[1]溱(zhēn)、洧(wěi):郑国两条河名。

[2]方:正。涣涣:初春时河水解冻后奔腾的样子。

[3]士:男子。

[4]秉:拿,持。蕳(jiān):一种兰草。古人认为兰草的香气可以抑制邪气,被除不祥。

[5]既:已经。且(cú):同"徂",去,往。

[6]且:再。

[7]洵(xún):实在,确实。訏(xū):宽广。

[8]维:发语词,无实义。

[9]伊:发语词,无实义。谑:打趣说笑。

[10]勺药:即"芍药"。

[11]浏:水深而清之状。

[12]殷:众多。盈:满。

[13]将:即"相"。

作品简析

这首诗选自《诗经》,描绘了农历三月三上巳节时,郑国的青年男女来到溱水和洧水边踏青游乐时的情景。根据当时郑国的风俗,上巳节时,人们要在河水中洗去尘垢,祓除不祥,祈求幸福安康。男女青年也可以借此机会表达爱慕之情。来自民间的歌者满怀爱意与激情,讴歌了这个春天的节日,记录下了人们的欢娱,赞美了纯真的爱情。

这首诗分二章,整体结构上采用了常用的"重章复唱"方式,这种修辞手法可以达到增强节奏、加重情感、深化主题的效果。两段诗文皆可分为三层。前四句是第一层,交代时间、地点,叙述环境背景,描写自然风景,讲述社会风俗。中间五句是第二层,描写男女邀约踏青的对白,为后面从风俗转向爱情做铺垫。后三句是第三层,记录了他们之间呢喃私语、打趣说笑的画面,并通过他们手中的芍药这一信物突显爱情主题,表达人们对美好生活的憧憬。

景点说明

溱水,古水名,源于河南省新密市白寨镇,与洧水在交流寨村汇流后称双洎河,最后注入贾鲁河。西汉时期,桑钦所著《水经》中《溱水篇》有记载:"溱水出郑县西北平地,东过其县北,又东南过其县东,又南入于洧水。"溱洧二水之侧有裴李岗文化遗址、仰韶文化遗址、龙山文化遗址、华阳故城、轩辕丘、郑韩故城、白居易故里、欧阳修陵园、高拱故里等众多历史文化旅游景点,如同一颗颗璀璨的明珠,展示着溱洧二水与中华文明的紧密联系。

(二)曹操《观沧海》

观沧海

东临碣石[1],以观沧海[2]。
水何澹澹[3],山岛竦峙[4]。
树木丛生,百草丰茂。
秋风萧瑟,洪波涌起。
日月之行,若出其中。
星汉灿烂[5],若出其里。
幸甚至哉[6],歌以咏志[7]。

字词注释

[1]临:登临,游览。碣(jié)石:山名,位于今河北省秦皇岛市昌黎县。
[2]沧:通"苍",青绿色。海:渤海。
[3]何:多么。澹澹(dàn):形容水波摇动。
[4]竦峙(sǒng zhì):耸立。竦,通"耸",高。
[5]星汉:银河,天河。
[6]幸:庆幸。甚:极其,很。至:极点。幸甚至哉:真是庆幸。
[7]歌以咏志:即以歌咏志,用诗歌表达心志。

作品简析

东汉建安十二年(公元207年),曹操在北征班师途中,路过河北昌黎县的碣石山,写下了这首《观沧海》。这是我国最早的一首完整的山水旅游诗,描绘了辽阔雄壮的沧海景色,表达了诗人的开阔胸襟和进取精神。《观沧海》通篇写景,这在之前的诗歌中似还不曾有过,堪称我国山水旅游诗最早的佳作。

诗歌可以分为三个部分。前两句为第一部分,点明观沧海的位置。中间三至十二句为第二部分,描写眼前所见之景色。三、四两句先总写整体印象,言海阔和山高;五至八句写秋天岛上草木繁茂、大海中汹涌澎湃的壮美;九至十二句则联系宇宙,从更为广阔的角度展现出大海吞吐宇宙的宏伟气象。最后两句收束全诗,表明作者心境和用意。

景点说明

碣石山风景区位于河北省秦皇岛市昌黎县城北4千米处。碣石山主峰为仙台顶,海拔695米,是渤海近岸最高峰。悬崖上留存古人所刻"碣石"二字。登临仙台顶(距海15千米),俯瞰大海,从滦河口到秦皇岛港,西起滦河入海口,东至山海关秦皇岛港,山海之间同样15千米宽的大陆,静卧脚下。大海茫茫无边,天海一体,确是观海圣地。前人列有"碣石山十景",分别为碣石观海、天柱凌云、水岩春晓、石洞秋风、西嶂排青、东峰耸翠、龙蟠灵壑、凤翥祥峦、霞晖卒堵、仙影沧浪。

(三)谢灵运《石壁精舍还湖中作》

石壁精舍还湖中作

昏旦变气候[1],山水含清晖[2]。
清晖能娱人,游子憺忘归[3]。
出谷日尚早,入舟阳已微。
林壑敛暝色[4],云霞收夕霏[5]。
芰荷迭映蔚[6],蒲稗相因依[7]。
披拂趋南径[8],愉悦偃东扉[9]。
虑澹物自轻[10],意惬理无违[11]。
寄言摄生客[12],试用此道推[13]。

字词注释

[1]昏旦:傍晚和清晨。

[2]清晖:山光水色。

[3]憺(dàn):安闲舒适。

[4]壑:山谷。敛:收拢、聚集。暝色:暮色。

[5]霏:云彩。

[6]芰(jì):菱叶。蔚:蓝色,这里指湖水。

[7]蒲稗(bài):菖蒲和稗草。
[8]披拂:指用手拨开路边的花草。
[9]偃(yǎn):仰卧。扉(fēi):门。
[10]澹(dàn):同"淡",淡泊。
[11]意惬(qiè):心满意足。
[12]摄生客:探求养生之道的人。
[13]此道:指上面"虑澹""意惬"二句所讲的道理。

作品简析

本诗的作者谢灵运是第一位全力创作山水诗的诗人,被誉为"山水诗鼻祖"。他不但把自然界的山水美景引入诗中,为我国诗歌开辟了新的题材,而且丰富了描写山水的艺术技巧和表现手法,规范了山水诗"记游—写景—悟理"的写作模式。

本诗描绘了谢灵运从石壁精舍返回住所的经历和感受,融情于景,观景悟理。本诗分为三层。前六句为第一层,点明了游览的时间从晨到昏,同时,总体上概括了水光山色的秀美是让人流连忘返的原因。接下来六句为第二层,写景记归。写景注重远近参差,视角多变。远看时,下有树林、山谷,上有云霞、夕阳;近看时,前有荷叶、荷花,后有菖蒲、野草。明暗交错,五彩斑斓,相互照映,与前一层的"变""清晖""娱人""憺""忘归"相呼应。记归写舍舟陆行,披草赶路,回到家后仍激动不已。后四句为第三层,写游后悟出的玄理,即淡泊名利,知足常乐,由此可以养生。该诗是谢灵运山水旅游诗中的名篇,讲究骈偶,着意炼句,写景细致入微,文辞追求新奇。

景点说明

精舍又称佛舍。南朝宋景平元年秋,谢灵运辞去永嘉(今浙江省温州市永嘉县)太守职位,回到故乡会稽始宁(今浙江省绍兴市上虞区)的庄园里。此庄园规模宏大,包括南北二山,他居住在南山,石壁精舍在北山,往返都要经过中间的巫湖。石壁精舍是他经常去游玩的地方。此景现已不存在。

(四)鲍照《代春日行》

代春日行[1]

献岁发[2],吾将行。

春山茂,春日明。

园中鸟,多嘉声[3]。

梅始发,柳始青。

泛舟舻[4],齐棹惊[5]。

奏《采菱》,歌《鹿鸣》[6]。

风微起,波微生。

弦亦发,酒亦倾。

入莲池,折桂枝。
芳袖动,芬叶披。
两相思,两不知。

字词注释

[1] 代:拟,仿作。春日行:古乐府属《杂曲歌辞》。
[2] 献岁:一年的开始。
[3] 嘉声:美妙的声音。嘉,美好。
[4] 舻(lú):一种船。
[5] 棹(zhào):一种桨。
[6]《采菱》:曲名。江南菱熟时,男女一边采摘一边作歌相和。《鹿鸣》:指《诗经·小雅·鹿鸣》一诗,是宴客的诗。

作品简析

《代春日行》是南朝宋诗人鲍照的一首三言乐府诗。这首诗描述的是春天里,青年男女在郊外游乐嬉戏,互生爱慕之情。前八句描绘了郊游山野的景色,山繁、日明、鸟鸣、梅香、柳青,展现了一副春日生机盎然的景象,表现了游历者内心的欢愉。中间八句写荡舟小湖的情景,青年们在湖上一起划船、弹琴、唱歌、喝酒、摘荷叶、折桂枝,展示了游玩的乐趣。最后两句写春游中青年男女心中的爱慕相思之情。这是一种隐秘微妙的心理状态,两方都爱慕于对方,又都不知道对方也在思念自己。总的来说,这首三言诗写景叙事,简洁明快,生动地描绘了男女间的恋情。

景点说明

具体创作地点不详。

(五)谢朓《晚登三山还望京邑》

晚登三山还望京邑[1]

灞涘望长安[2],河阳视京县[3]。
白日丽飞甍[4],参差皆可见[5]。
余霞散成绮[6],澄江静如练[7]。
喧鸟覆春洲,杂英满芳甸[8]。
去矣方滞淫[9],怀哉罢欢宴[10]。
佳期怅何许[11],泪下如流霰[12]。
有情知望乡,谁能鬒不变[13]?

字词注释

[1] 三山:山名,在今江苏省南京市西南部。还望:回头眺望。京邑:指南齐都城建康,即今江苏省南京市。

[2]灞(bà):水名,源出陕西省蓝田县,流经长安城东。涘(sì):岸边。
[3]河阳:故城在今河南梦县西。京县:指西晋都城洛阳。
[4]丽:使……色彩绚丽,使动用法。飞甍(méng):上翘如飞翼的屋脊。
[5]参差:高低不整齐的样子。
[6]绮:有花纹的丝织品,这里形容晚霞像锦缎一般。
[7]澄江:清澈的江水。练:洁白的绸子。
[8]甸:郊外山野。
[9]滞淫:久留,淹留。
[10]怀:想念。
[11]佳期:指归来的日期。怅:惆怅。
[12]霰(xiàn):小雪珠。
[13]鬒(zhěn):黑发。

作品简析

《晚登三山还望京邑》是谢朓山水旅游诗中的名篇,诗中描绘了登山临江所见到的春日晚景,以及遥望京师所引发的故乡之思。

全诗共十四句,分为三层。第一层为前两句,化用了王粲《七哀诗》中的"南登霸陵岸,回首望长安"两句和潘岳《河阳县作诗二首》中的"引领望京室"一句,巧妙地交代了离京的原因和路程,总领遥望京城之意。第二层为第三至第八句,描绘了登山所见的不同时间的景色。"白日"与"余霞"说明了时间的推移,"静""喧"也说明原本安静的江面到傍晚时倦鸟归巢。其中"余霞散成绮,澄江静如练"是千古传诵的名句。最后六句抒情,借回忆往昔的欢宴和即将到来的客居生活抒发对故乡的依恋之情。

景点说明

三山因三峰南北相接而得名,位于今南京市西南部,处长江南岸,附近有渡口。京邑是今南京市。南京市旅游资源丰富,旅游业发达,是首批中国优秀旅游城市。城里有钟山风景名胜区、夫子庙秦淮风光带、鸡鸣寺、玄武湖、南京白马石刻公园、灵谷寺、清凉山、石头城、莫愁湖、明孝陵、明城墙、明文化村、灵谷寺、明故宫遗址等旅游景区,令人流连忘返。

(六) 李白《登金陵凤凰台》

登金陵凤凰台

凤凰台上凤凰游,凤去台空江自流[1]。
吴宫花草埋幽径[2],晋代衣冠成古丘[3]。
三山半落青天外[4],二水中分白鹭洲[5]。
总为浮云能蔽日[6],长安不见使人愁[7]。

字词注释

[1] 江：长江。

[2] 吴宫：三国孙吴建都金陵所筑的宫殿。幽径：僻静的小路。

[3] 古丘：古坟。

[4] 三山：山名，在金陵西南长江边上，三峰并列，南北相连。《景定建康志》载："其山积石森郁，滨于大江，三峰并列，南北相连，故号三山。"半落青天外：形容极远，看不大清楚。

[5] 二水：指秦淮河流经南京后，西入长江，被横截其间的白鹭洲分为两支。白鹭洲：古代长江中的沙洲，洲上多集白鹭，故名。因江水外移，今已与陆地相连，位于今南京市水西门外。

[6] 浮云蔽日：比喻谗臣当道障蔽贤良。浮云，既指诗人西北望长安所见实景，又比喻皇帝身边拨弄是非、蒙蔽皇帝的奸邪小人。陆贾《新语·慎微》："邪臣之蔽贤，犹浮云之障日月也。"日，一语双关，古代把太阳看作帝王的象征。

[7] 长安：这里用京城指代朝廷和皇帝。

作品简析

李白的山水旅游诗大多赞美祖国山河的雄奇与自然风光的美丽，风格豪迈奔放，富有浪漫主义精神，达到了内容与艺术的完美统一。《登金陵凤凰台》全诗八句五十六字，发思古之幽情，叹官场之黑暗。诗中涉及历史、自然、社会，视角俱是宏观，而又不失真切。气势恢宏，情韵悠远，诚登高览胜之杰作。

诗的开头两句写凤凰台的传说，十四字中连用了三个"凤"字，却无重复之感，音节流转明快，极其优美。六朝的繁华一去不复返了，只有长江的水仍在不停流动，大自然才是永恒的存在。三四句进一步阐释"凤去台空"的含义。三国时的吴国和后来的东晋都建都于金陵，烜赫一时，但如今都已成为过往云烟。诗人没有让自己的情绪沉浸在对历史的凭吊之中，他把目光又投向大自然，投向那巍峨的高山和不尽的江水。这两句诗气象壮丽，对仗工整，是难得的佳句。李白毕竟是关心现实的，他想看得更远些，从六朝的帝都金陵看到唐朝的都城长安。但是，"总为浮云能蔽日，长安不见使人愁"这两句诗寄寓着深意，暗示皇帝被奸邪包围，而自己报国无门，他的心情是十分沉痛的。

景点说明

庐山又称匡山、匡庐，地处江西省北部，东偎婺源县，南靠省会南昌市，西邻京九铁路，北枕滔滔长江，耸峙于长江中下游平原与鄱阳湖畔。庐山多峭壁悬崖，瀑布飞泻，云雾缭绕。险峻与柔丽相济，大山、大江、大湖浑然一体，以"雄""奇""险""秀"闻名于世。最为著名的三叠泉瀑布，落差达155米，有"不到三叠泉，不算庐山客"之美誉。

（七）杜甫《望岳》

望岳

岱宗夫如何[1]？齐鲁青未了[2]。
造化钟神秀[3]，阴阳割昏晓[4]。
荡胸生层云[5]，决眦入归鸟[6]。
会当凌绝顶[7]，一览众山小[8]。

字词注释

[1] 岱宗：即泰山，在今山东省泰安市城北。
[2] 齐鲁：原是春秋战国时期的两个国名，在今山东境内。两国以泰山为界，齐在泰山北，鲁在泰山南。
[3] 造化：大自然。钟：聚集。神秀：神奇秀美的灵气景色。
[4] 割昏晓：指山南山北同一时间判若早晨和晚上，极言泰山之高。
[5] 荡：指心胸摇荡。层：重叠。
[6] 决：张大，裂开。眦（zì）：眼角。
[7] 会当：终当，定要。凌：登上。绝顶：最高峰。
[8] 小：以……为小，认为……很小。

作品简析

《望岳》这首诗通过描绘泰山雄伟磅礴的景象，热情赞美了泰山高大巍峨的气势和神奇秀丽的景色，表达了对祖国山河的热爱之情。第一句以设问开篇，传神地表现了诗人无法用言语形容的对泰山的仰慕之情。第二句则写自己远在齐鲁大地之外也能看见泰山郁郁苍苍的山色，以耳听和眼见写泰山的与众不同。接下来四句分别从各角度描绘了泰山的神奇秀丽、雄伟磅礴的气象，由远望到近看，再到仰望，最后是俯望。最后两句写诗人从望岳产生了登岳的想法，表现出诗人不怕困难、敢于攀登绝顶、俯视一切的雄心和气概。

景点说明

泰山，位于今山东省泰安市城北，素有"五岳之首"之称。历代帝王举行封禅大典皆在此山，因此古人以泰山为诸山所宗，又称"岱宗"。传说泰山为盘古开天辟地后其头颅幻化而成，因此，中国人自古崇拜泰山，有"泰山安，四海皆安"的说法。泰山风景区以泰山日出、云海玉盘、晚霞夕照和黄河金带四景闻名，现分为幽区、旷区、奥区、妙区、秀区、丽区六大部分，游客可乘坐以岱顶为中心的三条索道上山，或是背起行囊亲近自然，徒步上山。在中国拥有悠久传统的佛、道两教也在泰山兴盛。

（八）柳永《八声甘州·对潇潇暮雨洒江天》

八声甘州·对潇潇暮雨洒江天[1]

对潇潇暮雨洒江天[2]，一番洗清秋。渐霜风凄紧[3]，关河冷落，残照当楼[4]。是处红衰翠减[5]，苒苒物华休[6]。惟有长江水，无语东流。

不忍登高临远，望故乡渺邈[7]，归思难收。叹年来踪迹，何事苦淹留[8]？想佳人妆楼颙望[9]，误几回、天际识归舟。争知我[10]，倚阑杆处，正恁凝愁[11]！

字词注释

[1]八声甘州：词牌名，又名"甘州""潇潇雨""宴瑶池"，源于唐代边塞曲。

[2]潇潇：下雨声。

[3]霜风：指秋风。凄紧：凄凉紧迫。

[4]残照：落日余光。当，对。

[5]是处：到处。红衰翠减：指红花、绿叶凋谢零落。

[6]苒苒（rǎn rǎn）：形容时光消逝。物华：美好的景物。

[7]渺邈（miǎo）：远貌，渺茫遥远。

[8]淹留：长期停留。

[9]颙（yóng）望：抬头凝望。

[10]争（zěn）：怎。

[11]恁（nèn）：如此。

作品简析

《八声甘州·对潇潇暮雨洒江天》表达了作者因常年宦游在外，于清秋薄暮时分，对漂泊生涯的感叹和对爱人的思念之情。词的上片写作者登高望远所见，于景物描写中融入悲凉之感。开头两句总写秋景，雨后江天，澄澈如洗。后三句写仰望高处所见之景象，用排比进一步烘托凄凉、萧索的气氛。之后四句写俯视所见之景象，由近及远，"无语东流"寄托了作者对韶华易逝的感慨。下片抒情，写对故乡亲人的怀念。前三句写登高的矛盾心理。登高是为了望故乡，可因故乡太远而无法看见，反而看到的是引起相思的凄凉景物，所以"不忍登高"，怕"归思难收"。接下来的两句，作者扪心自问为何客居他乡，也无法找到答案。之后的三句，作者描绘了想象中对方思念自己的场景，进一步体现了两地相思的痛苦。最后三句由对方回到自己，说对方肯定会埋怨自己不想家，却不知道自己也正经历倚阑远望的愁苦，与词的开头呼应。

景点说明

本词的具体创作地点已无法考证，但词中提到了"关河""长江"等地名。"关河"具体为函谷关和黄河，但也泛指江山。这里提到的"关河""长江"可能只是为了勾勒出一幅深秋雨后苍茫辽阔的悲凉图景，并非具体所指。

（九）陆游《游山西村》

游山西村

莫笑农家腊酒浑[1]，丰年留客足鸡豚[2]。
山重水复疑无路[3]，柳暗花明又一村[4]。
箫鼓追随春社近[5]，衣冠简朴古风存[6]。
从今若许闲乘月[7]，拄杖无时夜叩门[8]。

字词注释

[1]腊酒：腊月里酿造的酒。
[2]足：充足，这里指准备充足。豚(tún)：小猪。
[3]山重水复：一座座山、一道道水重重叠叠。
[4]柳暗花明：柳色深绿，花色红艳。
[5]箫鼓：吹箫打鼓。春社：古代把立春后第五个戊日作为春社日，拜祭社公（土地神）和五谷神，祈求丰收。
[6]古风存：保留着淳朴古代风俗。
[7]若许：如果这样。闲乘月：有空闲时趁着月光前来。
[8]无时：没有一定的时间，即随时。

作品简析

陆游曾任隆兴府（今江西省南昌市）通判，他积极支持北伐，却遭到朝中主和派的排挤打击，于是罢官归里。此诗作于乾道三年（1167年）初春，当时陆游正罢官闲居在故乡山阴（今浙江省绍兴市）。他的心境相当复杂，苦闷和激愤的感情交织在一起，但他并没有心灰意冷。第一、二句渲染了丰年时农村欢悦的景象，写出了农家的淳朴民风。第三、四句刻画了一幅春光明媚的村庄图景，山重水复，柳暗花明，在写景中蕴含哲思。第五、六句由自然写景转向写山村人事，描绘了农村春社祭祀的景象和衣冠简朴的风俗。第七、八句表达了作者对未来生活的展望，从今以后能不时拄杖乘月，轻叩柴扉，与农家朋友话家常。整体而言，作者通过描写山村明媚艳丽的田园风景和淳朴自然的民俗风情，表达了对传统文化的赞美和对人民的热爱。

景点说明

此山西村为陆游故乡山阴（今浙江省绍兴市）的一个村庄。具体地点已无法考证。

（十）马致远《天净沙·秋思》

天净沙·秋思[1]

枯藤老树昏鸦，小桥流水人家，古道西风瘦马。夕阳西下，断肠人在天涯[2]。

字词注释

[1]天净沙:曲牌名。

[2]断肠人:形容悲伤至极的人,此指漂泊天涯、极度悲伤的游子,因为思乡而愁肠寸断。

作品简析

马致远几乎一生都过着漂泊无定的生活,于是在羁旅途中,写下了这首元曲小令。元朝统治者一直实行民族高压政策,使得马致远终生未能得志。《天净沙·秋思》被称为"秋思之祖",作者依次选取了十个典型意象,组合成一幅秋郊夕照图,表现出游子在旅途中寂寞悲凉的心情。此曲在豪放中显出飘逸,沉郁中又见通脱,充满强烈的抒情性和主观性。

景点说明

此曲概扩地描述了旅途秋景,并无具体所指。

(十一)杨慎《临江仙·滚滚长江东逝水》

临江仙·滚滚长江东逝水[1]

滚滚长江东逝水[2],浪花淘尽英雄。是非成败转头空。青山依旧在,几度夕阳红[3]。

白发渔樵江渚上[4],惯看秋月春风。一壶浊酒喜相逢。古今多少事,都付笑谈中。

字词注释

[1]临江仙:词牌名。

[2]东逝水:江水向东流,这里将时光比喻为江水。

[3]几度:虚指,几次、好几次之意。

[4]渔樵:打渔和砍柴,此处指隐居。渚(zhǔ):原意为水中的小块陆地,此处意为江岸边。

作品简析

杨慎,与解缙和徐渭合称为"明代三才子",并为"明代三才子之首"。杨慎24岁考中状元,37岁因为得罪明世宗朱厚熜,被发配到云南充军。在经过湖北江陵时,看到一个渔夫和一个柴夫正在江上边煮鱼边喝酒,谈笑风生,杨慎内心感慨不已,于是请士兵找来纸笔,写下了这首《临江仙》。词的上片选取了"江水""浪花""青山""夕阳"等意象,鲜明地写出了历史兴衰、时空变换,但日月不变、山河永恒。下片则展现了一位白发隐士的形象,写出了他淡泊超脱的胸襟,表达了作者大彻大悟后所追求的理想人格。

景点说明

江陵,又名荆州城,今为荆州市和荆州区人民政府所在地,位于湖北省中部偏南,地处长江中游,江汉平原西部,南临长江,北依汉水,西控巴蜀,南通湘粤,古称"七省通衢"。荆州城内的古建筑很多,著名的有太晖观、元妙观、开元观、掷甲山、点将台、落帽山、画扇峰、章华寺、荆州古城等。

(十二)王世贞《登太白楼》

登太白楼[1]

昔闻李供奉[2],长啸独登楼[3]。
此地一垂顾[4],高名百代留。
白云海色曙[5],明月天门秋[6]。
欲觅重来者,潺湲济水流[7]。

字词注释

[1]太白楼:在今山东省济宁市,李白客居其地,曾饮于楼上。
[2]李供奉:即李白。《新唐书·李白传》:"贺知章见其文,叹曰:'子谪仙人也。'言于玄宗,召见金銮殿,论当世事,奏颂一篇。帝赐食,亲为调羹。有诏供奉翰林。"
[3]啸:撮口发出悠长清越的声音,这里指吟咏。
[4]垂顾:光顾,屈尊光临,这里指此楼经李白登临后就名扬千古。
[5]曙:黎明色。
[6]天门:星名,这里指天空。
[7]潺湲(chán yuán):形容水缓缓流动的样子。济水:古水名,源头为河南王屋山,下游后为黄河所占,今已不存在。济宁为古济水流经地域。

作品简析

王世贞是明代文学家"后七子"之一。这首诗大约作于明嘉靖三十二年(1553年),此时王世贞在北京任刑部员外郎,借出差机会回太仓探亲。时值秋季,他从运河乘船北上,途经济宁州(今山东省济宁市),登太白楼后,写下了这首怀古旅游诗。诗中通过缅怀李白的风采,表达了对其崇敬之情。第一、二句由李白登楼起笔,描绘了他豪放不羁的举止。第三、四句由此畅想古今,表达了对李白的崇敬之情。第五、六句回到现实,描绘了眼前壮丽的景色。最后两句抒发了对再也找不到像李白一样的名人高士的感慨。

景点说明

太白楼位于山东省济宁市任城区古运河北岸,太白楼路中段路北,原为贺兰氏酒楼,乃任城(今济宁市)古八景之一。李白于唐开元二十四年(736年)同夫人许氏及女儿平阳由湖北安陆移家至任城,居住在酒楼之前,"常在酒楼日与同志荒宴"。唐咸通二年(861年),吴兴人沈光过济宁时为该楼篆书"太白酒楼"匾额,作《李翰林酒楼记》一文,从此"太白酒楼"成名并传颂于后世。明洪武二十四年(1591年),济宁左卫指挥使狄崇重建太白楼,以"谪仙"的寓意,依原楼的样式,移迁于南门城楼东城墙之上(即现址),并将"酒"字去掉,更名为"太白楼"。后于明代、清代、民国时期进行了数十次重修。

(十三)查慎行《舟夜书所见》

舟夜书所见

月黑见渔灯,孤光一点萤[1]。
微微风簇浪[2],散作满河星。

字词注释

[1]孤光:孤零零的灯光。
[2]簇:拥起。

作品简析

查慎行是诗坛"清初六家"之一,继朱彝尊之后被尊为东南诗坛领袖,对清初诗坛宗宋派有重要影响。其诗风清新隽永,艺术上以白描著称,对后来袁枚及性灵派影响甚巨。这首五言绝句是诗人在船上夜宿时所写,勾勒了倒映在水中的渔火化作满天星星的画面。前两句是静态描写,把暗色和亮色联系在一起,形象鲜明;后两句为动态描写,把微风吹起波浪、波浪倒映渔火这一转瞬即逝的画面生动地描写出来,抒发了诗人对自然之美的喜爱之情。

景点说明

具体创作地点不详。

(十四)毛泽东《水调歌头·重上井冈山》

水调歌头·重上井冈山[1]

久有凌云志,重上井冈山。千里来寻故地,旧貌变新颜。到处莺歌燕舞,更有潺潺流水,高路入云端。过了黄洋界[2],险处不须看。
风雷动,旌旗奋,是人寰[3]。三十八年过去[4],弹指一挥间。可上九天揽月[5],可下五洋捉鳖[6],谈笑凯歌还。世上无难事,只要肯登攀。

字词注释

[1]水调歌头:词牌名。重上井冈山:1965年5月下旬,毛泽东来到井冈山游览视察,先后来到黄洋界和茨坪。在茨坪居住期间,毛泽东了解井冈山地区水利、公路建设和人民生活,会见了老红军、烈士家属、机关干部和群众。

[2]黄洋界:井冈山五大哨口之一,另四个是八面山、双马石、朱沙冲、桐木岭。
[3]人寰:人世间。
[4]三十八年:从1927年10月毛泽东率领秋收起义部队上井冈山,到这次重来,已经过去了38年。
[5]九天揽月:九天,天的极高处;揽月,摘取月亮。
[6]捉鳖:喻擒拿敌人。

作品简析

1927年10月,毛泽东率领秋收起义的部队来到井冈山,在这里开辟了革命根据地,创建了一条从农村包围城市的道路,最终取得了中国革命的胜利。1965年5月,毛泽东重上井冈山。与井冈山阔别38年,同时,他也与革命老区人民阔别了38年。他感慨良多,于是写下《水调歌头·重上井冈山》这首词。词的上片描述诗人重上井冈山的经过,叙事、写景、抒情融为一体,表达了欢快的情绪和豪迈的气概。诗人展示了一幅绚丽多彩的图画:蓝天绿树,黄莺婉转,紫燕飞翔,溪涧流水潺潺;举目仰望,盘旋的高路,插入白云渺渺的云端。字里行间,洋溢着诗人无比喜悦、轻松而舒畅的心情。流畅明快的笔调,抒发了诗人对井冈山变化之美的赞颂。词的下片触景生情,诗人回顾38年革命历程,融情于理,以哲理总结全篇。"可上九天揽月,可下五洋捉鳖"形象地写出了中国共产党人的豪迈之气。结尾处作者不仅把深刻的哲理用口头语融于诗词之中,而且与前文形成呼应。

景点说明

井冈山,位于江西省吉安市井冈山市,是中国革命根据地、国家5A级旅游景区、国家级自然保护区、全国红色旅游景区、世界生物圈保护区。1927年10月,毛泽东、朱德、陈毅、彭德怀、滕代远等老一辈无产阶级革命家率领中国工农红军来到井冈山,创建以宁冈县为中心中国第一个农村革命根据地。井冈山景观分为八大类:山峦、山石、瀑布、气象、溶洞、温泉、珍稀动植物及高山田园风光,其中10处被列为中国重点文物保护单位。井冈山属山岳型风景名胜区景观景点,其自然风光有着雄、奇、险、峻、秀、幽的特点。

二、边塞旅游诗赏析

(一)高适《塞上听吹笛》

塞上听吹笛[1]

雪净胡天牧马还[2],月明羌笛戍楼间[3]。
借问梅花何处落[4],风吹一夜满关山[5]。

字词注释

[1] 塞上：指凉州（今甘肃省武威市）一带的边塞地区。

[2] 雪净：冰雪消融。胡天：指西北边塞地区。胡是古代对北部和西部民族的泛称。牧马：放马。西北部民族以放牧为生。

[3] 羌(qiāng)笛：羌族管乐器。古羌族主要分布在甘肃、青海、四川一带。戍楼：边防驻军的瞭望楼。

[4] 梅花何处落：笛曲《梅花落》属于汉乐府横吹曲，善述离情，这里将曲调《梅花落》拆用，嵌入"何处"两字，从而构成一种虚景。

[5] 关山：这里泛指关隘山岭。

作品简析

《塞上听吹笛》是高适在西北边塞地区从军时写的，当时他在哥舒翰幕府。高适曾多次到过边关，他三次出塞，去过辽阳，到过河西，对边塞生活有着较深的体验。前两句实写眼前之景，胡天北地，冰雪消融，牧马归来，天空洒下明月的清辉，为全诗定下了一个开朗壮阔的基调。后两句虚写，在如此苍茫而又清澄的夜境里，不知哪座戍楼响起了羌笛，那是熟悉的《梅花落》曲调。"梅花落"本是羌笛声，但仿佛风吹的不是笛声，而是落梅的花瓣，它四处飘散，一夜之中香洒关山，委婉含蓄地表达了诗人内心思念家乡的强烈感情。整体上，这首七言绝句由雪净月明的实景写到梅花纷飞的虚景，虚实相生，同时又表达了思乡之情，含蓄委婉。

景点说明

本诗中的塞上指是凉州，即现在的武威市，由雄才大略的汉武帝为彰显大汉帝国的"武功军威"而得名，为甘肃省辖地级市，位于甘肃省中部，河西走廊的东端，东临省会兰州市，西通金昌市，南依祁连山，北接腾格里沙漠。截至2022年，武威市有全国重点文物保护单位13处、省市级文物保护单位49处、市县级文物保护单位283处。武威市博物馆现有馆藏文物约5万件，突出的代表有"一马"（马踏飞燕）、"一碑"（西夏碑）、"一寺"（白塔寺）、"一窟"（天梯山石窟）、"一塔"（罗什寺塔）、"一庙"（文庙）、"一堡"（瑞安堡）。

（二）岑参《白雪歌送武判官归京》

白雪歌送武判官归京[1]

北风卷地白草折[2]，胡天八月即飞雪[3]。

忽如一夜春风来，千树万树梨花开[4]。

散入珠帘湿罗幕[5]，狐裘不暖锦衾薄[6]。

将军角弓不得控[7]，都护铁衣冷难着[8]。

瀚海阑干百丈冰[9]，愁云惨淡万里凝[10]。

中军置酒饮归客[11]，胡琴琵琶与羌笛。

纷纷暮雪下辕门[12]，风掣红旗冻不翻[13]。
轮台东门送君去[14]，去时雪满天山路[15]。
山回路转不见君，雪上空留马行处。

字词注释

[1] 武判官：名不详。判官，官职名，协助节度使、观察使等判处公事的幕僚。

[2] 白草：西北的一种牧草，晒干后变白。

[3] 胡天：指塞北的天空。胡，古代对北部和西部民族的泛称。

[4] 梨花：这里指雪花积在树枝上，像梨花开了一样。

[5] 珠帘：用珍珠串成或饰有珍珠的帘子，形容帘子的华美。罗幕：用丝织品做成的帐幕，形容帐幕的华美。这句说雪花飞进珠帘，沾湿罗幕。

[6] 狐裘：狐皮袍子。锦衾：锦缎做的被子。薄：因为寒冷被子显得单薄。

[7] 角弓：两端用兽角装饰的硬弓。控：拉开。

[8] 都护：镇守边镇的长官，这里为泛指，与上文的"将军"是互文。铁衣：铠甲。着：穿上。

[9] 瀚海：沙漠。阑干：纵横交错的样子。

[10] 惨淡：昏暗无光。

[11] 中军：称主将或指挥部。古时军队分为中、左、右三军，中军为主帅的营帐。饮归客：宴饮归京的人，指武判官。饮，动词，宴饮。

[12] 辕门：军营的门。古代军队扎营，用车围绕，出入处以两车车辕相向竖立，状如门。这里指帅衙署的外门。

[13] 风掣：红旗因雪而冻结，风都吹不动了。掣，即拉、扯。

[14] 轮台：唐轮台在今巴音郭楞蒙古自治州西部，与汉轮台不是同一地方。

[15] 天山：即祁连山，横亘东西。"祁连"在匈奴语中即"天"的意思。

作品简析

《白雪歌送武判官归京》是一首送别诗。岑参第二次出塞，担任安西北庭节度使封常清的判官，而武判官则是前任判官。诗人在轮台送他返回长安时写下了此诗。诗人以敏锐观察力和浪漫奔放的笔调，描绘了祖国西北边塞的壮丽景色，以及边塞军营送别归京使臣的热烈场面，表达了诗人和边防将士的爱国热情，以及他们对战友的真挚感情。同时，也描绘了西域八月飞雪的壮丽景色。全诗内涵丰富、色彩瑰丽浪漫、气势雄浑磅礴、意境鲜明独特，具有极强的艺术感染力，表现出了诗人的浪漫理想和壮逸情怀，堪称盛唐边塞诗的压卷之作。这首诗以绮丽多变的雪景描写，纵横矫健的笔力，开阖自如的结构，抑扬顿挫的韵律，准确、鲜明、生动地创造出奇中有丽、丽中有奇的美好意境，不但写得声色皆宜、张弛有度，而且刚柔相辅、急缓相济。全诗不断变换着白雪画面，化景为情，慷慨悲壮，浑然雄劲，抒发了诗人对友人的依依惜别之情和因友人返京而产生的惆怅之情。

景点说明

送别的地点为轮台,轮台地处天山南麓,塔里木盆地北缘,巴音郭楞蒙古自治州西部,归新疆维吾尔自治区巴音郭楞蒙古自治州管辖,是古西域都护府所在地。轮台县旅游景点有塔里木胡杨公园、三垅沙雅丹、草湖、拉依苏烽燧遗址等。

(三)王之涣《凉州词》

凉州词[1]

黄河远上白云间,一片孤城万仞山[2]。

羌笛何须怨杨柳[3],春风不度玉门关[4]。

字词注释

[1]凉州:今甘肃省武威市凉州区,唐时属陇右道。

[2]孤城:指孤零零的戍边城堡。仞:古代的长度单位,一仞相当于七尺或八尺(1尺约为0.33米)。

[3]何须:何必。杨柳:《折杨柳》曲,古诗文中常以杨柳喻送别。

[4]度:吹到过。玉门关:汉武帝设置,因西域输入玉石取道于此而得名。故址在今甘肃省敦煌市西北部,是古代通往西域的要道。六朝时关址东移至今安西县双塔堡附近。

作品简析

这首诗描绘了广袤壮阔的西北边疆风光,体现了戍边将士无法还乡的无奈与哀伤,其情感悲壮而苍凉。全诗第一句抓住自下向上、由近及远眺望黄河的特殊感受,描绘了一个广阔的宏观景象。第二句聚焦万山之中的塞上孤城,写明远川高山反衬下城关险要的地势和将士们孤危的处境。第三句在广阔天地和苍凉孤城之间忽而一转,引入哀怨的羌笛之声,深沉含蓄,耐人寻味。第四句写边塞苦寒,蕴含着无限的乡思离情。

景点说明

此诗也在凉州创作,景点与《塞上听吹笛》相同,此处不再赘述。

(四)王昌龄《出塞》

出塞

秦时明月汉时关[1],万里长征人未还。

但使龙城飞将在[2],不教胡马度阴山[3]。

字词注释

[1]关:关隘。今甘肃省武威市凉州区,唐时属陇右道。

[2] 但使：只要。龙城飞将，指汉朝飞将军李广。李广（？－公元前119年），陇西成纪（今甘肃省天水市秦安县）人，西汉时期的名将，被匈奴称之为"飞将军"。

[3] 教：让。胡马：指侵扰内地的外族骑兵。阴山：昆仑山的北支，是中国北方的屏障。

作品简析

《出塞》是一首慨叹边境战乱不断、国无良将的边塞诗。首句实写眼前之景，为我们展现了一幅壮阔的画面，一轮明月照耀着边疆关塞，但又赋予了画面厚重的历史感，渲染出一种孤寂、苍凉的气氛。第二句虚写，展开联想，从空间角度点明边塞的遥远，以及无数将士献身边疆、至死未归的悲壮。第三、四句也是虚写，表达了士卒们保卫国家的愿望——只要有李广那样的名将，敌人的马队就不会踏过阴山。但言外之意是，朝廷的用人不当，导致了边患频仍、征人不还的局面。这首诗意境雄浑、语言明快，思想内容深沉含蓄、耐人寻味，既洋溢着保家卫国的爱国情感，也有对久戍士卒的深切同情，又流露了对朝廷不能选贤任能的不满，体现诗人高超的艺术造诣。

景点说明

此诗也在凉州创作，景点与《塞上听吹笛》和《凉州词》两首诗相同，此处不再赘述。

（五）范仲淹《渔家傲·秋思》

渔家傲·秋思[1]

塞下秋来风景异[2]，衡阳雁去无留意[3]。四面边声连角起[4]。千嶂里[5]，长烟落日孤城闭。

浊酒一杯家万里，燕然未勒归无计[6]。羌管悠悠霜满地。人不寐，将军白发征夫泪。

字词注释

[1] 渔家傲：词牌名。

[2] 塞下：边界要塞之地，这里指西北边疆。风景异：指景物与江南一带不同。

[3] 衡阳雁去："雁去衡阳"的倒装，指大雁离开这里飞往衡阳。相传北雁南飞，到湖南省衡阳市即止。

[4] 边声：边境大风、羌笛、马啸等的声响。角：古代军中的一种乐器。

[5] 千嶂：像屏障一般的群山。

[6] 燕然未勒：指边患未平、功业未成。燕然，山名，即今蒙古国境内杭爱山。勒：刻石记功。《后汉书·窦宪传》记载，东汉大将窦宪追击北匈奴，出塞三千余里，至燕然山刻石记功而还。

作品简析

这是范仲淹写的一首边塞旅游词。此词开边塞词之先河,意境沉雄开阔,氛围苍凉悲壮,对后世苏轼、辛弃疾等词人均有影响。这首词既表现了将军的英雄气概及征途的艰苦生活,也暗含对宋王朝重内轻外政策的不满,兼有爱国激情与浓重乡思,表现了将军与征夫思乡却渴望建功立业的复杂而矛盾的情绪。词分上下两片,上片描绘边地的荒凉景象,下片写戍边战士厌战思归的心情。第一句指出时间、地点和景物特点,以"异"字领起全篇,为下片怀乡思归之情做铺垫。第二句以典型景物来说明"塞下秋来"。接下来三句通过"边声""角起""千嶂""孤城"等特征性事物,描绘边地的荒凉景象。下片前两句写将士借酒消愁,但思乡情绪却更加强烈,同时战功未建而归乡无计,刻画了戍边将士们的矛盾心理。后三句再次以用羌管声和霜色加重环境的渲染,"羌管悠悠"是"不寐"所闻,"霜满地"是"不寐"所见,"白发""泪"是"不寐""羌管悠悠"所致。总之,词作既反映了边塞生活的艰苦和保家卫国的意愿,也体现了深沉复杂的忧国爱国之情。

景点说明

本词中的塞下是边界要塞之地,这里指当时的西北边疆。具体写作地点不详。

(六)徐锡麟《出塞》

出塞

军歌应唱大刀环[1],誓灭胡奴出玉关[2]。
只解沙场为国死[3],何须马革裹尸还[4]。

字词注释

[1] 环:与"还"同音,古人常用作还乡的隐语。

[2] 胡奴:指匈奴,这里代指清王朝封建统治者。玉关:指玉门关,这里代指山海关,指要推翻清王朝的封建统治。

[3] 沙场:本指平沙旷野,后多指战场。

[4] 马革裹尸:英勇作战而死,尸体以马革包裹而还。《后汉书·马援传》记载,方今匈奴、乌桓,尚在北边,欲自请击之。男儿要当死边野,以马革裹尸还葬耳。

作品简析

这首诗前两句号召人民觉醒,反抗腐朽的封建王朝。后两句更是体现了诗人的义无反顾,借用"马革裹尸"的典故表达视死如归的英勇气概。

景点说明

玉门关,始置于汉武帝开通西域道路、设置河西四郡之时,因西域输入玉石时取道于此而得名。汉时为通往西域各地的门户,故址在今甘肃省敦煌市西北小方盘城。元鼎或元封年间(公元前116年至公元前105年)修筑酒泉至玉门间的长城,玉门关随之设立。玉门关遗址地处河西走廊最西端,疏勒河南岸,距敦煌市区约90千米,西距罗布泊约150千米,四境多戈壁、荒漠、草甸。遗址区东起仓亭燧,西至显明燧,南至南三墩。

(七)闻捷《晚归》

《晚归》

(选自《天山牧歌》)

在这宁静的九月黄昏,
草原上飘来一朵白云,
那是牧人们归来了,
赶着心爱的羊群。
骑马领队的克里更,
他是草原上一只鹰;
他找到了一把金铸的钥匙,
打开了草原上幸福的门;
牧人们赶着羊群,
歌抒自己的心情:
"我们的羊呀合了群,
我们的人啊齐了心……"
羊群越走越近,
歌声越听越真,
女人们跑出帐篷,
打开羊栏的大门;
人喊、狗咬、羊叫,
喧闹温暖了女人的心,
她们用妩媚的笑,
洗去牧人心上的风尘。
牧人们跟着妻子回去了,
暮色笼罩住几对青年人,
巡夜的老爷爷打趣地问:
"你们哪天搬进一个帐篷?"

作品简析

《晚归》是《天山牧歌》中具有代表性的作品。这首诗朴素自然、风格清新、柔和明快,诗人用热情的笔调描写了天山脚下牧民的生活情景,放牧归来,亲人团聚,爱侣相会,生活甜蜜。诗的开篇写景,"飘来一朵白云"与牧人赶着羊群归来形成映照,平凡的生活中透露出静与美,令人向往。将骑马领队的克里更比喻成"草原上一只鹰","钥匙"和"幸福的门"将牧人的归来揭开了草原的热闹和欢乐的序幕具象化,比喻新颖别致。"喧闹温暖了女人的心,她们用妩媚的笑,洗去牧人心上的风尘",描写了牧人夫妇们和谐美满的婚姻生活,细节之处动人至深。最后,通过几对青年人被老者追问的场景,表达美好的未来值得期望,这样的爱与美将继续一代代传承下去。朴实的生活场景,浓烈的民族风情,真挚的情感,是这首诗的动人之处。尤其是在表现爱情方面,本诗并未描写爱情中的人们的羞涩和不安,而是写出了爱的坦诚、柔和、轻快、明媚,不造作,不矫情,这既与草原牧民特有的豪情气质有关,也充满了新时代气息。

景点说明

天山山脉是世界七大山系之一,新疆天山指中国境内的东天山,绵延中国境内1700多千米,占地57万多平方千米,占新疆全区面积约1/3。《穆天子传》记载,周穆王曾乘坐"八骏马车"西行天山,西王母在天池接见了他,二人互赠了中原和天山的物产,并同游天山。临别时,穆王亲书"西王母之山",留作纪念。临别时,西王母劝饮再三,即席歌曰:"祝君长寿,愿君再来。"托木尔峰是天山山脉的最高峰,海拔7443.8米。锡尔河、楚河和伊犁河都发源于天山。天山有距今4000年的发达的史前文化,月氏、乌孙等早期游牧民族在此生活,古老的游牧文化和农耕文化在此交融、发展和演变,形成独特的天山文化。

三、怀古旅游诗赏析

(一)《诗经·王风·黍离》

诗经·王风·黍离

彼黍离离[1],彼稷之苗[2]。行迈靡靡[3],中心摇摇[4]。知我者,谓我心忧,不知我者,谓我何求[5]。悠悠苍天!此何人哉[6]?

彼黍离离,彼稷之穗。行迈靡靡,中心如醉。知我者,谓我心忧,不知我者,谓我何求。悠悠苍天!此何人哉?

彼黍离离,彼稷之实。行迈靡靡,中心如噎[7]。知我者,谓我心忧,不知我者,谓我何求。悠悠苍天!此何人哉?

字词注释

[1]黍(shǔ):一种农作物,俗称黄米,有黏性,可酿酒或作糕等。离离:排列繁茂的样子。

[2]稷(jì):一种粮食作物,但具体所指说法不一,有的说为谷子,也有的说为高粱,还有的说为黍的变种,但黏性不及黍。稷在古代是非常重要的粮食作物,被当作"百谷之长"。稷由"百谷之长"逐渐演变为"五谷之神",和土神合称"社稷",后成为国家的代称。苗:指长出秧苗。下面的"穗"指秧苗抽穗,"实"指结出果实。

[3]行迈:行走。靡靡:行走迟缓的样子。

[4] 中心:心中。摇摇:心神不安的样子。

[5] 谓:说,认为,知道。

[6] 此何人哉:这到底是什么人呀?

[7] 噎(yē):原指食物塞住咽喉,这里指哽咽、郁结。

作品简析

这首诗选自《诗经》,可以看作是一首怀古诗。一般认为是周大夫行役至宗周,经过已废弃的宗庙宫室,看到满眼尽为禾黍,感伤周室倾覆,内心悲痛,就写下了这首诗。"黍离之悲"已经成为一个典故,用以指亡国之痛。全诗共三章,每章十句,整体结构上采用了常用的"重章复唱"方式,在循环往复中表现诗人内心无限的怅惘和悲愤。每章前两句,描写宗庙宫室原址繁盛不见、奢华不再,随着时间的推移,长满了禾黍,并不断地发苗、抽穗、结实。接下来两句,写"我"每次来到这里脚步总是迟缓,内心更是沉重。之后两句写"我"的忧思又有谁能感同身受,而且这种忧思最令人难受的在于它无法被理解。最后两句写"我"只能质问苍天"此何人哉?"苍天自然无法回应,所以内心的忧愤又加深一层。

景点说明

此处所写为周朝王城,即今洛阳市。东汉学者郑玄注:"周既去镐京,犹名王城(今河南省洛阳市)为宗周也"。洛阳市横跨黄河中下游南北两岸,东邻郑州市,西接三门峡市,北跨黄河,与焦作市接壤,南与平顶山市、南阳市相连。洛阳市有5000多年文明史、4000多年城市史、1500多年建都史。洛阳是华夏文明的发祥地之一、丝绸之路的东方起点、隋唐大运河的中心,历史上先后有众多王朝在洛阳建都。洛阳城内有众多古城、古文化遗址,如二里头遗址、偃师商城遗址、东周王城遗址、汉魏洛阳城遗址、隋唐洛阳城遗址等。

(二)王勃《滕王阁诗》

滕王阁诗[1]

滕王高阁临江渚[2],佩玉鸣鸾罢歌舞[3]。

画栋朝飞南浦云[4],珠帘暮卷西山雨[5]。

闲云潭影日悠悠,物换星移几度秋。

阁中帝子今何在[6]?槛外长江空自流[7]。

字词注释

[1] 滕王阁:位于江西省南昌市赣江之滨。

[2] 江:赣江,江西省内最大的河流。渚:江中的小洲。

[3] 佩玉鸣鸾:身上佩戴的玉饰、响铃。

[4] 南浦、西山:地名。

[5]珠帘：用珠子做成的门帘、窗帘。

[6]帝子：李元婴，唐朝开国皇帝李渊的之子，后被封滕王。

[7]槛(jiàn)：栏杆。

作品简析

唐上元二年(675年)，王勃前往交趾县(今越南河内市)探望时任交趾县令的父亲，途经洪州(今江西省南昌市)，写下了著名的《滕王阁序》，《滕王阁诗》就附在其后。诗中的第一句，作者开门见山点明滕王阁的空间位置，下临赣江，可远望，可俯视。第二句则从时间上写出今昔对比，昔日高阁设宴、歌舞鸣琴，如今盛宴不再。由此定下了全诗感叹沧桑变化、盛衰无常的基调。第三、四句承前，进一步描写滕王阁往昔的雕梁画栋仍在，但人去楼空，唯有与朝云暮雨为伴，更显冷清寂寥。最后四句感慨生命短暂、繁华易逝、人生难料。

景点说明

滕王阁位于江西省南昌市赣江之滨，唐高祖之子滕王李元婴任洪州都督时(公元653年)始建。滕王阁与湖北省武汉市的黄鹤楼、湖南省岳阳市的岳阳楼和山西省永济市的鹳雀楼合称为中国的四大名楼，前三者也合称为"江南三大名楼"。滕王阁主体建筑净高57.5米，建筑面积13000平方米。其下部为象征古城墙的12米高台座，分为两级。台座以上的主阁取"明三暗七"的样式，即从外面看是三层带回廊建筑，而内部却有七层。历史上的滕王阁屡毁屡建，先后重建达29次之多。现阁的瓦件全部采用宜兴产的碧色琉璃瓦，因唐宋多用此色。

(三)陈子昂《登幽州台歌》

登幽州台歌[1]

前不见古人，后不见来者[2]。

念天地之悠悠[3]，独怆然而涕下[4]！

字词注释

[1]幽州台：即黄金台，又称蓟北楼，故址在今北京市大兴区。燕昭王为招纳天下贤士而建此台。

[2]古人、来者：指那些像燕昭王一样能够礼贤下士的贤明君主。

[3]念：想到。悠悠：辽阔，遥远。

[4]怆(chuàng)然：悲伤凄切的样子。涕：流泪。

作品简析

这首诗是初唐诗人陈子昂创作的一首五言古诗，写于万岁通天元年(696年)。陈子昂是一个具有政治见识和政治才能的文人，直言敢谏，却并未受到重用，接连受挫。眼看报国宏愿成为泡影，他登上蓟北楼，慷慨悲吟，写下了《登幽州台歌》以及《蓟丘览古赠卢居士藏用七首》等诗篇。

诗的前两句俯仰古今,写时间之漫长;第三句登楼远望,写空间之辽阔;第四句则直接描绘了诗人孤独、寂寞、苦闷的情绪。从这首诗中,我们可以深刻地感受到一种苍凉悲壮的气氛,体会到诗人胸怀大志却报国无门的落寞情怀。

景点说明

幽州台即燕国时期燕昭王所建的黄金台,又名"蓟北楼",也称"燕台"。燕昭王修建黄金台用于招纳贤才,因将黄金置于其上而得名。燕昭王以其师郭隗为开端,大开纳贤之门,广招天下能人,短期内就取得了良好的效果。天下英才积聚燕国,燕国的实力大增,在诸侯国中的地位也显著得到提升。所以,幽州台历来备受落魄文人、仕途受挫官员的景仰。

（四）李白《秋登宣城谢朓北楼》

秋登宣城谢朓北楼[1]

江城如画里[2],山晚望晴空[3]。
两水夹明镜[4],双桥落彩虹。
人烟寒橘柚[5],秋色老梧桐。
谁念北楼上,临风怀谢公。

字词注释

[1]宣城:今安徽省宣城市一带。谢朓北楼:即谢朓楼,又名谢公楼,故址在陵阳山上,为南朝齐诗人谢朓任宣城太守时所建。
[2]江城:泛指水边的城,这里指宣城。
[3]山:指陵阳山。
[4]两水:指宛溪、句溪。宛溪上有凤凰桥,句溪上有济川桥。
[5]人烟:人家里升起的炊烟。

作品简析

李白在长安为权贵所排挤,被赐金放还,弃官而去后,政治上一直处于失意之中,过着漂泊四方的流浪生活。唐天宝十二年(753年)和十三年(754年),李白两度来到宣城,登上谢朓楼,写下本诗及《宣州谢朓楼饯别校书叔云》等诗篇。

全诗语言清新优美,格调淡雅脱俗,意境苍凉悠远。诗的前六句主要是写景状物,描绘了登上谢朓楼所见到的美丽景色,后两句从登临到怀古,点明主旨。第一、二句点明游览时间、地点,总括景色特点。第三、四句照应第一句具体写"江城如画",以明镜和彩虹分别比喻清澈的秋水和水上的双桥。第五、六句照应第二句,具体写"山晚""晴空",描绘山野寒色、人家炊烟、橘柚深林、干枯梧桐。第七、八句点明主旨,抒发了对先贤的追慕之情。

景点说明

谢朓楼位于宣城市中心,是谢朓任宣城太守时所建,又名谢公楼,是宣城的登览胜地。宣城处于山环水抱之中,陵阳山三峰挺秀,句溪和宛溪环绕着整个城郊。从此楼望去,山川阡陌,风云变幻,草木葱葱,人来人往,景色尽收眼底。此楼为历史名楼,李白、白居易、文天祥等著名诗人留下诗文130余篇。1998年,谢朓楼遗址被列为省级文物保护单位。

(五)杜甫《蜀相》

蜀相[1]

丞相祠堂何处寻[2],锦官城外柏森森[3]。
映阶碧草自春色,隔叶黄鹂空好音[4]。
三顾频烦天下计[5],两朝开济老臣心[6]。
出师未捷身先死[7],长使英雄泪满襟。

字词注释

[1]蜀相:指三国时期蜀汉丞相诸葛亮。
[2]丞相祠堂:武侯祠,在今成都市武侯区昭烈庙西,晋朝李雄初建。
[3]锦官城:成都的别名。柏(bǎi):柏树。森森:形容树木茂盛繁密。
[4]空:白白地。好(hǎo)音:美妙悦耳的叫声。
[5]三顾:刘备为统一天下而三顾茅庐,问计于诸葛亮。频烦:频繁,多次。
[6]两朝:刘备、刘禅父子两朝。开:开创帝业。济:扶助,辅佐。
[7]出师未捷身先死:诸葛亮多次出师伐魏,未能取胜,至蜀建兴十二年(234年)卒于五丈原(今陕西省宝鸡市岐山县东南部)军中。

作品简析

《蜀相》是唐代诗人杜甫定居草堂后,第二年游览武侯祠时创作的一首怀古诗。诗人借游览古迹,表达了对诸葛亮济世雄才、鞠躬尽瘁的崇敬以及对他"出师未捷身先死"的惋惜之情。第一、二句一问一答,点明游览地点。"柏森森"营造出一种森严肃穆的氛围。第三、四句描绘了武侯祠的景物,色彩鲜明,动静结合,表现武侯祠内春意盎然,但又寓情于景,"自""空"展现出一种哀愁惆怅的情绪,显然是诗人对现实的忧虑。第五、六句高度概括了诸葛亮的一生,隆中纵谈天下大事,辅佐刘备开创蜀汉,匡扶刘禅继任,刻画出一位忠君爱国、济世扶危的贤相。最后两句对诸葛亮病死军中、功业未成的不幸表示惋惜,又蕴含对国家现实命运的忧虑。

景点说明

武侯祠是纪念三国时期蜀汉丞相诸葛亮的祠堂。蜀建兴十二年(234年),诸葛亮因积劳成疾,病卒于北伐前线的五丈原(今陕西宝鸡市岐山县城东南部),时年五十四岁。诸葛亮生前曾被封为"武乡侯",死后又被蜀汉后主刘禅追谥为"忠武侯",因此历史上尊称其祠庙为"武侯祠"。武侯祠现分文物区、园林区和锦里三部分,面积15万平方米。

成都武侯祠博物馆位于四川省成都市武侯区,是我国唯一的一座君臣合祀祠庙,是最负盛名的诸葛亮、刘备等众多蜀汉英雄纪念地,也是全国影响最大的三国时期遗迹博物馆。

(六)刘禹锡《西塞山怀古》

西塞山怀古[1]

王濬楼船下益州[2],金陵王气黯然收[3]。
千寻铁锁沉江底[4],一片降幡出石头。
人世几回伤往事,山形依旧枕寒流[5]。
今逢四海为家日[6],故垒萧萧芦荻秋[7]。

字词注释

[1]西塞山:位于今湖北省黄石市,又名道士洑矶,山体突出到长江中,因而形成长江弯道,站在山顶犹如身临江中。

[2]王濬:曾任西晋益州刺史。益州:晋时益州郡治在今四川省成都市。晋武帝伐吴前派王濬造大船,船上建木质城楼,每船可容二千余人。

[3]金陵:今江苏省南京市,即吴国都城建业。

[4]千寻铁锁沉江底:为拦截晋船,东吴末帝孙皓命人在江中置铁锥,又用大铁索横于江面,但最终失败。寻:古代长度单位。

[5]降幡(fān):投降的幡旗,指孙皓到营门投降。石头:石头城,位于今南京市西清凉山上,三国时吴国依石壁筑城戍守,称石头城。后人也以石头城代指吴国都城建业(今南京)。

[6]四海为家:即四海归于一家,指全国统一。

[7]故垒:旧时的壁垒。萧萧:指秋风声。

作品简析

唐朝自安史之乱后,藩镇割据严重。这首诗是刘禹锡于唐长庆四年(824年)所作。是年,刘禹锡由夔州(今重庆市奉节县)刺史调任和州(今安徽省和县)刺史,在沿江东下赴任途中经西塞山时,触景生情,抚今追昔,写下了这首感叹历史兴亡的怀古诗。

前四句写西晋灭吴的历史故事,为后面引出西塞山营造了一个广阔的历史背景。第一、二句渲染了双方气势对比。第三、四句直接写战事及其结果,表明历史的兴废并非由地势和水形决定,而是由人事,即积极的行为和坚决的态度。第五、六句将时代变化和山形依旧进行对比,引出"四海为家"的主题。现实中,各藩镇已拥兵自重多年,但这些割据一方的势力终不会长久,这残破荒凉的遗迹,便是六朝覆灭的见证,便是分裂失败的象征。

景点说明

西塞山风景区位于黄石市城区东部长江南岸,区内以西塞山险峻秀丽的自然景观和丰富的人文古迹为实物主体,以古黄石城历经沧桑的变迁史和年代久远的古诗词为重要文化内涵。西塞山风景区旅游资源非常丰富,景点众多,属于国家3A级旅游景区,有摩崖石刻、桃花古洞、西塞山铁桩、古钓鱼台等景点。从东汉末年到中华人民共和国成立前,发生在西塞山的战争达一百多次,文人雅士观赏西塞山晨曦暮色,述志言情而吟诗填词近百篇。

(七) 杜牧《赤壁》

赤壁

折戟沉沙铁未销[1],自将磨洗认前朝[2]。
东风不与周郎便[3],铜雀春深锁二乔[4]。

字词注释

[1]折戟:折断的戟。戟:古代兵器。销:销蚀。
[2]将:拿起。认前朝:认出戟是赤壁之战的遗物。
[3]东风:指火烧赤壁的战事。周郎:指周瑜,字公瑾,年轻时即有才名,人称"周郎",后任吴军大都督。
[4]铜雀:指铜雀台,即曹操在今河北省邯郸市临漳县建造的一座楼台,楼顶里有大铜雀,台上住姬妾歌妓。二乔:东吴乔国老的两个女儿,一嫁前国主孙策,称大乔,一嫁军事统帅周瑜,称小乔,合称"二乔"。

作品简析

这首山水怀古诗,大约作于唐会昌二年(842年)杜牧出任黄州(今湖北省黄冈市)刺史之时。黄州有赤壁矶,但此赤壁不是孙刘破曹之地,杜牧只是借此抒怀古之意而已。赤壁之战发生于建安十三年(208年),是对三国鼎足形势起着决定性作用的一次重大战役。其结果是孙刘联军在东吴统帅周瑜的指挥下打败了曹军。第一、二句写沙里沉埋着断戟,既写出了这里曾有过战事,又写出了岁月的流逝,把时间聚焦在三国时期。第三、四句则借东吴两位女子可能会承受的命运来说明历史人物的幸与不幸往往难料,从而表达了抑郁不平之气。

景点说明

赤壁名胜风景区,位于赤壁市西北38千米处。建安十三年(208年),中国历史上著名的"赤壁之战"发生在此地。赤壁古战场是我国古代著名战役中唯一尚存原貌的古战场,又正位于三国旅游线和三峡旅游线交汇处,是省级重点文物保护单位。景区内有摩崖石刻、翼江亭、拜风台、赤壁碑廊等景点。

（八）苏轼《念奴娇·赤壁怀古》

念奴娇·赤壁怀古[1]

大江东去，浪淘尽[2]，千古风流人物[3]。故垒西边[4]，人道是，三国周郎赤壁。乱石穿空，惊涛拍岸，卷起千堆雪[5]。江山如画，一时多少豪杰。

遥想公瑾当年，小乔初嫁了[6]，雄姿英发。羽扇纶巾[7]，谈笑间，樯橹灰飞烟灭[8]。故国神游，多情应笑我，早生华发[9]。人生如梦，一尊还酹江月[10]。

字词注释

[1] 念奴娇：词牌名，又名"百字令""酹江月"等。赤壁：此指黄州赤壁，在今湖北省黄冈市西部。而实际上，作为三国古战场的赤壁在今湖北省赤壁市西北部。

[2] 淘：淘洗，冲刷。

[3] 风流人物：指杰出的历史名人。

[4] 故垒：过去遗留下来的营垒。

[5] 雪：即浪花。

[6] 小乔初嫁了：周瑜纳小乔其实在赤壁之战的近十年前，此处言"初嫁"，是言其少年得意，倜傥风流。

[7] 羽扇纶（guān）巾：古代儒将的便装打扮。羽扇：羽毛制成的扇子。纶巾：青丝制成的头巾。

[8] 樯橹（qiáng lǔ）：挂帆的桅杆和摇船的桨，这里代指曹操的水军战船。

[9] 故国神游："神游故国"的倒装。多情应笑我："应笑我多情"的倒装。华发（fà）：花白的头发。

[10] 尊：通"樽"，酒杯。酹（lèi）：古人以酒浇地表示祭奠。

作品简析

《念奴娇·赤壁怀古》作于宋神宗元丰五年（1082年），此时距苏轼因"乌台诗案"被贬黄州已两年有余。全词分上下两片。上片写景，描绘了长江及赤壁周边壮美的景象。开头三句把滚滚长江水和风流人物联系起来，为人物营造了一个广阔的空间和长远的时间背景。接着的三句点明游历的地点是赤壁古战场，并联想到历史人物周瑜。之后三句集中描写赤壁雄奇壮丽的景象，形、声、色兼备，使人心胸开阔，精神振奋。最后两句以"如画"概括景色特点，以"豪杰"刻画人物，承上启下。下片为怀古和抒情，追忆了周郎的意气风发和非凡功业，感慨自己未能建立功业。前五句从外形穿着、气质行为方面集中塑造了青年将领周瑜的形象，同时以"小乔出嫁了"突出周瑜的年轻有为。接下来三句由凭吊周瑜联想到自己，两相对比，表达了自己壮志未酬的愤慨。最后两句以"人生如梦"的认识和"还酹江月"的行为宽慰自己，来排解自己精神的苦闷和对坎坷仕途的无限感慨。整体而言，该词风格豪放雄浑，境界宏大开阔，将写景、咏史、抒情融为一体。

景点说明

景点与《赤壁》相同,此处不再赘述。

(九)辛弃疾《南乡子·登京口北固亭有怀》

南乡子[1]·登京口北固亭有怀

何处望神州?满眼风光北固楼。千古兴亡多少事?悠悠。不尽长江滚滚流。年少万兜鍪[2],坐断东南战未休[3]。天下英雄谁敌手?曹刘[4]。生子当如孙仲谋[5]。

字词注释

[1]南乡子:词牌名。

[2]年少:年轻,指孙权十九岁继父兄之业统治江东。万兜鍪(dōu móu):指千军万马。兜鍪:原指古代作战时兵士所戴的头盔,这里代指士兵。

[3]坐断:坐镇,占据,割据。东南:指吴国在三国时期地处东南方。休:停止。

[4]曹刘:指曹操与刘备。

[5]生子当如孙仲谋:曹操率领大军南下,见孙权的军队雄壮威武,喟然而叹"生子当如孙仲谋,刘景升儿子若豚犬耳"。

作品简析

辛弃疾在宋宁宗嘉泰三年(1203年)六月末被起用为绍兴知府兼浙东安抚使后不久,即第二年的阳春三月,被改派到镇江去做知府。镇江,在历史上曾是英雄用武和建功立业之地,此时成了与金人对垒的第二道防线。每当他登临京口(即镇江)北固亭时,触景生情,感慨万千。这首词就是在这一背景下写成的。收回遥望的视线,看这北固楼近处的风物,不禁引起了词人的千古兴亡之感。因此,词人接下来问了一句:"千古兴亡多少事?"这句问语纵观千古成败,意味深长,回味无穷。然而,往事悠悠,英雄往矣,只有这无尽的江水依旧滚滚东流。"不尽长江滚滚流",借用杜甫《登高》诗句:"无边落木萧萧下,不尽长江滚滚来",词人胸中的不尽愁思和感慨,犹如奔流不息的江水。"年少万兜鍪,坐断东南战未休",三国时代的孙权年纪轻轻就统率千军万马,雄踞东南一隅,奋发自强,战斗不息。接下来,辛弃疾为了把这层意思进一步发挥,不惜以夸张手法极力渲染孙权的豪迈英姿。作者之所以在这里极力赞颂孙权的年少有为,突出他的盖世武功,是因为孙权"坐断东南"的形势与南宋相似。这样热情地赞颂孙权不畏强敌,其实是作者对苟且偷安、毫无作为的南宋朝廷的鞭挞。

景点说明

北固亭,最初修建年代未知,新亭重建于明崇祯年间,又称凌云亭、摩天亭、天下第一亭。《三国演义》写道,孙尚香惊闻夫君刘备病殁白帝城的噩耗后,曾在亭里设奠遥祭,旋即投江自尽,故此亭又叫祭江亭。北固山周围,树木郁郁葱葱。大江中心,涌现出一块块的沙洲,靠北的是新民洲,靠南的是江心洲。在天朗气清的日子,隔江北望,可以看到苏北一望无际的沃野,望到扬州城的烟树。

(十)辛弃疾《永遇乐·京口北固亭怀古》

永遇乐·京口北固亭怀古[1]

千古江山,英雄无觅孙仲谋处[2]。舞榭歌台[3],风流总被雨打风吹去。斜阳草树,寻常巷陌[4]。人道寄奴曾住[5]。想当年,金戈铁马[6],气吞万里如虎。

元嘉草草[7],封狼居胥[8],赢得仓皇北顾[9]。四十三年[10],望中犹记,烽火扬州路[11]。可堪回首[12],佛狸祠下[13],一片神鸦社鼓[14]。凭谁问:廉颇老矣,尚能饭否[15]?

字词注释

[1]永遇乐:词牌名。京口:古城名,即今江苏省镇江市。因临京岘山、长江口而得名。

[2]孙仲谋:三国时期的吴王孙权(182年—252年),字仲谋,吴国的开国皇帝,曾建都京口。

[3]榭(xiè):建在高台上的房子。

[4]寻、常:古代均指长度单位,八尺为寻,倍寻为常,形容长宽狭窄,又引申为普通、平常的意思。巷、陌:这里都指街道。

[5]寄奴:南朝宋武帝刘裕的小名。

[6]想当年,金戈铁马:刘裕曾两次领兵北伐,收复洛阳、长安等地。金戈,用金属制成的长枪。铁马,披着铁甲的战马,这里指精锐的部队。

[7]元嘉草草:元嘉是刘裕之子南朝宋文帝刘义隆的年号。草草,即轻率。刘义隆好大喜功,仓促北伐,反而让北魏抓住机会兵抵长江北岸而返,遭到对手重创。

[8]封狼居胥:指狼居胥山,在内蒙古西北部。汉武帝元狩四年(公元前119年)霍去病远征匈奴,歼敌数万,于是"封狼居胥山,禅于姑衍"。

[9]赢得仓皇北顾:刘义隆命王玄谟率师北伐,为北魏击败,北魏军即趁机南侵,直抵扬州,吓得宋文帝登上建康幕府山向北观望形势。赢得,即剩得,落得。

[10]四十三年:作者于宋高宗绍兴三十二年(1162年),从北方抗金南归,至宋宁宗开禧元年(1205年),任镇江知府登北固亭写这首词时,前后共43年。

[11]烽火扬州路:指扬州地区到处都是抗击金兵南侵的战火烽烟。路,宋朝时的行政区划,扬州属淮南东路。

[12]可堪:表面意为可以忍受得了,实则犹"岂堪""哪堪",即怎能忍受得了。堪,即忍受。

[13]佛狸:北魏太武帝拓跋焘小名佛狸。元嘉二十七年(450年),拓跋焘曾反击南宋,从黄河北岸一路穿插到长江北岸,并在长江北岸瓜步山建立行宫,即后来的佛狸祠。

[14]神鸦:指在庙里吃祭品的乌鸦。社鼓:祭祀时的鼓声。
[15]廉颇:战国时期赵国名将。

作品简析

《永遇乐·京口北固亭怀古》写于宋宁宗开禧元年(1205年),时年辛弃疾66岁。当时韩侂胄执政,正积极筹划北伐,赋闲已久的辛弃疾被起用。辛弃疾支持北伐决策,但是对独揽朝政的韩侂胄轻敌冒进的做法又感到忧心忡忡,他认为应当做好充分准备,绝不能草率行事,否则会使北伐再遭失败。辛弃疾的意见没有引起南宋当权者的重视,他又清楚地意识到政治斗争的险恶及自身处境的孤危,深感很难有所作为。他来到京口北固亭,怀着深重的忧虑和一腔悲愤写下了这首词。

全词分上下两片。上片赞扬建立霸业的孙权和率军北伐、气吞胡虏的刘裕,但也不免感慨万千,因为"英雄无觅""寻常巷陌"。第一至四句,作者站在北固亭眺望江山,由眼前景想到三国时吴主孙权的雄图大略,但是江山仍旧,英雄不再。第五至十句,作者由眼前之景想到刘裕的功业,表达了无限景仰之意。下片则借讽刺刘义隆表明自己坚决主张抗金的立场和反对冒进的态度,表明自己的担忧和悲愤。第一至三句,用古代刘义隆草率北伐影射现实;第四至六句,由怀古转入伤今,回忆抗金形势,抒发感慨;第七至十句,由回忆往昔转入眼前实景,说明沦陷区的人民已经安于异族的统治;最后三句,作者以廉颇自比,表明自己决心和能力。整体而言,此词豪壮悲凉,运用大量典故,恰如其分地进行叙述和抒情,体现了作者在语言艺术上的杰出成就。

景点说明

景点与《南乡子·登京口北固亭有怀》相同,此处不再赘述。

(十一)王安石《桂枝香·金陵怀古》

桂枝香·金陵怀古[1]

登临送目[2],正故国晚秋,天气初肃[3]。千里澄江似练,翠峰如簇[4]。归帆去棹残阳里[5],背西风,酒旗斜矗。彩舟云淡,星河鹭起,画图难足[6]。

念往昔,繁华竞逐,叹门外楼头[7],悲恨相续[8]。千古凭高,谩嗟荣辱[9]。六朝旧事随流水,但寒烟衰草凝绿。至今商女,时时犹唱,后庭遗曲[10]。

字词注释

[1]桂枝香:词牌名,又名"疏帘淡月"。金陵:六朝故都,今江苏省南京市。
[2]登临送目:登山临水,举目望远。
[3]肃:肃杀,形容草木枯零、天气凉爽。
[4]簇:丛生,聚集。
[5]归帆去棹:指来来往往的船只。棹(zhào),划船的一种工具,形似桨,在此引申为船。

[6]画图难足：用图画也难以完美地表现它。难足，难以完美表现出来。

[7]门外楼头：指南朝陈的灭国之事。语出杜牧《台城曲二首》："门外韩擒虎，楼头张丽华。"韩擒虎是隋朝开国大将，他已带兵来到金陵皇宫朱雀门外，但陈后主仍在结绮阁上与宠妃张丽华寻欢作乐。最终陈后主、张丽华被韩俘获，南朝陈灭亡。

[8]悲恨相续：指六朝亡国的悲恨接连不断。

[9]谩嗟荣辱：指空叹历朝历代的兴衰荣辱。

[10]后庭遗曲：指歌曲《玉树后庭花》，传为陈后主所作，其辞哀怨绮靡，后人将其作为亡国之音。此处化用杜牧《泊秦淮》中的"商女不知亡国恨，隔江犹唱《后庭花》"一句。

▶ 作品简析

这是王安石写的一首怀古旅游词。通过对金陵景物和历史兴亡更替的描写，寄托了作者对当时朝政的担忧和对国家政治大事的关心。

全词分上下两片。上片写登临金陵故都之所见。第一至三句，点明登高的地点和季节。接下来各句写所见景色，有"澄江""翠峰""归帆""残阳""西风""酒旗""云淡""鹭起"等，依次描绘了水里、陆地和空中的雄浑场面，意境苍凉，有远有近，有高有低，有动有静。下片由眼前之景过渡到写心中所想。前三句以"念"字转折，用"繁华竞逐"涵盖兴亡之事，揭露纸醉金迷的生活。然后化用前人诗句，通过写六朝历史教训的认识，表达了他对北宋社会现实的不满，流露出居安思危的忧患意识。总之，全词情景交融，意境雄浑大气，风格沉郁悲壮，将壮丽的景色和历史内容和谐地融合在一起。

▶ 景点说明

金陵是南京的古称。公元前333年，楚威王熊商于石头城筑金陵邑，金陵之名源于此。229年，三国时期吴国孙权在此建都，金陵从此崛起，使中国的政治中心走出黄河文化板块，引领了长江流域及整个中国南方地区的发展，逐渐成为中国南方的政治、经济、文化中心。城内有钟山风景名胜区、夫子庙秦淮风光带、台城、鸡鸣寺、玄武湖、明孝陵、明城墙、灵谷寺、明故宫遗址等旅游景观。

（十二）张养浩《山坡羊·潼关怀古》

山坡羊·潼关怀古[1]

峰峦如聚，波涛如怒[2]，山河表里潼关路[3]。望西都，意踌躇[4]。伤心秦汉经行处，宫阙万间都做了土[5]。兴，百姓苦；亡，百姓苦！

▶ 字词注释

[1]山坡羊：曲牌名。潼关怀古：曲题名。

[2]聚：聚拢。怒：汹涌澎湃。

[3]山河表里潼关路：内外分别是华山和黄河，形容潼关一带地势险要。潼关，古关

口名,军事险要重地,在今陕西省渭南市潼关县,关城建在华山山腰,下临黄河。

[4] 西都:指长安,今陕西省西安市。一般称洛阳为东都,长安为西都。踌躇:犹豫不决,徘徊不定,这里表示思潮起伏,感慨万千。

[5] 伤心秦汉经行处,宫阙万间都做了土:指经过秦汉故都遗址的时候,看到旧日的宫殿都变成废墟,内心伤感不已。宫阙(què):宫,宫殿;阙,皇宫门前面两边的楼观。

作品简析

张养浩为官清廉,爱民如子。元文宗天历二年(1329年),因关中旱灾,被任命为陕西行台中丞,赈济灾民,终因过分操劳而殉职。这是他赴陕西救灾途经潼关所作的散曲,另有《山坡羊·骊山怀古》等。《山坡羊·潼关怀古》抚今追昔,从历代王朝的兴衰更替,联系到人民的苦难,一针见血地点出了封建统治与人民的对立,表现了作者对历史的思索和对人民的同情。全曲分为三层。第一层为第一至第三句,写潼关雄伟险要的地势。第二层为第四至第七句,怀古抒情。第三层为最后四句,引发议论。作者采用层层深入的方式,由写景到怀古,再到议论,将苍茫的景色、深沉的情感和精辟的议论三者完美结合,使之具有强烈的感染力。

景点说明

潼关,位于陕西省渭南市潼关县北,始建于东汉建安元年(196年)。《水经注》记载,河在关内南流潼激关山,因谓之潼关。潼关是关中的东大门,雄踞秦、晋、豫三省要冲之地,历来为兵家必争之地。潼关的地势非常险要,南有秦岭,东南有禁谷,谷南又有十二连城;北有渭、洛二川会黄河抱关而下,西近华岳。周围山连山,峰连峰,谷深崖绝,山高路狭,中通一条狭窄的羊肠小道,往来仅容一车一马。

(十三)康有为《秋登越王台》

秋登越王台[1]

秋风立马越王台,混混蛇龙最可哀[2]。
十七史从何说起[3],三千劫几历轮回[4]。
腐儒心事呼天问[5],大地山河跨海来。
临眺飞云横八表[6],岂无倚剑叹雄才!

字词注释

[1] 越王台:也叫粤王台,在广州市北越秀山上,相传是西汉时期南越王赵佗所筑。
[2] 混混蛇龙:意即龙蛇混杂,贤人和小人混在一起,难以区分。
[3] 十七史:指从《史记》至《新五代史》共十七本史书。
[4] 劫、轮回:佛教用语,分别指劫难和众生在六道中生死流转。

[5] 天问:即屈原《天问》,是其心怀愤懑向天发问所作,提出宇宙、历史、人生等问题。

[6] 临睨(nì):从高处向远方眺望。八表:八荒,指很远的地方。

作品简析

清末两次鸦片战争之后,列强打开了中国的大门。青年时代的康有为受到西方文明的熏陶,开始了向西方寻求真理的过程,这首诗写于作者游历越王台后,表达了自己渴望能够施展抱负、报效国家的愿望。第一、二句点明了游历的时间和地点,发出"混混蛇龙"的感慨,有嗟叹世道陵夷、英雄埋没草莽之意。第三、四句回顾民族灾难深重的历史,如今仍然灾难频繁,如同生死轮回。第五、六句作者以"腐儒"自称,慷慨悲歌,直抒孤愤。第七、八句展现了诗人的爱国情怀,表现出一位先觉者走向世界的开放意识。

景点说明

此诗所写景点越王台位于广州市越秀区镇海路。清代番禺文学家屈大均在《广东新语》记载,南越王有四台,其在广州粤(同"越")秀山上者,名越王台。唐代称武王台。台所在地,旧为歌舞冈,原本是南越王赵佗三月三登高之处,又名越井冈、天井。如今,此台仅留遗址。

四、送别旅游诗赏析

(一)《诗经·邶风·燕燕》

邶风·燕燕

燕燕于飞[1],差池其羽[2]。之子于归[3],远送于野。瞻望弗及[4],泣涕如雨。
燕燕于飞,颉之颃之[5]。之子于归,远于将[6]之。瞻望弗及,伫立以泣。
燕燕于飞,下上其音。之子于归,远送于南。瞻望弗及,实劳我心。
仲氏任只[7],其心塞渊[8]。终温且惠[9],淑慎其身[10]。先君之思[11],以勖寡人[12]。

字词注释

[1] 燕燕:燕子。
[2] 差池:意义同于"参差",形容燕子时而张羽展翅时而收羽停枝。
[3] 之子:这位女子。于归:出嫁。
[4] 瞻:往前看。弗:不能。
[5] 颉(xié):向上飞。颃(háng):向下飞。
[6] 将(jiāng):送。
[7] 仲:排行第二。指二妹。任:信任。只:语助词。

[8]塞(sè):诚实。渊:深厚。

[9]终……且……:既……又……。惠:贤惠。

[10]淑:善良。慎:谨慎。

[11]先君:已故的国君。

[12]勖(xù):勉励。寡人:国君对自己的谦称。

作品简析

《邶风·燕燕》是一首送别诗,出自《诗经》。全诗共分为四章,前三章采用重章复唱的方式渲染了与亲人依依惜别的情景,后一章则深情回忆亲人的美德,表达自己对他们无尽的思念。前三章开头两句,作者以春燕起兴,描绘了阳春三月,群燕出巢试飞的自由欢畅景象,即"差池其羽""颉之颃之""下上其音"。中间两句,点明送别亲人的缘由,即"之子于归",说明送别亲人的过程,即"远送于野""远于将之""远送于南",一次又一次送行,让离别之情更加深厚。后两句描写亲人渐行渐远,再也无法相见,送行之人感伤手足分离,"泣涕如雨""伫立以泣""实劳我心",形象地描绘了送行之人登高瞻望、流泪如雨、久久伫立、内心伤痛的场景。作者在前四句采用插叙手法,回忆并评价了亲人的美好品德。最后两句,作者再次回忆起亲人执手临别时仍不忘赠言勉励,要记得先王的嘱托,成为百姓的好国君。

景点说明

具体创作地点不详。

(二)王勃《送杜少府之任蜀州》

送杜少府之任蜀州[1]

城阙辅三秦[2],风烟望五津[3]。

与君离别意[4],同是宦游人[5]。

海内存知己[6],天涯若比邻[7]。

无为在歧路[8],儿女共沾巾。

字词注释

[1]少府:官名,唐代对县尉的通称。之:到、往。蜀州:今四川崇州。

[2]城阙(què):城楼,指唐代京师长安城。辅,护卫。三秦,指长安城附近的关中之地,即今陕西省潼关以西一带。秦朝末年,项羽破秦,把关中分为三区,分别封给三个秦国降将,所以称三秦。这句是倒装句,意思是京师长安由三秦作保护。

[3]五津:指岷江的五个渡口,这里泛指蜀川。辅三秦:一作"俯西秦"。

[4]君:对人的尊称,相当于"您"。

[5]宦游:外出做官。

[6]海内:四海之内,即全国各地。

[7]天涯:天边。比邻:并邻,近邻。

[8]无为:无须、不必。歧(qí)路:岔路。古人常在大路分岔处送行告别。

作品简析

《送杜少府之任蜀州》是一首送别旅游诗。朋友杜少府将到四川做官,王勃在长安相送,临别时赠送给他这首诗,意在慰勉友人勿在离别时悲伤。前两句点明了送别地,描绘了友人出发地的情景。接着四句为诗人宽解友人之辞,说明离别是常情,即使两人分开,友谊也不会因时空阻隔而淡薄,反而更加深厚,从而把友情升华到一种美学境界。最后两句点出"送"的主题,继续劝勉朋友。这首诗不同于以往送别诗的悲戚伤感,而是清新高远、豁达开朗、令人耳目一新,体现了诗人高远的志向和旷达的胸怀。

景点说明

这首诗是作者在长安送别友人的时候写的。长安,是西安的古称,是历史上第一座被称为"京"的都城,是丝绸之路的东方起点。西安有3100多年建城史和1100多年的国都史,是举世闻名的世界四大文明古都之一,是联合国教科文组织确定的"世界历史名城"和国务院公布的国家历史文化名城之一,是国际著名旅游目的地城市。截至2019年,秦始皇陵及兵马俑、大雁塔、小雁塔、唐长安城大明宫遗址、汉长安城未央宫遗址、兴教寺塔六处遗产已被列入《世界遗产名录》。此外,西安城墙、钟鼓楼、华清池、终南山、大唐芙蓉园、陕西历史博物馆、碑林等景点也吸引了众多游客。

(三)李白《黄鹤楼送孟浩然之广陵》

黄鹤楼送孟浩然之广陵[1]

故人西辞黄鹤楼,烟花三月下扬州[2]。

孤帆远影碧空尽,唯见长江天际流[3]。

字词注释

[1]黄鹤楼:著名的名胜古迹,今湖北省武汉市武昌蛇山的黄鹄矶上。三国时期,吴国在此修筑了一座军事瞭望台,名为黄鹄楼,后来又称为黄鹤楼。之:往、到达。广陵,即今江苏省扬州市。

[2]烟花:指艳丽的春景,柳絮如烟,鲜花似锦。下:顺流向下。

[3]唯见:只看见。

作品简析

这是一首送别旅游诗,作者寓离情于写景之中。第一句点明送别地点在黄鹤楼,第二句写出送别时间与朋友去向。第三、四句,写送别后的场景:目送孤帆远去,只留江水奔涌。李白与孟浩然的交往,是在李白出川不久,正值年轻快意之时。孟浩然比李白大十多岁,当时名满天下,给李白留下醉心山水、自由愉快的印象。李白在《赠孟浩然》诗中写道:"吾爱孟夫子,风流天下闻。红颜弃轩冕,白首卧松云。"一方面,两人均是风流潇洒之人;另一方面,由于处在繁华的时代,这次离别并无伤感,反而有着愉快无比的诗意,还带着诗人李白的无限向往和憧憬。

景点说明

黄鹤楼位于湖北省武汉市长江南岸的武昌蛇山峰岭之上,与岳阳楼、滕王阁并称为"江南三大名楼"。该楼始建于三国时代吴黄武二年(公元223年)。唐代著名诗人崔颢在此题下《黄鹤楼》一诗,使它闻名遐迩。黄鹤楼楼外铸铜黄鹤造型、胜像宝塔、牌坊、轩廊、亭阁等一批辅助建筑,将主楼烘托得更加壮丽。主楼周围还建有白云阁、象宝塔、碑廊、山门等建筑。整个建筑与蛇山脚下的武汉长江大桥交相辉映;登楼远眺,武汉三镇的风光尽收眼底。

（四）杜甫《赠卫八处士》

赠卫八处士[1]

人生不相见,动如参与商[2]。
今夕复何夕,共此灯烛光。
少壮能几时,鬓发各已苍。
访旧半为鬼[3],惊呼热中肠[4]。
焉知二十载,重上君子堂。
昔别君未婚,儿女忽成行[5]。
怡然敬父执[6],问我来何方。
问答乃未已,驱儿罗酒浆[7]。
夜雨剪春韭[8],新炊间黄粱[9]。
主称会面难[10],一举累十觞[11]。
十觞亦不醉,感子故意长[12]。
明日隔山岳[13],世事两茫茫。

字词注释

[1]卫八处士:是作者的少年朋友,名字和生平事迹已不可考。处士,指隐居不仕的人。八,指排行。

[2]动如:动不动就像。参(shēn)、商:二星名。商星居于东方卯位(上午五点到七点),参星居于西方酉位(下午五点到七点),一出一没,永不相见。

[3]旧:故旧亲友。半为鬼:一半已经死亡。

[4]"惊呼"句:有两种理解,一为见到故友的惊呼,使人内心感到暖乎乎的;二为意外的死亡,使人惊呼,心中感到火辣辣的难受。

[5]成行(háng):儿女众多。

[6]怡然:安适自在的样子。父执:出自《礼记·曲礼》中的"见父之执",意即父亲的挚友。

[7]罗:罗列。该句一作"问答未及已,儿女罗酒浆。"

[8]"夜雨"句:为典故。东汉时期名士郭泰自种畦圃,友人范逵夜至,于是冒雨剪韭菜,作汤饼供食。
[9]间(jiàn):掺合的意思。新炊:刚煮的新饭。黄粱:即黄米。
[10]主:主人,即卫八。
[11]累:接连。觞(shāng):酒杯。
[12]故意:老朋友的情谊。
[13]山岳:指西岳华山。这句是说明天便要分别。

作品简析

杜甫被贬华州之后,偶遇少年知交,然而暂聚完又忽别。根据末两句,可知这首诗乃是饮酒的当晚写成的。诗歌开头四句,写久别重逢,从离别到聚首,亦悲亦喜,悲喜交集。第五至第八句,从生离说到死别,表现了人生聚散不定的命运以及乱世离人的现实。从第九句"焉知"到第二十二句"感子故意长",写与朋友重逢聚首以及朋友家人热情款待的情景,表达诗人对生活美和人情美的珍重。最后两句写对相聚又离别的无限感慨和伤悲之情,耐人寻味。

景点说明

华州,中国古代行政区划名,即今陕西省渭南市华州区境内及周边地区,因州境内有华山而得名,辖境屡有变化。华州前据华山,后临泾渭,左控潼关,右阻蓝田关,历来为关中军事重地。

(五)高适《别董大》

别董大[1]

千里黄云白日曛[2],北风吹雁雪纷纷。
莫愁前路无知己,天下谁人不识君[3]?

字词注释

[1]董大:即董庭兰,当时著名的音乐家,在其兄弟中排行第一,故称"董大"。
[2]黄云:暗黄色的云。天上的乌云在阳光照耀下就变成暗黄色,所以叫黄云。白日:太阳。曛(xūn):曛黄,指夕阳下的昏黄景色。
[3]谁人:哪个人。君:您,这里指董大。

作品简析

《别董大》作于唐天宝六年(747年),当时高适在睢阳,送别对象是当时著名的琴师董庭兰。诗人写景叙事,以豪迈的胸襟和开朗的语调把临别赠言说得激昂慷慨、鼓舞人心。第一、二句写眼前之景,落日黄云,大地苍茫,意境开阔雄壮,但也蕴藏着不得志境遇中的深沉情感。第三、四句勉励朋友,话语响亮,充满着信心和力量。

景点说明

睢阳位于商丘市中心南部,是中华民族的重要发祥地之一,也是著名古都。坐落在睢阳区的商丘古城,是中国保存较为完整的古城。现存地上的归德府城于明弘治十六年(1503年)开建,于明正德六年(1511年)竣工,距今已有500多年历史。1986年,商丘古城被国务院列为国家历史文化名城。

(六)王昌龄《送柴侍御》

送柴侍御[1]

沅水通波接武冈[2],送君不觉有离伤。

青山一道同云雨,明月何曾是两乡[3]。

字词注释

[1]柴侍御:名不详。侍御,官名,侍御史的省称。唐时与殿中侍御史、监察御史同为御史台成员。

[2]通波:四处水路相通。武冈:县名,在今湖南省西部。

[3]两乡:两地。

作品简析

这是一首送别诗。诗人被贬到龙标(今湖南省黔阳县),这位柴侍御将从龙标前往武冈,诗人于是写下这首诗为他送行。

诗的首句点明友人出行的方式和目的地,路顺且比邻,流畅而轻快,为第二句抒情造势,说明并未感觉到离别的伤感的原因。第三、四句说尽管离别,但二人云雨同沐,明月共睹,离而不远,别而不分,仿佛仍在一起,借此表现二人心意相通,也表达了诗人的思念。诗人想通过乐观开朗的言辞来减轻柴侍御的离愁,用流水通波、青山云雨、明月共睹等意象化远为近,使"两乡"为"一乡",但这何尝又不是诗人在送别后思念友人的见证。所以,我们一方面看到的是诗人对友人的宽慰和体贴,另一方面看到的是诗人已将真挚不渝的友情和离别后的思念渗透在字里行间。

景点说明

龙标是唐代县名,为今湖南省黔阳县,此地环境秀丽、淳民风朴、文风鼎盛,自然条件和人文条件优越。

1. 简要叙述山水旅游诗在中国的发展脉络。
2. 简要分析怀古旅游诗分别和山水旅游诗、咏史感怀诗有什么不同。
3. 简要分析送别旅游诗在唐代兴盛的原因。

第三章
旅游散文

本章导读 　本章首先界定了旅游散文的概念,并把旅游散文分为景物游记、旅游辞赋、旅游随笔、旅游日记四个类别,依次分析了这四类旅游散文的发展脉络和语言特色,并选取一些作品进行鉴赏。

学习目标 　了解旅游散文的概念,区分四种不同类型的旅游散文,掌握鉴赏旅游散文的方法和技巧。

第一节　旅游散文概述

一、旅游散文的含义

散文与诗歌一样,在中国历史上备受推崇,一直被视为高雅的文体。历代文人孜孜不倦、推陈出新,创作了大量风格多样的散文作品。其中,大部分作品是将人生感悟、审美情趣、社会体验、意趣哲理融入旅途或观景之中,具有很高的感性浓度、知识密度和美学高度,读之令人心旷神怡、回味无穷,这些散文作品皆属于旅游散文的范畴。可以说,旅游散文是人们在旅游活动中,以真实、灵活的笔触,通过叙事记人、写景状物、抒情议论表现旅游见闻和自我感受的散文。

就历史发展而言,东汉马第伯的《封禅仪记》被普遍认为是第一篇游记散文。该文以汉光武帝泰山封禅的经过为主,虽不是为记录旅游而作的,但对高峻挺拔的山势、登陟过程的艰难的描写真实而细腻,令人印象深刻。而司马相如的《上林赋》、班彪的《北征赋》、张衡的《二京赋》、蔡邕的《述行赋》等已经初步具有旅游辞赋散文的雏形。从此,旅游散文走进了文人的视野,被视为与诗歌比肩的高雅文学。

魏晋南北朝时期，谢灵运是最早开始写作山水游记的作家。他的《游名山志》的一些片段被《初学记》和《太平御览》等古籍保存下来，让后人看到他寄情山水的细腻笔触和丰富学识。旅游辞赋此时也进入了兴盛期，如谢灵运的《山居赋》、谢朓的《游后园赋》、庾信的《哀江南赋》等。在这个时期，相对辞赋更为自由清新的游记开始出现，陶渊明的《桃花源记》、郦道元的《水经注》、吴均的《与宋元思书》、陶弘景的《答谢中书书》等都是这一时期的佳作。其中，《水经注》是我国古代最全面、最系统的综合性地理著作。该书看似为《水经》作注，实则以《水经》为纲，详细记载了我国一千多条河流的水文、地理、历史、风物、神话、传说等，内容丰富，语言绚丽，风格清丽，成为后世旅游散文写作的典范。

到了唐宋时期，杜牧的《阿房宫赋》、苏轼的《前赤壁赋》和《后赤壁赋》等旅游辞赋已经是辞赋最后的尾声，后世基本就很少见了。有关旅游的内容被游记、随笔、日记、书信等其他散文形式所取代，继续忠实地记录旅游胜景和感悟。唐宋时期是旅游散文的鼎盛时期，如王勃的《滕王阁序》、范仲淹的《岳阳楼记》、柳宗元的《永州八记》、王安石的《游褒禅山记》、苏轼的《石钟山记》等都具有很高的文学和艺术价值，成为千古名篇，历代传颂，直接带动了当地旅游和文化的兴盛。宋代开始，贵族阶层大兴园林之风，园记兴盛一时，如宋徽宗的《艮岳记》、李格非的《洛阳名园记》、欧阳修的《醉翁亭记》、苏轼的《喜雨亭记》等，对于研究我国古代园林的格局、构造、风格都是非常珍贵的史料。

最早真正自觉写旅游日记的是唐代李翱，其《来南录》是我国最早的日记体散文，也是最早的旅行日记。南宋范成大的《吴船录》是宦游日记，真实记录了南宋长江沿线的自然与人文景观及交通状况，是具有重要影响的宋代旅游日记。南宋周必大存有包括《归庐陵日记》《闲居录》《泛舟游山录》《奏事录》《南归录》等多部旅游日记。陆游亦有知名旅游日记《入蜀记》。

到了明代，《徐霞客游记》让游记突破了一地一游、一路一游而记的限制，是一部约六十万字的煌煌巨著。该书在地理学、文学上都具有极高的价值，徐霞客也当之无愧地成为中国第一位旅行家，为后世景仰。在这部游记里，读者看到了祖国大好河山的瑰丽神奇及旅游生活的艰辛意趣。该书打开了人们的视野，拓展了人们农耕生活之外的想象。明代，江南富庶，私家园林逐渐兴起，园记也随之变多。例如，王世贞《游金陵诸园记》中就记载了万历年间南京的十多座名园，亭台楼阁，池桥廊苑，美不胜收，可见明代园林之盛。

清代，袁枚的《随园记》、邓嘉缉的《愚园记》可以一窥清代园林的布局、建筑和景观。清代园林"规模宏敞，郁为巨观"，细致处山石、建筑、花卉、草木意趣横生，妙不可言，令人啧啧称叹，充分体现了当时人们的生活观念和审美情趣。

到了现当代，旅游散文以白话文为主，旅游散文的写作更加贴近生活，所描写的地域也逐渐扩展到国外。通过这些散文，人们可以更加深入地了解本地之外的风光和生活，对开拓人们的视野、提高人们的认知都有很重要的启蒙和引领作用。短篇游记，有郁达夫的《故都的秋》、朱自清的《桨声灯影里的秦淮河》、巴金的《海上生明月》、茅盾的

《白杨礼赞》、峻青的《雄关赋》、余秋雨的《文化苦旅》等。长篇游记,有朱自清的《欧游杂记》、瞿秋白的《饿乡纪程》、冰心的《冰心游记》、沈从文的《湘行散记》、三毛的《万水千山走遍》等。这些旅游散文风格各异、多姿多彩、语言丰富,并大量运用比喻、拟人、夸张、联觉等写作技巧,让人身临其境,如见其景,如感其身。

二、旅游散文的基本分类

从古至今,中国文人喜欢寄情山水,创作了大量的旅游散文,包括游记、辞赋、随笔、日记、序跋、书信等,几乎囊括了散文的所有类型。这些散文,要么在描绘、赞美自然风光的同时,抒发人生感悟,揭示生活哲理;要么在写景叙事的基础上,展现时代风貌,揭露社会问题;要么在自然或人文景观的基础上,追溯历史渊源,发掘文化内涵。在悠久的发展历史中,旅游散文题材丰富,内容庞杂,基本分成以下几类。

(一)景物游记

景物游记,也称游记,指记述游览景物的文章。游记对所见之景进行了生动细致的描述,很多的名胜古迹都是因为一篇游记而享誉千年,成为经久不衰的旅游景点。游记写景为主,但借景抒情和说理往往是游记更深一层的目的。

抒情型游记,古代有王勃的《滕王阁序》、范仲淹的《岳阳楼记》、柳宗元的《永州八记》和《小石潭记》、苏轼的《石钟山记》、欧阳修的《醉翁亭记》、袁宏道的《满井游记》等;现当代有沈从文的《春游颐和园》、李广田的《花潮》、赵丽宏的《小鸟,你飞向何方》、王剑冰的《绝版的周庄》等。

说理型游记是通过游记来说明道理或引发思考。古代有陶渊明的《桃花源记》、范仲淹的《岳阳楼记》、王安石的《游褒禅山记》、郦道元的《水经注》;现当代散文中有翦伯赞《内蒙访古》、余秋雨的《文化苦旅》、韩晗的《大国小城》、路东的《一路东去》等。

(二)旅游辞赋

旅游辞赋,就是关涉旅游内容的辞赋。屈原的《九章·涉江》为旅游辞赋之滥觞。汉代有司马相如的《上林赋》、刘歆的《遂初赋》、班彪的《北征赋》、张衡的《二京赋》、蔡邕的《述行赋》、王粲的《登楼赋》等,旅游辞赋在此时期逐渐成熟。魏晋南北朝时期,旅游辞赋创作兴盛一时,代表作有崔琰的《述初赋》、潘岳的《西征赋》、谢灵运的《山居赋》、谢朓《游后园赋》、庾信《哀江南赋》等。唐宋以来,有关旅游的内容多采用游记、诗歌、随笔、日记、书信等形式书写,辞赋创作的形式渐渐走到了尾声,像王勃的《滕王阁序》、杜牧《阿房宫赋》、苏轼《前赤壁赋》和《后赤壁赋》这样的旅游辞赋名作就比较少见了。元明清三代,旅游辞赋的创作形式基本被抛弃,创作者数量极少,作品质量也不高。

(三)旅游随笔

旅游随笔是谈论旅游见闻的随笔。它通过游览名胜古迹、山川风景,领略风土人情、异族情调来表达作者对自然的感悟和对社会的思考,给读者一定的人生启迪。旅游随笔的写作,要寓理于景、寓情于事,语言具体、生动、含蓄、隽永,在叙事、描写中透露出作者心灵的某些触动。旅游随笔,即旅游过程中随笔一记,写景、抒情、叙事、评论杂糅,不拘一格,篇幅不限,随性随意。南宋洪迈《〈容斋随笔〉序》:"意之所之,随即纪录,因其后先,无复诠次,故目之曰随笔。"总之,旅游随笔之"随"字体现了该种旅游散文最重要的一点:不刻意,不为写作而写作,想到什么写什么,或者是表达一种快乐的心情,或者是一点小感悟,或者是一个新观点,等等。古代如张岱的《夜航船》和《陶庵梦忆》,顾炎武的《复庵记》,戴名世的《醉乡记》等;现当代如刘荒田的《相当愉快地度日如年》和《刘荒田美国闲话》,熊召政的《关于弥勒佛的对联》,张燕玲的《此岸·彼岸》等。

(四)旅游日记

旅游日记,也称日记体游记,因其创作数量较大,故单列为一类。有论者认为,最初的日记体游记是东汉马第伯的《封禅仪记》。该文为作者自述先行登山探路的一段文字,虽属于史笔法的公务性质文章,但已有日记体游记的形式。该文记录了封禅一天的行程,有时间记录,有游览路线,也有景物描写,形成了旅游日记的基本雏形。

唐代有李翱的《来南录》。宋代有范成大的《吴船录》、周必大的《归庐陵日记》《闲居录》《泛舟游山录》《奏事录》《南归录》、陆游的《入蜀记》等。金元时期有李志常的《长春真人西游记》和耶律楚材的《西游录》,这两部旅游日记具有地理、风俗等方面的价值,但文学成就不高。明代是旅游日记创作的兴盛期,如徐霞客的《徐霞客游记》、宋濂的《五泄山水志》、周叙的《游嵩阳记》、王士性的《五岳游草》、曹学佺的《蜀中名胜记》等。清代旅游日记创作更加兴盛,有张荫桓的《三洲日记》、薛福成的《出使英法义比四国日记》、袁昶的《毗邪台山散人日记》、凤凌的《四国游纪》、王闿运的《湘绮楼日记》等。

现当代,旅游日记的创作依然繁荣,代表作品有朱自清的《欧游杂记》、朱偰的《漂泊西南天地间》和《汗漫集》、徐志摩的《云游·海韵》、戴望舒与邹韬奋的《烟水行程萍踪寄语》、郁达夫的《屐痕处处》、郑振铎的《欧行日记》和《西行书简》、葛剑雄的《御风万里:非洲八国日记》、陈丹燕的《往事住的房间》等。

三、旅游散文的主要特点

(一)结构:形散神不散

旅游散文与其他散文一样,结构上都是形散神不散。所谓"神",在旅游散文中犹如一条旅游路线,"形"则是各种片段的、局部的、细微的、原始的材料。让"神"组织

"形",文章看上去随心随意,但却文脉清晰、结构严谨。各种景色、事件、人物等细节贯穿在游览的过程之中,正面描写,侧面烘托,层层渲染。此外,旅游是为了娱乐、休闲、探险、康养等,本身就是脱离功利目的的,人在旅游时处于一种闲散的状态,身体感官打开,精神放松。旅游散文的创作不需要过分严谨和刻意,结构上意识流一些似乎更显真趣。

(二)技法:情景交融

旅游散文是写景的,但景中蕴含着情感。无论是直抒胸臆,还是从侧面反映,或是虽未明言但却字里行间饱含深情,旅游散文都将情与景相融合,自然且生动。在旅途中,作者打开自己的感官,带着好奇的心,所见所闻不再是景,而是动情的"闪光点",那些撞进眼睛的景、人、物契合着内心的情感,闭上眼睛,脑海里的画面更加动人心魄。正所谓,"我见青山多妩媚,料青山见我亦如是"。通过旅游散文,我们可以与自然融合、与古人神交、与天地对话、与山水共情。

(三)语言:亲切机趣

旅游散文在语言方面的亲切感源于其第一人称的创作方式。第一人称可以让读者产生强烈的信任感和代入感。作者如同导游,以现场游览的方式,用自己的亲身经历,带动读者们"神"行,让读者亦有"悠然游之"的参与感。亲自参与,充分投入,在旅途中发现有趣的景物,先游后记,写作时才能调动真实情感,语言更具亲和力,让人感觉到真是兴致所到才写,而非为了写作而作。同时,整体叙述时娓娓道来,会加深语言的魅力,有助于精确传神地表现景象。运用想象、联想、比喻、拟人等修辞手法,也能更清晰地写出景物的特点,让人感觉趣味盎然。

(四)主题:丰富多彩

旅游散文是以旅游为背景进行创作的,旅游本身就脱离世俗生活,融入陌生环境,创作的主题大多都不是事先想好的,而是在旅游过程中发现、挖掘、体会和感悟到的。由于创作天地广阔,加上作者人生阅历、学问和修养的不同,旅游散文的题材丰富多彩,包括山川险奇、草木迥异、风土人情、偶遇故事等,包罗万象,在作者的笔下熠熠生辉。同时,旅游活动又是自由的,一个片段、一个场景、一个人物、一个传说、一个闪过的念头等都能成为旅游中的经历,将其记录下来,定格在文字里。因此,旅游散文虽历经千年,创作者层出不穷,却依然不断创新,新作频出。

四、旅游散文的主要内容

(一)抓住景物特点

旅游散文记录旅游,正如沈从文先生所说,"只要他肯旅游,就自然有许多可写的事事物物搁在眼前"。但旅游过程中所见之景物颇多,有些印象深刻,有些则如过眼云烟。沈从文先生在谈到他的《湘行散记》时说:"我虽离开了那条河流,我所写的故事,却多数是水边的故事。故事中我所最满意的文章,常用船上水上作为背景。"正所谓一处有一处的风景,一地有一地的风俗,抓住这些风景,呈现出来的地理特征及背后的历史沿革和人文风采,可以让景物特点鲜明、意蕴深刻。

(二)营造审美意境

旅游散文生动形象的景色描写,能让读者产生代入感和跟随感。旅游中景色各异,或开阔,或奇异,或清新,写成散文,那或感慨、或惊奇、或期待的审美感受令人心生向往。旅游散文不仅仅是写景,还会涉及很多方面的知识,如历史、人文、自然、科学、哲学、地理等,这些知识能让人开阔视野,提高想象力,增强理解力。旅游散文的景色描写、情感抒发和相关知识能让读者在阅读中感受美、体验美。读旅游散文如同在文字中进行一场旅行,将旅游中的精华尽情呈现,营造出一种独特的审美意境。

(三)抒发自我情感

旅游散文是自我的旅游经历,只有作者自己被景色所打动了,写出的散文才能打动读者。自己都不受感动,写出来的作品又怎么能感动读者呢?作者在描绘景色的时候也是有选择的,深入描写那些令人难忘的景物,对那些印象平平的景色则略写,这样的选择也体现了作者的志趣和意向。旅游散文中所写的景物或许每个到此的游客都见到了,但作者抒发的却是独具自我色彩的情感,体现了独到的见解和思想。只有那些"人人心中所想,但人人笔下全无"的文字才能打动人心,让旅游所激发的情绪引起读者的共鸣和认同。

(四)挖掘哲理意味

旅游散文的高下与语言表达、文章结构和景物描写有关,但对作品起决定性作用的是作品的感情和思想。在旅游散文中,景色引发了作者的感受,而这种感受是文章立意的基础。独特的感受能升华为新颖和高深的哲理。即使是平凡的景色,通过对景色特点、本质和自我感受的分析,展开想象和联系,也能引发不一样的思考,挖掘出新意。旅游能打开人的感官,发现新奇,突破现实。人的感觉更灵敏了,思维更活跃了,从而在对景色的欣赏中感受人生和反思生活,找寻自我,提升境界。将这些写到旅游散文中,能让读者得到共鸣,认清世界,参悟人生。

第二节　旅游散文作品赏析

一、景物游记赏析

（一）郦道元《江水》

江　水
郦道元

江水又东径巫峡[1]。杜宇所凿[2]，以通江水也。郭仲产云[3]：按《地理志》，巫山在县西南，而今县东有巫山，将郡、县居治无恒故也。江水历峡东径新崩滩。此山，汉和帝永元十二年崩，晋太元二年又崩，当崩之日，水逆流百余里，涌起数十丈。今滩上有石，或圆如箪[4]，或方似屋，若此者甚众，皆崩崖所陨，致怒湍流，故谓之新崩滩。其颓岩所余，比之诸岭，尚为竦桀[5]。其下十余里有大巫山，非惟三峡所无，乃当抗峰岷[6]、峨，偕岭衡、疑[7]，其翼附群山，并概青云[8]，更就霄汉，辨其优劣耳。神孟涂所处[9]。《山海经》曰：夏后启之臣孟涂[10]，是司神于巴[11]，巴人讼于孟涂之所，其衣有血者执之[12]，是请生[13]。居山上，在丹山西[14]。郭景纯云：丹山在丹阳[15]，属巴。丹山西即巫山者也。又帝女居焉，宋玉所谓天帝之季女[16]，名曰瑶姬，未行而亡[17]，封于巫山之阳，精魂为草，寔为灵芝。所谓巫山之女，高唐之阻[18]，旦为行云，暮为行雨，朝朝暮暮，阳台之下[19]。旦早视之，果如其言，故为立庙，号朝云焉。其间首尾百六十里，谓之巫峡，盖因山为名也。

自三峡七百里中[20]，两岸连山，略无阙处[21]。重岩叠嶂，隐天蔽日，自非亭午夜分[22]，不见曦月[23]。至于夏水襄陵[24]，沿溯阻绝，或王命急宣[25]，有时朝发白帝[26]，暮到江陵[27]，其间千二百里，虽乘奔御风[28]，不以疾也[29]。春冬之时，则素湍绿潭，回清倒影，绝巘多生怪柏[30]，悬泉瀑布，飞漱其间[31]，清荣峻茂，良多趣味。每至晴初霜旦[32]，林寒涧肃，常有高猿长啸，属引凄异[33]，空谷传响，哀转久绝。故渔者歌曰：巴东三峡巫峡长[34]，猿鸣三声泪沾裳。

江水又东径黄牛山[35]。下有滩，名曰黄牛滩。南岸重岭迭起，最外高崖间有石，色如人负刀牵牛[36]，人黑牛黄，成就分明[37]，既人迹所绝，莫得究焉。此岩既高，加以江湍纡回[38]，虽途径信宿[39]，犹望见此物，故行者谣曰：朝发黄牛，暮宿黄牛，三朝三暮，黄牛如故。言水路纡深，回望如一矣。

江水又东径西陵峡[40]，《宜都记》曰：自黄牛滩东入西陵界，至峡口百许里，山水纡曲，而两岸高山重障，非日中夜半，不见日月。绝壁或千许丈，其石彩色，形容多所像类[41]。林木高茂，略尽冬春。猿鸣至清[42]，山谷传响[43]，泠泠不绝[44]。所谓三峡，此其一也。山松言[45]：常闻峡中水疾，书记及口传[46]，悉以临惧相戒，曾无称有山水之美也[47]。及余来践跻此境[48]，既至欣然，始信耳闻之不如亲见矣。其迭崿秀峰，奇构异形，固难以辞叙[49]；林木萧森，离离蔚蔚[50]，乃在霞气之表，仰瞩俯映，弥习弥佳[51]，流连信宿，不觉忘返，目所履历[52]，未尝有也。既自欣得此奇观，山水有灵，亦当惊知己于千古矣[53]。

字词注释

[1] 巫峡：长江三峡之一。西起重庆市巫山县大宁河口，东至湖北省巴东县官渡口。

[2] 杜宇：传说中古蜀国国王，号望帝。

[3] 郭仲产：南朝宋尚书库部郎，撰有《襄阳记》《南雍州记》等。

[4] 箪（dān）：古代盛饭用的圆形竹器。

[5] 竦桀（sǒng jié）：高峻。竦，同"耸"。

[6] 峨：即峨眉山，在今四川省峨眉山市西南。

[7] 偕：同，等同。衡：即衡山，五岳中的南岳。主体部分在湖南省衡阳市南岳区和衡山、衡阳两县境内。

[8] 概（gài）：相摩，连接。

[9] 孟涂：夏启的臣子。

[10] 夏后启：大禹的儿子启，夏朝的国君，建立了我国历史上第一个奴隶制政权。

[11] 司神：郭璞云："听其狱讼，为之神主。"

[12] 其衣有血者执之：郭璞云："不直者则血见于衣。"

[13] 请生：即好（hào）生。

[14] 丹山：即巫山。

[15] 丹阳：在今湖北省秭归县东南。

[16] 宋玉：战国楚辞赋家。季女：小女。

[17] 行：出嫁。

[18] 高唐之阳：一作"高唐之姬"。

[19] 阳台：在今重庆市巫山县北阳台山上。

[20] 自：在。三峡："长江三峡"的简称，其说不一，一般指瞿塘峡、巫峡和西陵峡，但《水经注》以广溪峡、巫峡、西陵峡为三峡。

[21] 略无：全无，没有一点。阙处：空隙，缺口。

[22] 自非：除非。亭午：正午。

[23] 曦（xī）月：日月。

[24] 襄陵：水漫上山陵。

[25] 或：有时候。

[26] 白帝：古城名。在今重庆市奉节县东白帝山上。

[27] 江陵：在今湖北省荆州市。

[28] 虽：即使。乘奔：骑着快马。御风：驾御急风。

[29] 不以疾：也算不上疾速。

[30] 绝巘(yǎn)：极高的山顶。

[31] 飞漱(shù)：疾速地冲荡。

[32] 晴初：雨后刚放晴。霜旦：秋季的早晨。

[33] 属引：连缀和鸣。

[34] 巴东：古郡名。在今重庆市东部云阳县、奉节县、巫山县一带。

[35] 黄牛山：与下文的"黄牛滩"均在今湖北省宜昌市境内。

[36] 色：形状。

[37] 成就：形成。分明：清晰逼真。

[38] 纡(yū)回：回旋，环绕。

[39] 信宿：两三日。

[40] 西陵峡：长江三峡之一。西起湖北省巴东县官渡口，东至宜昌市南津关。为长江三峡中最长的峡谷。

[41] 形容：形状。像类：相像类似。

[42] 至清：极其清越响亮。

[43] 响：回声。

[44] 泠(líng)泠：形容声音清越。

[45] 山松：即袁山松，名一作崧，东晋文学家，陈郡阳夏（在今河南省太康县）人，曾任宜都太守。

[46] 书记：书中记载。

[47] 曾无：全无，没有一个。

[48] 践跻：亲自登临。

[49] 固：的确。难以辞叙：很难用言辞描叙。

[50] 离离蔚蔚：浓密茂盛的样子。

[51] 弥习弥佳：越看越美妙。习，反复，屡次。

[52] 履历：经历，经过。

[53] 惊：惊喜，惊异。

作品简析

本文选自《水经注》。作者郦道元，为北魏时期地理学家，以其鸿篇地理名著《水经注》成为中国游记文学的开创者，对后世游记散文的发展影响颇大。《水经注》因注《水经》而得名，《水经注》看似为《水经》作注，实则以《水经》为纲，详细记载了一千多条大小河流及有关的历史遗迹、人物掌故、神话传说等，是中国古代最全面、最系统的综合性地理著作。该书还记录了不少碑刻墨迹和渔歌民谣，文采绚烂，语言清丽，具有较高的文学价值。由于书中所引用的大量文献很多业已散失，《水经注》的保存意义重大，对研究中国古代历史、地理具有重要参考价值。

本文分为四个自然段,每个自然段各有侧重点。

第一自然段写新崩滩、大巫山等。对景物的变迁进行了地理考证,指出谬误之处,对地理变化的时间进行了清晰的考查。后引用《山海经》所言,记述神话传说,体味风景背后的地理人文及古人据景展开的神奇想象,为巫峡之险峻更添神秘气息。

第二自然段是描写了三峡的江水和两岸风景。字数不多,但字字珠玑,句句精练,如身临其境。这段文字传神地写出了三峡山水的地理特征。先写山,特点是"连"和"高"。第一为"连",沿着长江连绵不断几百里,没有缺口处。第二是"高",高到隐天蔽日,无法看到正午的太阳和夜半的月亮,突出了三峡高山的高峻雄险。然后写水。写水是按季节写的,季节不同,三峡中的江水的风景大不相同。夏日,江水漫丘陵,阻绝船只,水势险恶。当迫不得已在此时乘船而下时,"朝发白帝,暮到江陵",船行的速度快如马、疾如风,可见水流湍急。而在春天和冬天,水势减缓,三峡则呈现出温婉的一面。浪花洁白,江水深碧,清波回旋,江面映出两岸高山的倒影,船犹如在画中。接着作者又把笔触移向两岸的崖壁。所见有"怪柏""悬泉""瀑布",草木茂盛,景物繁多,"良多趣味"。对于三峡最为标志性的声音——猿鸣,作者也进行了重点描述。猿声向来是和悲伤联系在一起的意象,哀哀其鸣,声声入心,秋风凄寒,渔歌为伴,更显示出凄凉萧瑟的气氛。

第三自然段描写黄牛山和黄牛滩。除生动真实的记叙外,其所引用的"行者谣曰",短短四句,确实与他所总结的"言水路纡深,回望如一矣"的独特景像相符。"行者",即驾舟行驶的船工。郦道元广采各类歌谣、俚语、方言,让《水经注》更加真实贴切。

最后一段是郦道元引用曾任宜都太守的晋代袁山松的《宜都记》(或作《宜都山川记》)加工而成的。文中的"山松言",即指《宜都记》中的话。文中的"及余来践跻此境",也是指袁山松。整篇文字,显然经过郦道元的精心摘选和细致加工。诵读这样的文章,真是趣味无穷。郦道元对三峡的感受与晋太守的赞美相似,袁山松的文章若无郦道元的摘录则无法传之于世。二人年代各异,但"知己于千古"。

景点说明

本文所述之景为长江巫峡,《水经》文说"入南郡界",又说"过巫县南"。秦置南郡时,巴东的确"隶南郡",即为今天的重庆市巫山县。景色从今重庆市东部开始,写的是江水在巫峡峡谷中奔流的景色。巫峡是长江上一道绮丽幽深的风景,以俊秀著称。它峡长谷深,奇峰突兀,连绵不断,时而云腾雾绕,时而景色疏朗,江流曲折处百转千回,惊险万分,船行其间,有时快如风驰,有时悠然缓行,惊险刺激与诗情画意切换自如。

(二)李白《春夜宴从弟桃花园序》

春夜宴从弟桃花园序[1]

李白

夫天地者,万物之逆旅也[2];光阴者,百代之过客也[3]。而浮生若梦[4],为欢几何?古人秉烛夜游[5],良有以也[6]。况阳春召我以烟景[7],大块假我以文章[8]。会桃花之芳园,序天伦之乐事[9]。群季俊秀[10],皆为惠连[11];吾人咏歌[12],独惭康乐[13]。幽赏未已,高谈转清[14]。开琼筵以坐花[15],飞羽觞而醉月[16]。不有佳咏,何伸雅怀?如诗不成,罚依金谷酒数[17]。

作品简析

[1] 从(cóng,旧读 zòng)弟:堂弟。从,堂房亲属。桃花园:疑在安陆兆山桃花岩。

[2] 逆旅:客舍。迎客止歇,所以客舍称逆旅。逆,迎接。旅,客。

[3] 过客:过往的客人。李白《拟古十二首》其九:"生者为过客。"

[4] 浮生若梦:死生之差异,就好像梦与醒之不同,纷纭变化,不可究诘。

[5] 秉烛夜游:指及时行乐。秉,执。《古诗十九首》其十五:"昼短苦夜长,何不秉烛游。"曹丕《与吴质书》:"少壮真当努力,年一过往,何可攀援!古人思秉烛夜游,良有以也。"

[6] 有以:有原因。这里是说人生有限,应夜以继日游乐。以,因由,道理。

[7] 阳春:和煦的春光。召:召唤,引申为吸引。烟景:春天气候温润,景色似含烟雾。

[8] 大块:大地,大自然。假:借,这里是提供、赐予的意思。文章:这里指绚丽的文采。古代以青与赤相配合为文,赤与白相配合为章。

[9] 序:通"叙",叙说。天伦:指父子、兄弟等亲属关系。这里专指兄弟。

[10] 群季:诸弟。古代兄弟长幼以伯(孟)、仲、叔、季为序,故以季代称弟。季,年少者的称呼。这里泛指弟弟。

[11] 惠连:谢惠连,南朝诗人,早慧。这里以惠连来称赞诸弟的文才。

[12] 咏歌:吟诗。

[13] 康乐:谢灵运,袭封康乐公,世称"谢康乐"。

[14] "幽赏"二句:指一边欣赏着幽静的美景,一边谈论着清雅的话题。

[15] 琼筵(yán):华美的宴席。坐花:坐在花丛中。

[16] 羽觞(shāng):古代一种酒器,形如鸟雀,有头尾羽翼。醉月:醉倒在月光下。

[17] 金谷酒数:是说如果宴会中的某人写不出诗来,就要按照古代金谷园的规矩罚酒三杯。金谷,晋代石崇有金谷园,曾与友人宴饮其中,作《金谷诗序》云:"遂各赋诗,以叙中怀,或不能者,罚酒三斗。"后泛指宴会上罚酒三杯的常例。

作品简析

该作品是李白与堂弟们在春夜宴饮赋诗时作的序文。文章以清新俊逸的风格,转折自如的笔调,记叙了作者与诸位堂弟在桃花园聚会赋诗、畅叙天伦一事,慷慨激昂地表达了李白对生活的热爱和积极乐观的人生态度。文章展示了春夜欢叙的情景,其中交织着热爱生活的豪情逸兴,"浮生若梦"、及时行乐的感喟令人耳目一新。全文仅一百十九字,由感喟人生之短促,急转入描写盛会之良辰美景,进而引发醉月咏诗之逸兴,起结飘忽,波澜起伏,传达出深长的情韵。句式长短自由,骈散相间,整饬中有疏宕。

文章以议论开头："夫天地者，万物之逆旅也；光阴者，百代之过客也。而浮生若梦，为欢几何？古人秉烛夜游，良有以也。"这是作者在行文上的巧妙之处，作者不去说明自己为什么要在夜晚举办宴席，只说明"古人秉烛夜游"的原因，侧面说明自己举办"夜宴"的原因，即对生命的珍惜与豁达的人生态度。

"况阳春召我以烟景，大块假我以文章"，作者只用几个字就体现了春景的特色。春天的阳光，暖烘烘的，使读者身上感到一阵温暖，眼前呈现一片红艳。"会桃李之芳园"以后是文章的主体部分。"会桃李之芳园"不是为了饯行，而是为了"序天伦之乐事"。这一句，既与"为欢几何"里的"欢"字相照应，又赋予它特定的具体内容。作者与堂弟们分别已久，难得享天伦之乐。"开琼筵以坐花，飞羽觞而醉月"两句，集中描写"春夜宴桃花园"，这是那欢乐的浪潮激起的洪峰。"月"乃"春夜"之月，"花"乃"桃花"之花。亲朋相会，花月交辉，幽赏高谈，其乐无穷，于是继之以开筵饮宴。"飞羽觞"一句，李白从"羽"字延伸，生动地用了个"飞"字，就把宴会痛饮狂欢的场景表现得淋漓尽致。痛饮固然可以表现狂欢，但光痛饮，则不够"雅"。他们都是诗人，痛饮不足以尽兴，故要作诗，于是以"不咏佳作，何伸雅怀"等句结束全篇。

景点说明

据考证，此处的桃花园可能是在安陆兆山桃花岩，为诗仙李白"酒隐"安陆十年之地。桃花岩西倚笔架峰，东掖晒经坡，上有绀珠泉。李白于此读书饮酒，耕种抄经，留下了许多世代相传的故事，为历代文人津津乐道。

（三）柳宗元《始得西山宴游记》

始得西山宴游记

柳宗元

自余为僇人[1]，居是州，恒惴栗[2]。其隙也[3]，则施施而行[4]，漫漫而游。日与其徒上高山，入深林，穷回溪[5]，幽泉怪石，无远不到。到则披草而坐，倾壶而醉。醉则更相枕以卧，卧而梦。意有所极，梦亦同趣[6]。觉而起，起而归。以为凡是州之山水有异态者，皆我有也，而未始知西山之怪特。

今年九月二十八日，因坐法华西亭，望西山，始指异之[7]。遂命仆人过湘江，缘染溪[8]，斫榛莽[9]，焚茅茷[10]，穷山之高而止。攀援而登，箕踞而遨[11]，则凡数州之土壤，皆在衽席之下[12]。其高下之势，岈然洼然[13]，若垤若穴[14]，尺寸千里，攒蹙累积[15]，莫得遁隐。萦青缭白，外与天际[16]，四望如一。然后知是山之特立，不与培塿为类[17]。悠悠乎与颢气俱[18]，而莫得其涯；洋洋乎与造物者游[19]，而不知其所穷。引觞满酌，颓然就醉，不知日之入。苍然暮色，自远而至，至无所见，而犹不欲归。心凝形释，与万化冥合。然后知吾向之未始游，游于是乎始，故为之文以志。

是岁，元和四年也[20]。

字词注释

[1] 僇(lù)人:同"戮人",罪人,指作者因罪遭贬。
[2] 惴(zhuì)栗(lì):恐惧发抖的样子。
[3] 隙:闲暇。
[4] 施施(yí):走路缓慢的样子。
[5] 回溪:萦回曲折的溪涧。
[6] 趣:同"趋",往,赴。
[7] 指异:指点并发现其不平常。
[8] 染溪:一名冉溪,又改名愚溪,潇水支流,在今湖南省永州市零陵区。
[9] 榛莽:丛生的荆棘草木。榛,丛木。莽,丛草。
[10] 茅茷(fèi):茅草类植物,叶多。
[11] 箕踞:像簸箕一样席地而坐,双脚伸直岔开。
[12] 衽(rèn)席:席子。
[13] 岈然:山谷空阔的样子。
[14] 垤(dié):蚁穴外堆积的土。
[15] 攒(cuán):聚在一起。
[16] 际:接,合。
[17] 培(péi)塿(lóu):小土堆。
[18] 悠悠乎:形容存在极其久远。颢气:浩气。
[19] 洋洋乎:形容极其广阔。造物者:天地,大自然。
[20] 元和四年:809年。

作品简析

本文为《永州八记》之一,作者柳宗元。永贞元年(805年)九月,柳宗元贬邵州刺史,十一月加贬永州司马。在此期间,他创作了《永州八记》,《始得西山宴游记》为其中的代表作,写景状物,多有寄托。这篇文章题目中的"始得"为全文重点,全文五次或明或暗地点出"始得"之意,可见此二字为其立意和布局之要。

文章内容分成三段。第一段写始游西山时的心情——"恒惴栗",以及对西山景色总体评价——"怪特"。作者被贬,自称为"僇人",心里常常惊恐不安。这是一种先抑后扬的写作方法,与之后游览西山时的欣喜形成反差。同时,也反映出作者对政治打压的不满和抗议,对自身所处境地的悲愤和郁闷。在这样的境遇之下,政治上已无可进取之处,作者选择寄情山水,修身养性,调整心情,排解忧愤,在游览中忘却现实处境,想在精神上寻找某种寄托。因此,这个开头也说明了作者游山玩水的缘由。他自认为永州的山水都游遍了,但西山的"怪特"还是出乎他的意料,所以,说"未始知"。这是从反面来扣住题目里"始得"二字。简洁的几笔,承上启下,自然地引出下文。

第二段写的是游西山的情景,这段文字仍紧紧围绕着"始"字展开。九月的一天,他坐在法华寺西亭上,远望西山,"始指异之"。渡过湘江,砍杂木,焚枯草,披荆斩棘,一直攀登,居高临下,放眼远望,西山之高,"岈然洼然,若垤若穴,尺寸千里",聚拢在眼底。四周"萦青缭白,外与天际,四望如一"。这绘声绘色的描写使读者也能身临其境。有了这种亲身的体验,然后始知"是山之特立",作者胸怀顿觉开阔,一种从未有过的感受油然而生:广大得如同浩气,看不到它的边际。于是"引觞满酌,颓然就醉",以至于暮色降临也浑然不觉,仍不愿归去。

文章结尾处的感悟非常重要,也是对现在的旅游爱好者们的有益提示。旅游不是自以为是的"无远不到""皆我有也",真正的游赏应是欣喜满意地同天地交游。作者也是从这次旅游中得到感悟,从政治的失败、被贬谪的消沉中解脱出来。

这篇游记内容简短,结构紧凑,题目贯穿全文,最后感悟顺势推出,文笔流畅,语言清丽,结构完整。本文将景、情、理融为一体,写景为抒情,抒情为明义,明义为说理,是景物游记的上乘佳作。

景点说明

本文景点西山在湖南省南部的永州市,为潇、湘二水汇合处,故雅称"潇湘"。该区域地势三面环山,地貌复杂多样,才会有作者所谓"怪特"的西山之景。正因为柳宗元被贬至此,留下了在中国文学史上影响极大的《永州八记》,永州一跃成为著名的旅游胜地。永州旅游,四时皆宜,观山看水,风格迥异。2016年12月,国务院将永州市列为国家历史文化名城。

(四)余秋雨《皋兰山月》

皋兰山月

余秋雨

天太黑,地方又太陌生,初来那天,真把山顶的灯光当作了星斗。四周都没有星,只有它,那么高,如恶海孤灯,倒悬头顶,有点诡异。一路累乏,懒得多想,只看了它一眼,倒头便睡。

第二天清早推窗,才一惊,好一座大山,堵着天。山顶隐隐有亭,灯光该来自那儿。晚上再看,还是像星,端详片刻重又迷惑。看了几天,惑了几天,便下狠心,非找个夜间上去不可。于是便等月亮。

等来了。那晚月色,一下把周围一切都刷成了半透明的银质。山舍,小树,泥地,如能用手叩击,一定会有铿然的音响。浩浩大大一座山,没有转弯抹角的石头,没有拂拂垂坡的繁草,没有山溪,总之没有遮遮掩掩的地方,只是一味坦荡。坦荡的暗银色,锡箔色,了无边际,除此之外再没有别的色相。走在这样的山路上,浑身起一种羽化的空灵。也不在意路边还有些什么,呆呆地走。只要路还在,就会飘飘忽忽、无休无止地走下去。脚下不慢,但很轻,怕踩坏了这一片素净。

应该已经很高了。风在紧起来,寒光浸到皮肤,抱肩打个噤。抬头看月,反比上山时小了许多。正纳闷,立刻抬头认输:脚是走不过它,只会把它走小,不会把它走大。

头脑受不得挑逗，刚一想，空荡荡的心境就被赶走，由无尽的距离滑到了无尽的时日。未能免俗，终于乱七八糟地去想这山的远年履历。好像霍去病是在这里狠狠打过一仗的，打得挺苦，《汉书》讲这位大将军时提到过这座山，记得还很吝啬地用了一个"鏖"字，叫人去眼瞪瞪地傻想那场仗的酷烈。这山也命苦，竖在这个地方，来往要冲，打打杀杀的事少不了。山最经不得打仗，拔木、烧草，一遍一遍轮着来，还能留得住什么？溪脉干涸了，掷还给它浓稠血迹。山石抛光了，掷还给它断箭残戟。要这些干吗？山惊辣着，急急地盖上一层黄土，又一层黄土，把哀伤吞进肚里。若能让它们都烂在肚里，换得个清风凉月，那倒也认了。但没有，它早已裸露的脊背，注定要一再地负载铁血。它闭上了眼，永久地沉默了。像一位受尽磨难的老人，只剩下麻木。

　　本应该让满脸平和的张骞、玄奘多来走走，然而我估摸，他们没上山。又没有一条好路，也没什么好景，他们的路程远，舍不得力气。抬头看上几眼，就从山脚下走过了。玄奘要是真有那几位徒弟陪着，会让孙悟空翻个跟头上来一下的，猪八戒懒，沙僧放不下那担子，都不会上。

　　也许林则徐上来过，他清闲一些，有力气没处使，爬上山来吐一口闷气。在山顶上看看东南方，想想家，想想早已飘散了的虎门烟火。左宗棠也会上来，他带着兵，老习惯了，到哪儿都喜欢爬个山看个地形。此公老是站在山顶朝西北方眺望，不时让兵士拿来边陲的版图。心情松快时，还叫兵士种过一点柳树，好挡住域外的蛮风。

　　要是早有眼下这条路，他们还会多上来几次，一个守望东南，一个守望西北。但这条路是四十年前才修下一个根基的，还是为打仗。路修得很急，也很快，有兵士，也有民伕。修路时该挖出过数不清的白骨，也不知是什么朝代的，在月光下白得刺眼。几具头骨凄森森地狞笑，它们都是修路者的远代同行。修路者骂一声晦气，想一想，心里一沉。

　　我不敢再想。荒山深夜，尽念叨这些，心里毛毛的。脚步加快，快走出这段长长的山路。不驮辎重的脚步，索性踏得响一点，像用撒娇般的欢快，来安慰一位木讷的祖母。不知当年筑路的苦力中，有没有一个人偶尔挥汗看月，忽发奇想，想到这条路今夜的用途。

　　拍哒拍哒地走，山顶到了。亭由灰砖砌成，砌在原先的烽火台上。竟有不少人在，都不作嘈杂声。似乎都惊叹自己站立的高度，优裕地微笑着，看着山下密密的灯，寻自己的家。一位妻子悄声责怪丈夫："关什么灯，找也找不到。"丈夫嘿一声："怕啥哩，家还能逃？"我无声一笑，我们或许真的走出了那段长长的山路。

　　我家不在这儿，无心多看。要说灯，这儿并不出色。我以一个飘零游子，俯视过好几个异邦都市的灯海，对着本应属于丝路的瑰丽，把双眼紧闭。于是，今夜我也只能离开众人，躲到山亭另侧。这里阒无一人，眼下只是绵绵群山，趁着月色，直铺天边。天边并不能看真，看远去，发觉头已抬高，看到了天上。这些山，凝固了千百万年，连成一气，却又是滚滚滔滔，波涌浪叠。一个波浪就这么大，我立即被比得琐小不堪。也听出声响来了,找不到一个象声词能够描述。响亮到了宁静,隐隐然充斥天宇,能把一个人的双耳和全部身心吞没得干干净净。古哲有言,大音希声,也许这便是历史的声音?

记得过去抖抖瑟瑟翻动线装史籍时,也听到过这种声音。史籍的纸页与这儿的群山呈同一颜色,这一定是故意的,让人用一双习惯了土黄的眼睛,在史籍中谛听,在山身上解读。那末,我算是找到了我的家。

据智者说,这儿本有丰郁的兰花,这儿简直就是兰花的故乡,否则得不了这个名。这大体可信,古人淳真,还不大懂得冒名。我的家乡至今兰草茂盛,踏进山岙,连飞瀑也喷溅出熏人的清香。谁知,故乡的故乡竟在这里。这里的兰花呢?真不好意思让一座莽然大山,羞辱地顶着一个空名。转念一想倒也无妨。不是有默默的巨澜吗,不是有希声的大音?卷走了这个,还会卷来那个的。会吗?也许。再让我想一想,听一听。

山亭那侧,人已走光。山下的灯也层层熄灭。一切都没有了,只有我还站着,死死的,像一根风化的石柱。

宁愿风化。离开人世高墙的重重卫护,蒸发掉种种温腻的滋润。赤条条地,与荒漠的群山对峙,向它们逼索一个古老人种苦涩的灵魂和行程。我相信,林则徐和左宗棠,曾从这种逼索中领悟过刀兵炮火的意义。今夜,我仍要继续倾听。

月亮轻轻一颦,躲进一团云,然后又飘然西去。她运行不息,变得明澈而洒脱,用一阵无声凉风,示意我踏上回程。是的,还有张骞和玄奘呢,他们都未曾滞留,衣带当风,双目前视,用疲惫的脚,为凝寂的土地踩一条透气的甬道。

走罢。只有走,才会有声音,才会让这个山谷有实实在在的声音,就像汉唐的驼铃。

那么,真的走罢。

拍哒拍哒,叮铛叮铛……

——皋兰山,坐兰州市侧。

作品简析

本文是现代散文家余秋雨先生的一篇散文,是一篇典型的"形散神不散"的现代散文。该文以时间为序,以景色为背景,写出了夜游皋兰山的所思、所感,思绪飘忽深沉,情感真挚贴切。

从皋兰山引发的探索欲开始,激发了读者的兴趣,跟着作者一路走去。所写之景色皆是作者眼中之景,其敏锐的感知能力和强大的语言表达能力令人震撼。例如,描绘初入山的月色,"把周围一切都刷成了半透明的银质";描写山体庞大,连绵不绝,"凝固了千百万年,连成一气,却又是滚滚滔滔,波涌浪叠";描写月亮柔美,"她运行不息,变得明澈而洒脱,用一阵无声凉风,示意我踏上回程"。这些描写有强烈的代入感,让看到这样文字的读者通过想象也能感受到景色的变幻。

全文并未一味描写神奇瑰丽的美好景色,反而着重描绘了黑暗、飘忽、空灵的夜色。正因如此,作者会"乱七八糟地去想这山的远年履历",以及一系列的历史人物,如霍去病、林则徐、左宗棠、张骞、玄奘,对他们可能在此处的所作所为展开了丰富的想象。此外,还想到了那些没有被历史记载姓名的兵士、民夫等普通民众,他们打仗、拔木、烧草、修路,留下了数不清的白骨。沉重的历史感和沧桑感扑面而来,历史著名人物的丰功伟业以及草民百姓的艰辛劳苦跃然纸上。脚下走的是真实的路,但脑子里全是天马行空的想象。而这恰恰贴近真实的旅游体验和心态,让旅游回归现实,所见所感即为所写。

景点说明

皋兰山西起龙尾山,东至老狼沟,形若蟠龙,"高厚蜿蜒,如张两翼,东西环拱州城(兰州城),延袤二十余里"。皋兰山是兰州城区的屏障,自从2000多年前匈奴人在黄河边叫响"皋兰"后,这座大山就成了兰州沧桑岁月的见证。

皋兰山上现建有兰山公园,为新建的山林公园。整个公园依山布景,低处始自五泉山东侧的枇杷岭,高处至三台阁,绵延10余千米,占地面积5200亩(1亩约为666.67平方米)。山上现修有楼台亭阁,错落有致,红梁碧瓦,相映成趣,是人们纳凉赏景的理想场所。2020年4月,皋兰山入选"2020中国避暑名山榜"。

二、旅游辞赋赏析

(一)司马相如《上林赋》

上林赋[1]
司马相如

亡是公听然而笑曰[2]:"楚则失矣[3],而齐亦未为得也。夫使诸侯纳贡者,非为财币,所以述职也;封疆画界者,非为守御,所以禁淫也[4]。今齐列为东藩,而外私肃慎[5],捐国逾限[6],越海而田[7],其于义固未可也。且二君之论[8],不务明君臣之义,正诸侯之礼,徒事争于游戏之乐,苑囿之大,欲以奢侈相胜,荒淫相越,此不可以扬名发誉,而适足以贬君自损也。

"且夫齐楚之事,又乌足道乎!君未睹夫巨丽也,独不闻天子之上林乎?左苍梧[9],右西极[10]。丹水更其南,紫渊径其北[11]。终始灞浐[12],出入泾渭;酆镐潦潏[13],纡余委蛇,经营乎其内;荡荡乎八川分流[14],相背而异态。东西南北,驰骛往来,出乎椒丘之阙[15],行乎洲淤之浦[16],经乎桂林之中[17],过乎泱漭之野。汨乎混流,顺阿而下[18],赴隘狭之口,触穹石,激堆埼[19],沸乎暴怒,汹涌澎湃。滭弗宓汩[20],偪侧泌瀄[21]。横流逆折,转腾潎洌,滂濞沆溉。穹隆云桡[22],宛潬胶盭[23]。逾波趋浥,莅莅下濑。批岩冲拥,奔扬滞沛。临坻注壑,瀺灂霣坠[24],沉沉隐隐,砰磅訇礚[25]。滳滳溳溳[26],湁潗鼎沸[27]。驰波跳沫,汨濦漂疾[28]。悠远长怀,寂漻无声,肆乎永归。然后灏溔潢漾[29],安翔徐回,翯乎滈滈[30],东注太湖,衍溢陂池[31]。于是乎鲛龙赤螭,鲀鳑渐离[32],鳡鳗鲂鮧[33],禺禺鱋鳎[34],捷鳍掉尾[35],振鳞奋翼,潜处乎深岩,鱼鳖讙声,万物众伙。明月珠子,的皪江靡[36]。蜀石黄硬[37],水玉磊砢[38],磷磷烂烂,采色澔汗,丛积乎其中。鸿鹔鹄鸨,鴐鹅属玉,交精旋目,烦鹜庸渠,箴疵鴎卢[39],群浮乎其上,泛淫泛滥,随风澹淡,与波摇荡,奄薄水渚,唼喋菁藻,咀嚼菱藕。

"于是乎崇山矗矗,龙嵷崔巍,深林巨木,崭岩参差,九嵕巀嶭[40]。南山峨峨,岩陁甗锜,嶊萃崛崎[41],振溪通谷,蹇产沟渎[42],谽呀豁閜[43]。阜陵别坞[44],崴磈嵔廆,丘虚堀礨[45],隐辚郁㠑[46],登降陁靡[47],陂池貏豸[48],沈浸淫鬻[49],散涣夷陆,亭皋千里,靡不被筑[50]。揜以绿蕙,被以江蓠,糅以蘪芜,杂以留夷。布结缕,攒戾莎,揭车衡兰,槀本射干,茈姜蘘荷,葴持若荪,鲜支黄砾,蒋芧青薠[51],布濩闳泽,延曼太原。离靡广衍,应风披靡,吐芳扬烈,郁郁菲菲,众香发越,肸蚃布写[52],晻薆咇茀[53]。

"于是乎周览泛观,缜纷轧芴[54],芒芒恍忽。视之无端,察之无涯,日出东沼[55],入乎西陂[56]。其南则隆冬生长,涌水跃波。其兽则㺎旄貘犛[57],沉牛麈麋[58],赤首圜题[59],穷奇象犀[60]。其北则盛夏含冻裂地,涉冰揭河。其兽则麒麟角端,䯄駼橐驼,蛩蛩驒騱,駃騠驴骡[61]。

"于是乎离宫别馆,弥山跨谷,高廊四注,重坐曲阁,华榱璧珰,辇道纚属,步櫩周流,长途中宿[62]。夷嵕筑堂[63],累台增成,岩窔洞房[64],俯杳眇而无见,仰攀橑而扪天[65],奔星更于闺闼[66],宛虹拖于楯轩,青龙蚴蟉于东箱,象舆婉僤于西清,灵圉燕于闲馆[67],偓佺之伦[68],暴于南荣。醴泉涌于清室,通川过于中庭。盘石振崖,嵚岩倚倾[69]。嵯峨嶵㠑,刻削峥嵘。玫瑰碧琳[70],珊瑚丛生,瑉玉旁唐[71],玢豳文鳞[72],赤瑕驳荦[73],杂臿其间,晁采琬琰,和氏出焉。

"于是乎卢橘夏熟,黄甘橙楱,枇杷橪柿[74],亭奈厚朴[75],梬枣杨梅[76],樱桃蒲陶[77],隐夫薁棣[78],答还离支[79],罗乎后宫,列乎北园。陁丘陵,下平原,扬翠叶,扤[80]紫茎,发红华,垂朱荣,煌煌扈扈,照曜钜野。沙棠栎槠[81],华枫枰栌[82],留落胥邪[83],仁频并闾[84],欃檀木兰[85],豫章女贞[86],长千仞,大连抱,夸条直畅[87],实叶葰楙[88],攒立丛倚[89],连卷樆佹[90],崔错癹骫[91],坑衡閜砢[92],垂条扶疏,落英幡纚,纷溶箾蔘,猗柅从风,藰莅卉歙[93],盖象金石之声,管籥之音[94]。柴池茈虒[95],旋还乎后宫[95],杂袭累辑,被山缘谷,循阪下隰,视之无端,究之无穷。

"于是乎玄猿素雌[96],蜼玃飞鼺[97],蛭蜩蠗蝚,獑胡豰蛫[98],栖息乎其间。长啸哀鸣,翩幡互经[99],夭蟜枝格,偃蹇杪颠[100]。隃绝梁,腾殊榛,捷垂条,掉希间,牢落陆离[101],烂漫远迁[102]。若此者数百千处。娱游往来,宫宿馆舍[103],庖厨不徙,后宫不移,百官备具。

"于是乎背秋涉冬,天子校猎。乘镂象,六玉虬,拖蜺旌,靡云旗,前皮轩,后道游。孙叔奉辔[104],卫公参乘[105],扈从横行[106],出乎四校之中[107]。鼓严簿[108],纵猎者,河江为阹,泰山为橹,车骑雷起,殷天动地,先后陆离,离散别追。淫淫裔裔,缘陵流泽,云布雨施。生貔豹,搏豺狼,手熊黑,足野羊,蒙鹖苏[109],绔白虎,被班文,跨野马,凌三嵕之危,下碛历之坻。径峻赴险,越壑厉水。椎蜚廉,弄獬豸,格虾蛤,铤[110]猛氏,羂騕褭[111],射封豕[112]。箭不苟害[113],解脰陷脑,弓不虚发,应声而倒。于是乘舆弭节徘徊,翱翔往来,睨部曲之进退,览将帅之变态。然后侵淫促节[114],儵夐远去[115],流离轻禽,蹴履狡兽。轊白鹿[116],捷狡兔,轶赤电,遗光耀。追怪物,出宇宙,弯蕃弱[117],满白羽,射游枭,栎蜚遽[118]。择肉而后发,先中而命处,弦矢分,艺殪仆[119]。然后扬节而上浮[120],凌惊风,历骇猋,乘虚无,与神俱。躏玄鹤,乱昆鸡,遒孔鸾,促鵔鸃,拂鹥鸟,捎凤皇,捷鸳雏,掩焦明。道尽途殚,回车而还。消摇乎襄羊,降集乎北纮,率乎直指,晻乎反乡。蹷石关,历封峦,过鳷鹊,望露寒[121],下棠梨,息宜春,西驰宣曲,濯鹢牛首,登龙台,掩细柳。观士大夫之勤略,均猎者之所得获,徒车之所辚轹[122],步骑之所蹂若,人臣之所蹈籍,与其穷极倦却[123],惊惮詟伏[124],不被创刃而死者,他他籍籍[125],填坑满谷,掩平弥泽。

"于是乎游戏懈怠,置酒乎颢天之台,张乐乎胶葛之㝢。撞千石之钟,立万石之虡[126],建翠华之旗,树灵鼍之鼓,奏陶唐氏之舞,听葛天氏之歌,千人唱,万人和,山陵为之震动,川谷为之荡波。巴渝宋蔡,淮南干遮,文成颠歌,族居递奏,金鼓迭起,铿锵闛鞈[127],洞心骇耳。荆吴郑卫之声,韶濩武象之乐[128],阴淫案衍之音[129],鄢郢缤纷,激楚结风[130]。俳优侏儒[131],狄鞮之倡[132],所以娱耳目乐心意者,丽靡烂漫于前,靡曼美色。若夫青琴、宓妃之徒[133],绝殊离俗,妖冶娴都,靓妆刻饰,便嬛绰约,柔桡嫚嫚,妩媚孅弱。曳独茧之褕䋎[134],眇阎易以邨削,便姗嫳屑[135],与俗殊服,芬芳沤郁,酷烈淑郁;皓齿粲烂,宜笑的皪;长眉连娟[136],微睇绵藐,色授魂与,心愉于侧。

"于是酒中乐酣,天子芒然而思,似若有亡,曰:'嗟乎!此大奢侈。朕以览听余闲,无事弃日,顺天道以杀伐,时休息于此。恐后叶靡丽,遂往而不返,非所以为继嗣创业垂统也。'于是乎乃解酒罢猎,而命有司曰:'地可垦辟,悉为农郊,以赡萌隶,隤墙填堑[137],使山泽之人得至焉。实陂池而勿禁[138],虚宫馆而勿仞[139],发仓廪以救贫穷,补不足,恤鳏寡,存孤独,出德号,省刑罚,改制度,易服色,革正朔,与天下为更始。'"

"于是历吉日以斋戒,袭朝服,乘法驾[140],建华旗,鸣玉鸾,游于六艺之囿,驰骛乎仁义之涂,览观《春秋》之林,射《狸首》[141],兼《驺虞》[142],弋玄鹤[143],舞干戚[144],载云䍐[145],揜群雅[146],悲《伐檀》,乐乐胥[147],修容乎礼园,翱翔乎书圃,述《易》道,放怪兽,登明堂,坐清庙,次群臣,奏得失,四海之内,靡不受获。于斯之时,天下大说,乡风而听,随流而化,芔然兴道而迁义[148],刑错而不用,德隆于三王,而功羡于五帝。若此故猎,乃可喜也。若夫终日驰骋,劳神苦形,罢车马之用,抏士卒之精[149],费府库之财,而无德厚之恩,务在独乐,不顾众庶,亡国家之政,贪雉兔之获,则仁者不繇也[150]。从此观之,齐楚之事,岂不哀哉!地方不过千里,而囿居九百,是草木不得垦辟,而人无所食也。夫以诸侯之细,而乐万乘之侈,仆恐百姓被其尤也。"

于是二子愀然改容,超若自失,逡巡避席,曰:"鄙人固陋,不知忌讳,乃今日见教,谨受命矣。"

字词注释

[1] 上林：上林苑，故址在今陕西省西安市西及周至县、鄠邑区界。它本是秦代的旧苑，汉武帝时重修并加扩大。

[2] 亡是公：作者假托的人名。亡，通"无"。

[3] 失：指不对。《上林赋》是承《子虚赋》而来，《子虚赋》是借楚国子虚和齐国乌有先生的对话展开，以折齐称楚结束，所以本文这样承接。

[4] 淫：放纵，过分。指诸侯国不知节制，侵入别国疆界。

[5] 私：指私自交好。肃慎：古国名，在今长白山以北至黑龙江一带。

[6] 捐国：指离开自己的国家。逾限：越过本国边界。

[7] 越海而田：指《子虚赋》言齐王"秋田乎青丘"之事。"青丘"为传说中的海外国名，故云"越海"。田，通"畋"，畋猎。

[8] 二君：指《子虚赋》中的子虚和乌有先生。

[9] 左：指东方。苍梧：汉郡名，治所在今广西省苍梧县。苍梧古属交州，在长安东南，故言"左"。

[10] 右：指西方。西极：古指豳地，在长安西北一带，故言"右"。

[11] 丹水：水名，出陕西省商洛市商州区西北冢岭山，东南流入河南境。更：经过。紫渊：当为上林苑北边水名。径：同"经"。

[12] 终始灞浐：指灞水和浐水始终流在上林苑中。终始，作动词用。灞浐，都是渭水的支流。

[13] 酆镐（hào）潦（lǎo）潏（jué）：皆为水名。酆，源出陕西省宁陕县东北秦岭，东北流经西安市入渭水。镐，源出陕西省西安市长安区，北注于渭水。现下游已湮，上游北注于潏水。潦，源出陕西省西安市鄠邑区南山涝谷，东北经咸阳市西南境注于渭水。潏，源出陕西省西安市鄠邑区南山石鳖谷，北经西安市长安区入渭水。

[14] 八川分流：指上述灞、浐、泾、渭、酆、镐、潦、潏八条河流各自流动。

[15] 椒丘之阙：生满椒树的山相对而立，类似门阙的形状。阙，又名门观。门前两旁建台，上有楼观，中间有阙口为通道，故称阙。

[16] 洲淤：水中可居之地。古时长安一带人呼洲为淤。浦：水边。

[17] 桂林：指上林苑中的桂树林。

[18] 阿：高大的山丘。

[19] 堆埼（qí）：高大曲折的河岸。

[20] 泙弗（bì fèi）：水上涌的样子。宓（mì）汩：水流疾去的样子。

[21] 偪侧：水迫近岸边。泌㵧（jié）：水浪涌起互相冲击的样子。偪，同"逼"。

[22] 穹隆：水势高起的样子。云桡：形容水势回旋翻滚如云涌。桡，扰动。

[23] 宛潬（shàn）：水流盘曲的样子。胶戾：水流纠绞在一起的样子。

[24] 潺湲（chán zhuó）：小水声。指水流近小丘时发出的细小声音。霣坠：指水从高处落到低处。霣，通"陨"。

[25] 砰磅（pēng pāng）：即"乒乓"，象声词。訇磕（hōng kē）：指水流激荡发出轰隆

隆的声音。

[26] 潏(jué)潏湟(gǔ)湟：水涌出的样子。潏,水涌貌。湟湟,同"汩汩"。

[27] 滐㴸(chì jí)鼎沸：形容水流上涌如沸腾的样子。滐㴸,水沸腾的样子。

[28] 泊㵧(yù xī)：水流急转的样子。

[29] 灏溔(hào yǎo)：水势广大无际的样子。潢(guāng)漾：水势深广,水波荡漾。

[30] 㶁(hè)乎滈(hào)滈：大水泛着白光。

[31] 衍溢陂(pí)池：水流满池塘。陂池,池塘。

[32] 鲖鳢(gèng méng)：鱼名,形似鳝。渐离：鱼名,形状不详。

[33] 鲡(yú)：鲶类的一种,皮肤有纹。鳙(yōng)：同"鳙",即花鲢鱼。鲸(qián)：鱼名,形似鲤而体长。魠(tuō)：即河豚。或说即黄颊鱼,口大而食小鱼。

[34] 禺禺：黄底黑纹,皮上有毛的一种鱼。魼(qū)：即比目鱼。鳎(tǎ)：也是比目鱼一类。

[35] 搛(qiān)：扬起。掉：摇动。

[36] 的皪(lì)江靡：宝珠的光芒照耀江边。

[37] 蜀石：质地次于玉的一种石。黄碝(ruǎn)：黄色的碝石。碝,石名,质地次于玉。

[38] 水玉：即水晶石。磊砢：众多。

[39] 鸿鹔、鹄鸹、驾鹅、属玉、交精、旋目、烦鹜、庸渠、箴疵、鸡卢：皆为水鸟名。

[40] 九嵕(zōng)：山名,在陕西省咸阳市礼泉县东北。巀嶭(jié niè)：山高峻的样子。

[41] 岩陁(zhì)甗(yǎn)锜(qí)：指山中多穴洞。㠑崣：同"崔巍",山势高峻的样子。崛崎：形容山势陡峭险绝。

[42] 寋产：曲折的样子。

[43] 谽(hān)呀豁闪(xiā)：指山谷幽远空洞的样子。谽呀,形容山谷幽深。豁闪,空虚的样子。

[44] 阜陵别岛：山丘像被水分成的一个个小岛。

[45] 丘虚堀礨(jué lěi)：指山崎岖不平的样子。虚,通"墟"。

[46] 隐辚郁礧(lěi)：指山堆积不平的样子。

[47] 登降施靡：指山势高下绵延。施靡,山势倾斜绵延的样子。

[48] 陂池貏豸(bǐ zhì)：指山势渐渐平坦。陂池,读如"坡陀",倾斜的样子。貏豸,渐趋平坦。

[49] 沇(wěi)溶淫鬻：指水在山涧中缓缓流动。淫鬻,水流缓慢。

[50] "亭皋"二句：水边地方没有不平坦的。亭,平。皋,水边地。被筑,指筑地令平。

[51] 绿蕙、江蓠、蘼芜、留夷、结缕、戾莎、揭车、衡兰、槁本、射干、茈姜、蘘荷、葴持、若荪、鲜支、黄砾、蒋、芧、青薠,皆为香草名。

[52] 肸蚃(xī xiǎng)：指香气四散,沁入人心。肸,响声传布。蚃,对声音敏感的一

种虫子。布写:四散传布。写,通"泻"。

[53] 晻薆咇茀(bì bó):形容香气浓郁。

[54] 缤纷:茂密繁多。轧芴(wù):致密而不可分辨。

[55] 东沼:上林苑东边池沼。

[56] 西陂:亦上林苑池名。与上句联系,极言上林苑之大。

[57] 㺎(róng):又名封牛,颈上有肉堆,有力而善于奔走。旄:旄牛。獏(mò):形似犀牛而略小,鼻长无角。犛(lí):小于旄牛,皮黑色。

[58] 沉牛:水牛。麈(zhǔ):鹿类,一角,尾大,可作拂尘。麋:即驼鹿,又叫犴(hān),四不像。

[59] 赤首:传说中的一种兽的名称。圜题:亦是一种兽名。传说两兽均生活在南方。题,额。

[60] 穷奇:传说中的怪兽,能食人,外形像牛,毛如猬,声音像嗥狗。

[61] 麒麟、角端、駒骃(táo tú)、橐驼、蛩(qióng)蛩:皆兽名。驒騱(tuó xī)、駃騠(jué tí),皆驴马之名。

[62] 长途中宿:长廊走不完,中间需要停宿。

[63] 夷嵕筑堂:削平山岭,建筑房屋。夷,削平。嵕,高的山。

[64] 岩宎(yǎo):深邃的样子。洞房:幽深的房屋。

[65] 橑(lǎo):屋橼。扪(mén):用手摸。此句亦形容亭台极高。

[66] 奔星:流星。更:经过。闱闼:宫中的小门。

[67] 灵圉(yǔ):对于仙人的总称。燕:燕息,闲居。闲馆:清雅的馆舍。

[68] 偓佺:古代传说的仙人名。伦:类。

[69] 嶔(qīn)岩:倾斜的样子。倚倾:偏斜倾侧。

[70] 玫瑰:珍珠名。碧琳:玉石名。

[71] 珸玉:像玉的美石。珸,同"珉"。旁唐:如说"磅礴",广大的样子。

[72] 玢(bīn)豳:有纹理的样子。文鳞:色彩斑斓,像鳞片一样排列。

[73] 赤瑕:赤色的玉。驳荦(luò):色彩斑驳。

[74] 樼(rán):即酸枣。

[75] 亭:即棠梨,又名海棠果。奈:属苹果一类的水果。厚朴:树名,果实甘美,树皮可入药。

[76] 樗(yǐng)枣:枣类,外形似柿而小。

[77] 蒲陶:即葡萄。

[78] 隐夫:果木名,形状不详。薁(yù)棣:即唐棣,又名郁李,果实可食,种子入药。

[79] 荅遝(tà):木名,果实像李子。离支:即荔枝。

[80] 扤(wù):摇动不定。

[81] 沙棠:果名,俗名沙果。栎(lì):橡实。楮(zhū):苦楮,木名,常绿乔木,果实小于橡实。

[82] 华:即桦树。枰(píng):平仲树,即银杏树。栌(lú):黄栌。

[83]留落:石榴树。胥邪:即椰子树。

[84]仁频:即槟榔树。并闾:即棕榈树。

[85]欃檀:檀木的一种。木兰:又名杜兰,木名。

[86]豫章:即樟树。女贞:即冬青树。

[87]夸条:指花朵和枝条。夸,通"荂"(huā),花。直畅:指任意舒展。

[88]荴楙(jùn mào):肥大茂盛。荴,大。楙,同"茂"。

[89]攒立丛倚:指草木聚丛而生,或直立,或相互依傍。

[90]连卷(quán):即"连蜷",指枝柯屈曲生长。欐佹(lì guǐ):指树枝相互交错,向背不一。

[91]崔错:错杂的样子。癹骫:指枝条屈曲错杂的样子。骫,通"委"。

[92]坑衡:抗衡。坑,通"抗"。閜砢:指枝条盘屈扭结,互相倾倚。

[93]莅飒:风吹草木发出的声音。卉歙(xī):如同说"呼吸",指风迅疾吹木的声音。

[94]篪:古代的一种管乐器。

[95]"傺池"二句:指高高低低树木围绕后宫生长。傺池,同"差池",高低不平的样子。茈虒(cí chí),义亦同"差池",不整齐。旋还,环绕。

[96]玄猨素雌:黑色的雄猿,白色的雌猿。猨,同"猿"。

[97]蜼(wěi):一种长尾猿,形如猕猴,黄黑色。玃(jué):大母猴。蠝(lěi):鼯鼠。前后肢间有薄膜,能从树上飞翔。

[98]獑(chán)胡:同"獑猢",兽名,似猿。縠(hú):即白狐子,以猴类为食物。蜼(guǐ):猿类。

[99]翩幡:鸟飞轻疾的样子。这里指猿类来往轻捷灵巧。幡,通"翻"。互经:互相经过。

[100]偃蹇:指猿猴身体屈曲宛转的样子。杪(miǎo)颠:树枝顶端。杪,树梢。

[101]牢落陆离:指猿猴零落不齐,聚散无常。牢落,散漫的样子。陆离,参差不齐。

[102]烂漫远迁:指猿猴往来迁徙。烂漫,形容猿猴奔走蹦跳的样子。

[103]宫宿馆舍:在离宫止宿,在别馆居住。

[104]孙叔:古代善于驾车的人。一说,指汉武帝时的太仆公孙贺(字子叔)。奉:捧。

[105]卫公:也是指古代善于驾车的人。一说,指汉武帝时大将军卫青。参乘:陪乘,即车右,担任护卫。参,通"骖"。

[106]扈从:即护从,指天子的侍卫。

[107]四校:指天子射猎时的四支扈从部队。

[108]鼓严簿:指在戒备森严的仪仗侍卫队伍中击鼓。簿,卤簿,天子出行时的随行仪仗。

[109]蒙鹖苏:指戴着用鹖鸟尾装饰的帽子。鹖,鸟名,形像雉鸡,斗时至死不退却。苏,尾。

[110]鋋(chán):铁柄短矛。这里指用短矛刺杀。猛氏:兽名,形状像熊而小,毛

短,有光泽。

[111] 罥:用绳索绊取野兽。騕褭(yǎo niǎo):神马名,传说能日行千里。

[112] 封豕:大野猪。

[113] 箭不苟害:指每箭必射中要害,而不是胡乱将猎物射伤即可。

[114] 侵淫促节:逐渐加快行驶的速度。

[115] 倏夐(shū xiòng):忽然远去的样子。

[116] 轊(wèi)白鹿:用车轴头挂住白鹿。轊,车轴头。

[117] 蕃弱:传说中夏后氏良弓名。

[118] 栎(lì):击打。蜚遽:神兽名,鹿头龙身。

[119] 艺:箭靶。这里指射的目标。殪(yì)仆:指猎物被射死倒下。

[120] 扬节而上浮:旌节飞扬上游于太空。

[121] "蹶(jué)石阙"四句:指经过了石阙、封峦、鳷鹊、露寒四个观。这四个观是汉武帝建元年间所建,在甘泉宫外。蹶,踏过。望,探看。

[122] 徒车:指士卒和车骑。徒,车前步行的士卒。辚(lìn):践踏。轹(lì):碾压。

[123] 穷极倦𧟰(jù):走投无路,疲惫不堪。𧟰,极度疲惫。

[124] 惊惮慴(zhé)伏:惊恐而不敢活动。慴,同"慑",恐惧。

[125] 他他籍籍:纵横交错的样子。

[126] 虡(jù):悬挂钟磬的木架。

[127] 铿鎗:同"铿锵",指钟声。闛鞈(táng tà):指鼓声。

[128] 韶:虞舜时乐名。濩:商汤时乐名。武:周武王时乐名。象:周公旦时乐名。

[129] 阴淫案衍:指过度而无节制的音乐。

[130] 激楚:指楚地的歌曲。结风:指歌曲结尾余音悠长。

[131] 俳优:古代表演杂戏等以供人取乐的人。侏儒:矮人。此指侏儒中任优伶、乐师者。

[132] 狄鞮(dī):西方部族名。倡:乐工。

[133] 青琴:传说中的古代神女。宓(fú)妃:传说中的伏羲氏之女,溺死于洛水,遂为洛水之神。

[134] 独茧:一个蚕茧的丝。指丝线颜色纯净一致。褕(yú):短衣。绁:同"袣(yì)",衣袖。此皆指衣服。

[135] 便姍嫳(piè)屑:衣服翩翩飘动的样子。

[136] 连娟:又弯又细的样子。

[137] 隤(tuí)墙填堑:把上林苑四周的墙推倒,把壕沟填平。隤,毁坏。

[138] 实陂池:指在陂池中放养鱼类。勿禁:指让百姓随意打鱼。

[139] "虚宫馆"句:指不再使用上林苑中的宫馆。虚宫馆,使宫馆空虚。仞,满。

[140] 法驾:天子车驾的一种,用于通常的行动,由奉车郎御车,侍中骖乘,属车四十六乘。

[141] 射:指行射礼。《狸首》:古逸诗的篇名。古代诸侯举行射礼时,奏《狸首》乐章。

[142]《驺虞》:《诗经·召南》中的一篇。古代天子举行射礼时,奏《驺虞》乐章。驺虞,相传是一种动物,性仁慈。

[143] 弋玄鹤:指表演弋射玄鹤的舞蹈。弋,用弓来射。玄鹤,黑色的鹤,古代认为它是一种瑞鸟。

[144] 干戚:盾和斧。相传舜舞干戚,感服了南方的有苗氏。后演化为舞干戚的大夏舞。

[145] 云䍐(hǎn):本指捕捉禽兽的网,此指旌旗。古注说,云䍐用以猎兽,今载之于车,象征"捕群雅"。

[146] 揜:罩住,捕。这里指收罗。群雅:指众多的有才能的人。雅,既指才俊之士,又同"鸦",语义双关。

[147] 乐乐胥:汉天子因读到"乐胥"的诗句而高兴。《诗经·小雅·桑扈》:"君子乐胥,受天之祜。"郑玄笺:"胥,有才智之名也。祜,福也。王者乐臣下有才智,知文章,则贤人在位,庶官不旷,政和而民安,天予之以福禄。"

[148] 㬥(huì)然:勃然兴起的样子。兴道:指按道行事。迁义:指逐渐接近义。迁,登,接近。

[149] 抏(wán):损耗。精:指精力。

[150] 繇:通"由",从。此句指仁德之人不照这个样子做。

作品简析

本篇是《子虚赋》的姊妹篇。全赋整体篇幅较长,结构宏大,层层渲染,大气磅礴。从内容上看,此赋分为从"亡是公听然而笑曰"到"独不闻天子之上林乎"的起、从"左苍梧"到"百官备具"的承、从"于是乎背秋涉冬"到"心愉于侧"的转、从"于是酒中乐酣"到"谨受命矣"的四部分。其中对上林苑中的水势、水产、草木、走兽、台观、树木、猿类的细致描写,层层推进,各种奇景纷纷呈现,胜状如云,令人目不暇接,心驰神往。最后写天子游猎后庆功,各种乐舞,美人云集,奢靡华丽的排场将文章推向最高潮。然后突然话锋一转,写天子怅然长叹:"此大奢侈。"这样的收尾推翻了前文对上林苑的夸饰,表明不是歌功颂德,而是暴露奢侈。以天子之口说出了反奢靡之语,也体现了作者去浮夸、求实功、治国安民的政治主张,委婉而含蓄。最后又加入了正面引导,叙述天子行仁义而天下大悦,反观前面的上林奢靡,正反对照,不言自明,总结全文与开篇遥相呼应。

景点说明

上林苑,是汉代著名的皇家园林,汉武帝刘彻于建元三年(公元前138年)在秦代的一个旧苑址上扩建而成,经过不断修缮和扩大,规模宏伟,宫室众多,集游乐、休闲、歌舞、练兵等多种功能于一体,今已无存。上林苑占地广阔,地跨长安区、鄠邑区、咸阳市、周至县、蓝田县五地,纵横340平方千米,有渭、泾、沣、涝、潏、滈、浐、灞八条水系纵横流淌,华美宫殿镶嵌在美丽的自然景物之中,奢华异常。西汉末,王莽于地皇元年

(公元20年)拆毁了上林苑中的十余处宫馆,取其材瓦,营造了九处宗庙。之后,王莽政权与赤眉义军争夺都城,上林苑遭受了毁灭性的劫难,不复存在。

(二)王粲《登楼赋》

登楼赋

王粲

登兹楼以四望兮[1],聊暇日以销忧[2]。览斯宇之所处兮[3],实显敞而寡仇[4]。挟清漳之通浦兮[5],倚曲沮之长洲[6]。背坟衍之广陆兮[7],临皋隰之沃流[8]。北弥陶牧[9],西接昭丘[10]。华实蔽野[11],黍稷盈畴[12]。虽信美而非吾土兮[13],曾何足以少留[14]!

遭纷浊而迁逝兮[15],漫逾纪以迄今[16]。情眷眷而怀归兮[17],孰忧思之可任[18]?凭轩槛以遥望兮[19],向北风而开襟。平原远而极目兮,蔽荆山之高岑[20]。路逶迤而修迥兮[21],川既漾而济深[22]。悲旧乡之壅隔兮[23],涕横坠而弗禁[24]。昔尼父之在陈兮,有归欤之叹音[25]。钟仪幽而楚奏兮[26],庄舄显而越吟[27],人情同于怀土兮[28],岂穷达而异心[29]!

惟日月之逾迈兮[30],俟河清其未极[31]。冀王道之一平兮[32],假高衢而骋力[33]。惧匏瓜之徒悬兮[34],畏井渫之莫食[35]。步栖迟以徙倚兮[36],白日忽其将匿[37]。风萧瑟而并兴兮[38],天惨惨而无色[39]。兽狂顾以求群兮[40],鸟相鸣而举翼[41]。原野阒其无人兮[42],征夫行而未息[43]。心凄怆以感发兮[44],意忉怛而憯恻[45]。循阶除而下降兮[46],气交愤于胸臆[47]。夜参半而不寐兮[48],怅盘桓以反侧[49]。

字词注释

[1]兹:此。关于王粲所登何楼,向有异说。《文选》李善注引盛弘之《荆州记》,以为是当阳城楼;《文选》刘良注则说为江陵城楼。按赋中"挟清漳之通浦兮,倚曲沮之长洲"和"西接昭丘"的位置描述,应为当阳东南、漳沮二水之间的麦城城楼。

[2]聊:姑且,暂且。暇日:假借此日。暇,通"假",借。销忧:解除忧虑。

[3]斯宇之所处:指这座楼所处的环境。

[4]实显敞而寡仇:此楼的宽阔敞亮很少能有与它相比的。寡,少。仇,匹敌。

[5]挟清漳之通浦:漳水和沮水在这里会合。挟,带。清漳,指漳水,发源于湖北南漳,流经当阳,与沮水会合,经江陵注入长江。通浦,两条河流相通之处。

[6]倚曲沮之长洲:弯曲的沮水中间是一块长形陆地。倚,靠。曲沮,弯曲的沮水。沮水发源于湖北保康,流经南漳、当阳,与漳水会合。长洲,水中长形陆地。

[7]背坟衍之广陆:楼北是地势较高的广袤原野。背,背靠,指北面。坟,高。衍,平。广陆,广袤的原野。

[8]临皋(gāo)隰(xí)之沃流:楼南是地势低洼的低湿之地。临,面临,指南面。皋隰,水边低洼之地。沃流,可以灌溉的水流。

[9]北弥陶牧:北接陶朱公所在的江陵。弥,接。陶牧,春秋时越国的范蠡帮助越王

勾践灭吴后弃官来到陶,自称陶朱公。牧,郊外。

[10] 昭丘:楚昭王的坟墓,在当阳郊外。

[11] 华实蔽野:(放眼望去)花和果实覆盖着原野。华,同"花"。

[12] 黍(shǔ)稷(jì)盈畴:农作物遍布田野。黍稷,泛指农作物。

[13] 信美:确实美。吾土:这里指作者的故乡。

[14] 曾何足以少留:怎能暂居一段。

[15] 遭纷浊而迁逝:生逢乱世到处迁徙流亡。纷浊,纷乱混浊,比喻乱世。

[16] 漫逾纪以迄今:这种流亡生活至今已超过了十二年。逾,超过。纪,十二年。迄今,至今。

[17] 眷眷(juàn):形容念念不忘。

[18] 孰忧思之可任:这种忧思谁能经受得住呢?任,承受。

[19] 凭:倚,靠。开襟:敞开胸襟。

[20] 蔽荆山之高岑(cén):高耸的荆山挡住了视线。荆山,在湖北南漳。高岑,小而高的山。

[21] 路逶迤(wēi yí)而修迥:道路曲折漫长。修,长。迥,远。

[22] 川既漾而济深:河水荡漾而深,很难渡过。这两句是说路远水长,归路艰难。

[23] 悲旧乡之壅隔兮:想到与故乡阻塞隔绝就悲伤不已。壅,阻塞。

[24] 涕横坠而弗禁:禁不住泪流满面。涕,眼泪。弗禁,止不住。

[25] 昔尼父之在陈兮,有归欤之叹音:《论语·公冶长》记载,孔子周游列国的时候,在陈国绝粮,感叹"归欤,归欤!"尼父,指孔子。

[26] 钟仪幽而楚奏兮:指钟仪被囚,仍不忘弹奏家乡的乐曲。事见《左传·成公九年》。

[27] 庄舄(xì)显而越吟:指庄舄身居要职,仍说家乡方言。《史记·张仪列传》记载,庄舄在楚国做官时病了,楚王说,他原来是越国的穷人,如今在楚国做了大官,还能思念越国吗?便派人去看,发现他正在用家乡话自言自语。

[28] 人情同于怀土兮:人都有怀念故乡的心情。

[29] 岂穷达而异心:哪能因为不得志或显达就不同了呢?

[30] 惟日月之逾迈兮:日月如梭,时光飞逝。

[31] 俟(sì)河清其未极:黄河水还没有到澄清的那一天。传说黄河水一千年清一次,后以何清喻时事太平。俟,等待。河,黄河。未极,未至。

[32] 冀王道之一平:希望国家统一安定。冀,希望。

[33] 假高衢(qú)而骋力:自己可以施展才能和抱负。假,凭借。高衢,大道。

[34] 惧匏(páo)瓜之徒悬:担心自己像匏瓜那样被白白地挂在那里,比喻不为世所用。《论语·阳货》:"吾岂匏瓜也哉,焉能系而不食!"

[35] 畏井渫(xiè)之莫食:害怕井淘好了,却没有人来打水吃。井渫,把井淘干净。《周易·井卦》:"井渫不食,为我心恻。"比喻一个人洁身自持而不为人所重用。

[36] 步栖迟以徙倚:在楼上漫步徘徊。栖迟,游息。

[37]白日忽其将匿：太阳将要沉没。匿，隐藏。

[38]风萧瑟而并兴：林涛阵阵，八面来风。萧瑟，树木被风吹拂的声音。并兴，指风从不同的地方同时吹起。

[39]天惨惨而无色：天空暗淡无光。

[40]兽狂顾以求群：野兽惊恐地张望寻找伙伴。狂顾，惊恐地张望。

[41]鸟相鸣而举翼：鸟张开翅膀互相地鸣叫。

[42]原野阒(qù)其无人：原野静寂无人。阒，寂静。

[43]征夫行而未息：离家远行的人还在匆匆赶路。

[44]心凄怆以感发：指自己被周围景物所触动，不禁觉得凄凉悲怆。

[45]意忉怛(dāo dá)而憯(cǎn)恻：指心情悲痛，无限伤感。这两句为互文。憯，同"惨"。

[46]循阶除而下降：沿着阶梯下楼。循，沿着。除，台阶。

[47]气交愤于胸臆：胸中闷气郁结，愤懑难平。

[48]夜参半而不寐：即直到半夜还难以入睡。

[49]怅盘桓以反侧：惆怅难耐，辗转反侧。盘桓，这里指内心的不平静。

作品简析

本文作者王粲，东汉末年文学家，"建安七子"之一。王粲善属文，其诗赋为建安"七子之冠冕"，又与曹植并称"曹王"。《三国志》记王粲著诗、赋、论、议近60篇，《隋书·经籍志》著录有文集十一卷，后散佚。明人张溥辑有《王侍中集》。

据陆侃如所著《中古文学系年》，此赋写于建安十一年(206年)。王粲出身名门，才高志大，当时正处于汉末乱世，他决意前往荆州依刘表。但到荆州十四年，却一直未能得到重用，故登楼有感，写下此赋，传诵千古。全文三百多个字，抒发了他登楼远望时所兴发的故园之思、乱离之感，倾吐了怀才不遇的苦闷和渴望建功立业的心情。

本文一反汉赋铺张堆砌、雕琢浮饰的文风，以明白晓畅的笔法状物抒情，一改西汉以来的腐朽文风，还开辟了魏晋以后抒情小赋的先河。在由汉代大赋向六朝抒情小赋过渡的阶段，它是一篇具有里程碑性质的作品。文章在结构上也颇具匠心。它以三条线索交织成文：一条是行动线索，从登楼、徘徊到下楼；一条是感情线索，从赞叹、眷恋到忧愤；一条是时间线索，从白昼、傍晚到夜半。三条线索分头并进，又结为一体，将登楼所见、所思、所叹都表现得非常充分。从行文上说，它既具文之流畅，又有诗之优美。全篇凡三易韵，抑扬有致，音节浏亮，故沈约赞其"高言妙句，音韵天成"(《宋书·谢灵运传论》)。它的沉郁悲凉的风格与作者的心态也十分吻合。本文的思想性和艺术成就，引得当时和后世许多骚人墨客称赏。"元曲四大家"之一的郑光祖还将此赋改编成杂剧《醉思乡王粲登楼》。

景点说明

王粲登楼的楼址究竟在哪里，前人颇多异说，或言在当阳，或言在江陵。依赋中所言漳、沮二水以及陶牧、昭丘等地理方位详加考察,二说显属不合。今据《水经注》《太平寰宇记》等多种史料记载,可判定王粲所登之楼为当阳境内的麦城城楼。麦城是东周时楚国的重要城邑。清同治年间的《当阳县志》记载,麦城在县东南五十里,沮、漳二水之间,传为春秋时楚昭王所筑。东汉建安二十四年(219年),蜀将关羽遭吴袭击,溃退于此,故有"关云长败走麦城"之传说。千百年来,麦城因洪水浸蚀冲刷,流沙覆盖淹没,现仅留有残垣断壁,南北长600米,宽100米,高30米,似一座小山,横卧在沮水河畔。

(三)曹丕《登城赋》

登城赋
曹丕

孟春之月[1],惟岁权舆[2]。和风初畅[3],有穆其舒[4]。驾言东道[5],陟彼城楼[6]。逍遥远望,乃欣以娱[7]。平原博敞[8],中田辟除[9]。嘉麦被垄[10],缘路带衢[11]。流茎散叶[12],列倚相扶[13]。水幡幡其长流[14],鱼裔裔而东驰[15],风飘飘而既臻,日暗暧而西移[16]。望旧馆而言旋,永优游而无为。

字词注释

[1] 孟春:春季的第一个月,即农历正月。

[2] 惟:语助词。岁:年。权舆:初时,起始。这句连同上句意思是,孟春是一年的起始。

[3] 和风:温和的风,指春风。初:开始。畅:通畅。这句意思是,大地回春,开始吹起了春风。

[4] 有:具有。穆:温和。其:语助词。舒:舒畅。这句意思是,春风吹到人身上,使人感到温暖舒畅。

[5] 驾:指驾车。言:与"望旧馆而言旋"中的"言",均为语助词,无实义。

[6] 陟(zhì):登高。

[7] 乃:于是。

[8] 平原:平坦的原野。

[9] 中田:即田中。辟除:打扫,扫除。这句意思是,农田中没有土丘等障碍物,可以一览无余。

[10] 被垄:盖住了田梗。被,覆盖。垄,田埂。

[11] 路:指小道。带:连接。衢:指大路。这句意思是,道路的两边都是绿油油的麦田。

[12] 流茎散叶:树木枝条疏落,树叶披散。

[13] 列:行列,指密集生长的一垄垄麦苗。这句意思是,在风中起舞的麦苗相互倚靠、相互扶持而不倒伏。

[14] 幡幡:水流动翻滚的样子。

[15] 裔(yì)裔：轻盈自如的样子。司马相如《子虚赋》："缅乎淫淫,般乎裔裔。"
[16] 暗暧(ài)：昏暗模糊。

作品简析

此赋作者曹丕,即曹魏高祖文皇帝,字子桓。全赋结构紧凑,仅92个字,内容简洁明快,过渡自然,由登城、观景和抒情三部分组成。写景紧扣"远望"二字,意境开阔,描绘了一幅原野春景图。赋中所表现的是一种自然美,一切是那样静谧和恬美,令人心旷神怡,难怪作者"乃欣以娱",乃至发出了"永优游而无为"的感叹。此赋保留了辞赋语句对仗、音韵和谐、节律明快和讲究文采的特点,但并不铺排夸张,而是风格清新,文句清丽,给人耳目一新的感觉,无论是写景还是抒情,都使人感到真切、自然。赋末所望"旧馆",疑为枣祗之故居,颂扬枣祗创立了"兴立屯田"的"不朽之事",使曹魏享有"永优游而无为"之福泽。故而此赋不是一般写景,而是对曹操采纳枣祗建议,在许下（今河南省许昌市）实行屯田,以复兴农业的歌颂。

景点说明

建安元年（196年）,因曹操采纳枣祗建议屯田垦荒,许下及其所控制的兖、豫两州在数年间"所在积谷,仓廪皆满"。依此,赋中所登之城当为许下,即今河南省许昌市。

许昌位于河南省中部,北临郑州,西依伏牛山脉、中岳嵩山,东、南接黄淮海大平原,辖魏都、建安2个区,禹州、长葛2个市和鄢陵、襄城2个县,是著名的历史文化名城。东汉建安元年八月,曹操至东汉京都洛阳迎献帝,迁都许都许县。三国时期,许昌为魏五都之一。现有许由墓、华佗墓、汉张公祠、八龙冢、曹丞相府、汉魏许都故城、春秋楼、灞陵桥等景点。

（四）苏轼《后赤壁赋》

后赤壁赋

苏轼

是岁十月之望,步自雪堂[1],将归于临皋[2]。二客从予,过黄泥之坂[3]。霜露既降,木叶尽脱[4]。人影在地,仰见明月,顾而乐之,行歌相答[5]。

已而叹曰[6]："有客无酒,有酒无肴。月白风清,如此良夜何[7]！"客曰："今者薄暮[8],举网得鱼,巨口细鳞,状如松江之鲈[9]。顾安所得酒乎[10]?"归而谋诸妇[11]。妇曰："我有斗酒[12],藏之久矣,以待子不时之需[13]。"

于是携酒与鱼,复游于赤壁之下[14]。江流有声,断岸千尺[15]。山高月小,水落石出。曾日月之几何,而江山不可复识矣[16]！予乃摄衣而上[17],履巉岩[18],披蒙茸[19],踞虎豹[20],登虬龙[21],攀栖鹘之危巢[22],俯冯夷之幽宫[23]。盖二客不能从焉。划然长啸[24],草木震动,山鸣谷应,风起水涌。予亦[25]悄然而悲[26],肃然而恐[27],凛乎其不可留也[28]。反而登舟[29],放乎中流[30],听其所止而休焉[31]。

时夜将半,四顾寂寥[32]。适有孤鹤,横江东来[33],翅如车轮,玄裳缟衣[34],戛然长鸣[35],掠予舟而西也[36]。

　　须臾客去,予亦就睡[37]。梦一道士,羽衣蹁跹[38],过临皋之下,揖予而言曰[39]:"赤壁之游乐乎?"问其姓名,俯而不答[40]。"呜呼噫嘻[41]!我知之矣!畴昔之夜[42],飞鸣而过我者[43],非子也邪[44]?"道士顾笑[45],予亦惊寤[46]。开户视之,不见其处。

字词注释

[1] 步自雪堂:从雪堂步行出发。雪堂,苏轼在黄州所建的新居,离他在临皋的住处不远,在黄冈东部,堂在大雪时建成,画雪景于四壁,故名"雪堂"。

[2] 临皋(gāo):亭名,在黄冈南长江边上。苏轼初到黄州时住在定惠院,不久就迁至临皋亭。

[3] 黄泥之坂(bǎn):黄冈东面东坡附近的山坡叫"黄泥坂"。坂,斜坡,山坡。文言文为调整音节,有时在一个名词中增"之"字,如欧阳修的《昼锦堂记》:"乃作昼锦之堂于后圃。"

[4] 木叶:树叶。木,本来是木本植物的总名,"乔大""灌木"的"木"都是用的这个意思。后来多用"木"称"木材",而用本义是"树立"的"树"作木本植物的总名。

[5] 行歌相答:且走且唱,互相唱答。

[6] 已而:过了一会儿。

[7] 如此良夜何:怎样度过这个美好的夜晚呢?如……何,怎样对待。"如何"跟"奈何"相近,都有"对待""对付"的意思。

[8] 今者薄暮:方才傍晚的时候。薄暮,太阳将落天快黑的时候。薄,迫,逼近。

[9] 淞江之鲈(lú):鲈鱼是松江(今属上海)的名产,体扁,嘴大,鳞细,味鲜美。

[10] 顾安所得酒乎:但是从哪儿能弄到酒呢?顾,但是,可是。安所,何所,哪里。

[11] 谋诸妇:谋之于妻,找妻子想办法。诸,相当于"之于"。

[12] 斗:古代盛酒的器具。

[13] 不时之需:随时的需要。

[14] 复游于赤壁之下:这是泛舟而游。下文"摄衣而上"是舍舟登陆,"反而登舟"是回到船上。

[15] 断岸千尺:江岸上山壁峭立,高达千尺。断,阻断,有"齐"的意思,这里形容山壁峭立的样子。

[16] 曾日月之几何,而江山不可复识矣:才过了多久,江山的面貌竟变得认不出来了。

[17] 摄衣:撩起衣服。摄,牵曳。

[18] 履巉岩:登上险峻的山崖。履,践,踏。巉岩,险峻的山石。

[19] 披蒙茸:分开乱草。蒙茸,杂乱的野草。

[20] 踞:蹲或坐。虎豹:指形似虎豹的山石。

[21] 虬龙:指枝条弯曲形似虬龙的树木。虬,传说中生有角的龙。

[22] 栖鹘:睡在树上的鹘。栖,鸟类歇息,栖息。鹘(hú),一种猛禽。

[23]俯冯夷之幽宫：低头看水神冯夷的深宫。冯(píng)夷，水神。幽，深。"攀栖鹘之危巢，俯冯夷之幽宫"的意思是，上登山的极高处，下临江的极深处。

[24]划然长啸：高声长啸。划有"割开，分开"的意思，这里形容长啸的声音。

[25]亦：这个"亦"字承接上文，与前文的"二客不能从"相呼应。

[26]悄然：静默的样子。

[27]肃然：因恐惧而收敛的样子。

[28]留：停留。

[29]反：同"返"，返回。

[30]放：纵，遣。这里有任船飘荡的意思。

[31]听其所止而休焉：那船停在什么地方就在什么地方休息。

[32]四顾寂寥：向四周望去，寂静冷清。

[33]横江东来：横穿大江上空从东飞来。

[34]玄裳缟衣：下服是黑的，上衣是白的。玄，黑。裳，下服。缟，白。衣，上衣。仙鹤身上的羽毛是白的，尾巴是黑的，故这样形容。

[35]戛然：象声词，形容鹤雕一类的鸟高声叫唤的声音。如白居易《画雕赞》："轩然将飞，戛然欲鸣。"

[36]掠：擦过。

[37]须臾客去，予亦就睡：这时的作者与客已经舍舟登岸，客去而作者就寝于室内。

[38]羽衣翩跹：穿着羽衣，轻快地走着。

[39]揖予：向我拱手施礼。

[40]俯：低头。

[41]呜呼噫嘻：这四个字都是叹词。

[42]畴昔之夜：昨天晚上。此语出于《礼记·檀弓》上篇"予畴昔之夜"。畴，语首助词，无实义。昔，昨。

[43]过我：从我这里经过。

[44]非子也耶：不是你吗？也，语气助词，无实义。

[45]顾：回头看。

[46]寤：醒过来。

作品简析

《后赤壁赋》是《前赤壁赋》的续篇。两篇文章均以"赋"这种文体写记游散文，一样的赤壁景色，意境却不相同，然而又都具有诗情画意。此文作于苏轼因"乌台诗案"而被贬至黄州之时，贬谪生涯使苏轼更深刻地理解了社会和人生，也使他的创作更深刻地表现出内心的情感波澜。

《后赤壁赋》沿用了赋体主客问答、抑客伸主的传统格局，表达了自己的人生哲学，同时也描写了长江月夜的优美景色。全文骈散并用，情景兼备，堪称优美的散文诗。本文分为三个层次。第一层写的是泛游之前的活动，包括交代泛游时间、行程、同行者以及为泛游所作的准备。同时,也描写了初冬月夜之景与伴月之欢,既隐伏着游兴,又很自然地引出了主客对话。第二层次是铺垫,描写了赤壁的崖峭、山高、空清、月小、水流,"履巉岩,披蒙茸,踞虎豹,登虬龙,攀西鹊之危巢,俯冯夷之幽宫",观之令人心胸开阔。当苏轼独自一人登临绝顶时,"划然长啸,草木震动,山鸣谷应,风起水涌",又让他产生了凄清忧惧之感,不得不返回舟中。文章写到这里,又突起神来之笔,写到一只孤鹤"横江东来",在"戛然长鸣"后倏然西去,孤寂之上更添悲悯之情,也为下文写梦埋下了伏笔。最后,第三层写了游后入睡的苏子,在梦乡中见到了曾经化作孤鹤的道士,在"揖予""不答""顾笑"的神秘幻觉中,表露了作者本人出世与入世的思想矛盾所带来的内心苦闷。结尾八个字"开户视之,不见其处",表面上像是梦中的道士倏然不见了,更深的内涵是对自己前程渺茫的暗示。

景点说明

与杜牧的《赤壁》相同,此处不再赘述。

三、旅游随笔赏析

(一)葛洪《袁广汉园》

袁广汉园[1]

葛洪

茂陵富人袁广汉[2],藏镪巨万[3],家僮八九百人。于北邙山下筑园[4],东西四里,南北五里,激流水注其内。构石为山,高十余丈,连延数里。养白鹦鹉、紫鸳鸯、牦牛、青兕[5],奇兽怪禽,委积其间[6]。积沙为洲屿,激水为波潮[7],其中致江鸥海鹤[8],孕雏产毂[9],延蔓林池。奇树异草,靡不具植。屋皆徘徊连属,重阁修廊,行之,移晷不能遍也[10]。

广汉后有罪诛,没入为官园,鸟兽草木,皆移植上林苑中。

字词注释

[1]袁广汉:人名,生平不详,仅知为西汉时富豪。汉武帝于建元二年(公元前139年)在槐里县茂乡为自己筑陵,同时设置茂陵县(今陕西省兴平市),迁全国各地富人27万余人居此。袁广汉亦在其中,后因罪被杀。

[2]茂陵:汉武帝陵墓名,亦为古县名。

[3]镪(qiǎng):钱串。此指成串的钱。汉武帝时,统一全国货币,专铸五铢钱流通于市。

[4]北邙山:即北邙岩,又称始平原,在今陕西省兴平市西北。

[5]兕(sì):古代的一种奇兽,或说似牛,或说是雌犀。

[6]委:积,积聚。

[7]波潮:波涛。

[8] 致：招引。
[9] 鷇(kòu)：刚刚出生，尚需母禽喂养的幼鸟。
[10] 晷(guǐ)：日影。移晷，即日影移动，指需花费相当的时间。

作品简析

本篇选自葛洪辑抄的《西京杂记》卷三。葛洪，字稚川，自号抱朴子。东晋道教理论家、医学家、炼丹家，著有《抱朴子》等。本文结构简单，内容丰富，语言精练，层次清晰。本文从园林主人袁广汉写起，描写其富甲一方，奢靡程度超于常人，耗费巨资修建此园。接着写了此园的地点和占地面积，即在北邙山，"东西四里，南北五里"。此园将自然河流和人造假山相结合，圈养了许多珍稀野兽和鸟类，种植了各种奇花异草，修建了豪华的亭台楼阁。文章给读者展现了一个豪华美丽的园林。然而，文章结尾写袁广汉获罪被诛，园林没入官家，之中的各种鸟兽草木移到汉代皇家园林上林苑之中。不禁又令人唏嘘感慨，人事变迁，物是人非，繁华之后是无限的衰败和凄凉。但本文所写之袁广汉园是我国第一个私家园林，给后代私家园林的修建提供了范本。明代王士性在其《广志绎》中评价袁广汉园说："袁园称东西四里，南北五里，则亦周十八里。今（苏州园林）极称吴中佳丽，然缙绅中何得有此，况民间乎？"

景点说明

袁广汉园又称袁园，故址在今陕西省兴平市，为汉武帝时巨富袁广汉所建。袁广汉开我国私人建造园林之先河，其园为我国第一座私家园林。袁广汉园仿照自然山水，构筑假山，引水入园，池中建岛，园内广植奇花异草，建有屋宇重阁，以长廊连属，且地域宽广，畜养珍奇禽兽，几乎与帝王苑囿无二，只是规模上不及帝王苑囿。此园现已不存。

（二）袁枚《随园记》

<h3 style="text-align:center">随 园 记</h3>

袁枚

金陵自北门桥西行二里，得小仓山。山自清凉胚胎[1]，分两岭而下，尽桥而止。蜿蜒狭长，中有清池水田，俗号干河沿。河未干时，清凉山为南唐避暑所，盛可想也。凡称金陵之胜者，南曰雨花台[2]，西南曰莫愁湖[3]，北曰钟山[4]，东曰冶城[5]，东北曰孝陵[6]，曰鸡鸣寺[7]。登小仓山，诸景隆然上浮。凡江湖之大，云烟之变，非山之所有者，皆山之所有也。

康熙时，织造隋公当山之北巅，构堂皇，缭垣牖，树之荻千章[8]，桂千畦。都人游者，翕然盛一时，号曰隋园，因其姓也。后三十年，余宰江宁。园倾且颓弛，其室为酒肆，舆台嚾呶[9]。禽鸟厌之，不肯妪伏。百卉芜谢，春风不能花。余恻然而悲，问其值，曰三百金，购以月俸。茨墙剪阖，易檐改涂。随其高，为置江楼；随其下，为置溪亭；随其夹涧，为之桥；随其湍流，为之舟；随其地之隆中而欹侧也，为缀峰岇;随其葐郁而旷也,为设宧窔[10]。或扶而起之,或挤而止之,皆随其丰杀繁瘠,就势取景,而莫之夭阏者[11],故仍名曰随园,同其音,易其义。

落成,叹曰:"使吾官于此,则月一至焉;使吾居于此,则日日至焉。二者不可得兼,舍官而取园者也。"遂乞病,率弟香亭[12]、甥湄君移书史居随园。闻之苏子[13]曰:"君子不必仕,不必不仕。"然则余之仕与不仕,与居兹园之久与不久,亦随之而已。夫两物之能相易者,其一物之足以胜之也。余竟以一官易此园,园之奇,可以见矣。

己巳三月记[14]。

字词注释

[1] 清凉:山名,在南京市西。又名石头山,山上昔建有清凉寺,南唐时期建有清凉道场。胚胎:此指小仓山为清凉山余脉。

[2] 雨花台:在南京市中华门外,相传南朝梁天监年间(502—519年),云光法师讲经于此,感动上苍,落花如雨,因而得名。

[3] 莫愁湖:在南京市水西门外,相传为南齐时莫愁女居处而名,然而莫愁湖之名始见于宋代。

[4] 钟山:在南京市中山门外,又名金陵山、紫金山、蒋山、北山,是南京主要山脉。

[5] 冶城:故址在南京市水西门内朝天宫附近,相传吴王夫差冶铁于此,故名。

[6] 孝陵:在南京市中山门外钟山南麓,为明太祖朱元璋陵墓。

[7] 鸡鸣寺:在南京市玄武区鸡笼山东麓山阜上,梁时于此始建同泰寺,后屡毁屡建。明洪武年间(1368—1398年)在其旧址上修建鸡鸣寺。堂皇:广大的堂厦。

[8] 荻:古同"楸",落叶乔木,干直树高。千章:千株。

[9] 舆台:指地位低贱的人。嚾呀:叫喊,吵闹。

[10] 宧窔(yí yào):房屋的东北角与东南角。古代建房,多在东南角设溷厕,东北角设厨房。此即代指这些设施。

[11] 夭阏(è):阻止,遏制。《庄子·逍遥游》:"背负青天而莫之夭阏者,而后乃今将图南。"此指没有改变山原来的形势。

[12] 香亭:袁枚弟袁树。湄君:袁枚外甥陆建,字湄君,号豫庭。

[13] 苏子:宋朝文学家苏轼。下面的引文出自苏轼《灵壁张氏园亭记》。

[14] 己巳:乾隆十四年(1749年)。

作品简析

本文选自《小仓山房文集》卷十二,写于清乾隆十四年(1749年)。作者袁枚自江宁令卸任后赴陕西任职,但因父丧退职,之后便无心仕途,从30多岁到80多岁去世,一直居住在随园,自号随园老人。此文从随园的由来说起,作者见其荒废,于心不忍,将其买了下来。根据其地势、景致,用心修缮、翻新、添景,既保留天然之趣,又有作者的匠心,每一处都有作者的精心设计和规划,体现了作者对此园真挚的热爱。经过作者整修过的随园宜居宜游,也成为了其一生挚爱的居所。在对此园的热爱之外,我们也可看出作者对自我生命的深刻认知和理解,对自我价值的清醒认识和保护。作者不愿追随俗世洪流,只愿顺从自然本心的人生态度,在当时是非常特立独行的存在。最后,作者引用苏轼的"君子不必仕,不必不仕",总结自己悠游林下的生活方式。

这样的人生选择使得袁枚在清朝文人中显得特别而亲切。特别是在于他可仕而不仕的态度超于常人;亲切是因为他做了许多人想做而不敢做的事,放下了文人们想放下又放不下的名利执念。这是一种果敢,也是一种决绝。在他手中,随园从一个荒地变成了乐园,整个过程体现一个"随"字,不破坏,不做作,作者成就了随园,随园也成就了作者,人与山水自然的"知己"之感跃然纸上。这是一份难能可贵的和谐情谊。相比之下,那仰人鼻息、唯唯诺诺的官场生活简直不堪忍受。这篇文章写得随意而轻松,似无目的而为,却爱由心生。作者娓娓道来,自得其乐。本文还体现了旅游随笔的"随",从头至尾,一气呵成,不为写作而写作,不为抒情而抒情。景到此处,自然见心;心到此处,自然见情,实为古今旅游随笔的上乘之作。

景点说明

此园故址在今南京市五台山一带,原是清代康熙、雍正年间江宁织造隋赫德的私人花园,后荒废。之后,由袁枚购买并修缮。袁枚死后,其子孙继续经营居住。随园在江南名声大噪,成为当时到南京必看的景致之一,慕名而来的游客络绎不绝。由于参观者众多,随园的门槛都被踩坏了,每年都要更换一两次。清咸丰三年(1853年),随园毁于太平军的战火。之后园林景观不复存在,被开垦成粮田。

(三)刘凤诰《个园记》

个 园 记

刘凤诰

广陵甲第园林之盛,名冠东南。士大夫席其先泽[1],家治一区,四时花木,容与文宴周旋[2],莫不取适于其中。仁宅礼门之道何坦乎?其无不自得也。

个园者,本寿芝园旧址[3],主人辟而新之,堂皇翼翼,曲廊邃宇,周以罘罳,辟以层楼。叠石为小山,通泉为平池,绿萝袅烟而依回,嘉树翳晴而葐蒀[4]。闳爽深靓[5],各极其致,以其目营心构之所得,不出户而壶天自春[6],尘马皆息。于是娱情陔养[7],授经庭过[8],暇肃宾客[9],幽赏与共,雍雍蔼蔼[10],善气积而和风迎焉。

主人性爱竹,盖以竹本固。君子见其本,树德之先沃其根[11]。竹虚心,君子观其心,则思应用之势务宏其量。至夫体直而节贞,则立身砥行之攸系者实大且远[12]。岂独冬青夏彩,玉润碧鲜,著斯州筱荡之美云尔哉[13]!主人爱称曰"个园"。

园之中,珍卉丛生,随候异色。物象异趣,远胜于子山[14]所云"欹侧八九丈,从斜数十步[15],榆柳两三行,梨桃百余树"者。主人好其所好,乐其所乐。出其才华,以与时济。顺其燕息,以获身润。厚其基福,以逮室家孙子之悠久咸宜[16]。吾将为君咏,乐彼之园矣!

嘉庆戊寅(二十三年)中秋[17],刘凤诰记并书。

字词注释

[1] 席:凭借,倚仗。先泽:祖先留下的恩泽。

[2] 容与:闲然自得的样子。文宴:指文人集会饮酒赋诗。周旋:应酬,打交道。

[3] 寿芝园:清代两淮盐商黄至筠的私人宅邸。

[4] 翁匌(gé):弥漫,喻指茂密。

[5] 闿爽:开朗。

[6] 壶天自春:美妙的仙境。壶天,道家所称仙境。

[7] 娱情:使心情快乐。陔(gāi)养:以孝心奉养双亲。

[8] 授经:教授经书。庭过:父亲的教诲,也泛指家教。

[9] 暇肃宾客:闲时恭迎宾客。

[10] 雍雍:和谐的样子。蔼蔼:众多的样子。

[11] 沃:浇灌。

[12] 砥行:磨炼行为。攸:助词,相当于"所"。

[13] 荡:泛指小竹和高竹。

[14] 子山:即庾信(513—581年),字子山,南北朝时期文学家。其语引自其所作《小园赋》。

[15] 从:通"纵",南北向。

[16] 逮:到,及。室家:泛指家庭或家中的人。

[17] 嘉庆戊寅:即嘉庆二十三年(1818年)。

作品简析

本文首先概括说明扬州园林之盛,名冠江南,富商官吏皆好造园,有怡情雅趣,彰显了江南风物。接着,具体介绍个园的造园情况,整体布局,尤其是叠石景观,极具特色,构思巧妙,移步换景,处处妙不可言,身在其中,忘尘绝世,"不出户而壶天自春,尘马皆息"。同时,该园不仅美观,还有居家、孝亲、育儿、宴客等功能,在美景之外,亦是一番人际和谐的景象。之后,描写主人爱竹,园中种满竹子,阐明主人的个人情趣和志向。苏轼曾曰:"宁可食无肉,不可使居无竹,无肉令人瘦,无竹令人俗"。主人取"竹"字之半,将该园起名"个园",体现了主人的高情雅趣和不俗的审美眼光。接着,写到园中各色珍稀花卉随季节变换竞相开放,四时景色结合叠石假山,更是美不胜收。最后,作者对该园顺时而为的设计理念表示了钦佩,也对该园自然与人情的融洽和谐进行了赞美。真正的美是自然、人情、内心的充盈和美,也体现出作者对美好生活的向往。

景点说明

个园,位于扬州市广陵区东北隅,原系明代寿芝园旧址,直到清代嘉庆年间,由两淮盐商黄至筠改建成其私家园林。园内广植修竹和花卉。此园以叠石艺术著名,笋石、湖石、黄石、宣石叠成的春夏秋冬四季假山,融造园法则与山水画理于一体,被园林大师陈从周先生誉为"国内孤例"。2005年,个园被评为国家4A级旅游景区。2007年,个园被评为首批20个国家重点公园之一。2016年,个园成为首批国家重点花文化基地之一。

(四)闻一多《青岛》

青 岛
闻一多

海船快到胶州湾时,远远望见一点青,在万顷的巨涛中浮沉;在右边崂山无数柱奇挺的怪峰,会使你忽然想起多少神仙的故事。进湾,先看见小青岛,就是先前浮沉在巨浪中的青点,离它几里远就是山东半岛最东的半岛——青岛。簇新的,整齐的楼屋,一座一座立在小小山坡上,笔直的柏油路伸展在两行梧桐树的中间,起伏在山冈上如一条蛇。谁信这个现成的海市蜃楼,一百年前还是个荒岛?

当春天,街市上和山野间密集的树叶,遮蔽着岛上所有的住屋,向着大海碧绿的波浪。岛上起伏的青梢也是一片海浪,浪下有似海底下神人所住的仙宫。但是在榆树丛荫,还埋着十多年前德国人坚伟的炮台,深长的甬道里你还可以看见那些地下室,那些被毁的大炮飞机,和墙壁上血涂的手迹。——欧战时这儿剩有五百德国兵丁和日本争夺我们的小岛,德国人败了,日本的太阳旗曾经一时招展全市,但不久又归还了我们。在青岛,有的是一片绿林下的仙宫和海水泱泱的高歌,不许人想到地下还藏着十多间可怕的暗窟,如今全毁了。

堤岸上种植无数株梧桐,那儿可以坐憩,在晚上凭栏望见海湾里千万只帆船的桅杆,远近一盏盏明灭的红绿灯飘在浮标上,那是海上的星辰。沿海岸处有许多伸长的山角,黄昏时潮水一卷一卷来,在沙滩上飞转,溅起白浪花,又退回去,不厌倦的呼啸。天空中海鸥逐向渔舟飞,有时间在海水中的大岩石上,听那巨浪撞击着岩石激起一两丈高的水花。那儿再有伸出海面的站桥,去站着望天上的云,海天的云彩永远是清澄无比的,夕阳快下山,西边浮起几道鲜丽耀眼的光,在别处你永远看不见的。

过清明节以后,从长期的海雾中带回了春色,公园里先是迎春花和连翘,成篱的雪柳,还有好像白亮灯的玉兰,软风一吹来就憩了。四月中旬,奇丽的日本樱花开得像天河,十里长的两行樱花,蜿蜒在山道上,你在树下走,一举首只见樱花绣成的云天。樱花落了,地下铺好一条花溪。接着海棠花又点亮了,还有那踯躅在山坡下的"山踯躅",丁香、红端木,天天在染织这一大张地毯;往山后深林里走去,每天你会寻见一条新路,每一条小路中不知是谁创制的天地。

到夏季来,青岛几乎是天堂了。双驾马车载人到汇泉浴场去,男的女的中国人和十方的异客,戴了阔边大帽,海边沙滩上,人像小鱼一般,曝露在日光下,怀抱中是薰人的咸风。沙滩边许多小小的木屋,屋外搭着伞篷,人全仰天躺在沙上,有的下海去游泳,踩水浪,孩子们光着身在海滨拾贝壳。街路上满是烂醉的外国水手,一路上胡唱。

但是等秋风吹起,满岛又回复了它的沉默,少有人行走,只在雾天里听见一种怪水牛的叫声,人说木牛躲在海底下,谁都不知道在哪儿。

作品简析

本文作者为闻一多。闻一多一生写了大量的诗歌和杂文,以笔锋犀利著称,洋溢着旺盛的斗志。《青岛》是闻一多一生中创作的唯一一篇即景随笔。《青岛》诗意浓厚,全文虽然只有一千多字,但语言极优美,非等闲之人能作。既写活了自然风物,又兼顾了历史与神话,举重若轻,展现了青岛栩栩如生的形象。写海时,描写沙鸥飞向渔舟,巨浪撞击着岩石,激起丈余的水花。这里的海,较之老舍笔下的青岛的海,多了几分波澜壮阔的气势,更像硬朗的男儿。转到花间,文风倏尔又变柔和了许多。写清明过后的公园:"从长期的海雾中带回了春色,公园里先是迎春花和连翘,成篱的雪柳,还有好像白亮灯的玉兰,软风一吹来就憩了。"写四月里的樱花道:"四月中旬,奇丽的日本樱花开得像天河,十里长的两行樱花,蜿蜒在山道上,你在树下走,一举首只见樱花绣成的云天。樱花落了,地下铺好一条花溪。"其笔触柔美,简简单单的三言两语便勾勒出了樱花纷飞的四月天。在作者笔下,海是美的,花是锦绣成堆、摇曳多姿的——除却浪漫樱花,海棠、丁香、红端木也不输半分风情。青岛在作者笔下犹如一幅美丽明艳的画,令人回味再三。当代评论家马力评价道:"闻一多此篇,虽属短制,在风景上却用足了笔墨,语境又极清丽,如醉赏一纸飘入手中的锦笺,感觉是那样的好。他意不在显示学养的渊雅、智识的超卓,他只怀着轻松明朗的情绪写着风景之美,并无过深的载道的心,而淡淡的抒情意味却是能够读出的,这又让人忽然记起,他原是一位诗家。"

景点说明

青岛市地处山东半岛南部,东濒黄海,东北与烟台市毗邻,西与潍坊市相连,西南与日照市接壤。青岛昔称胶澳。1929年4月,南京国民政府接管胶澳商埠,同年7月设青岛特别市。1930年改称青岛市。青岛是国家历史文化名城、重点历史风貌保护城市、首批中国优秀旅游城市。国家级风景名胜区有崂山风景名胜区、青岛海滨风景区。截至2021年,青岛历史风貌保护区内有重点名人故居85处,已列入保护目录26处。山东省近300处优秀历史建筑,仅青岛就有131处。国家级自然保护区1处,即马山国家级自然保护区。

四、旅游日记赏析

(一)陆游《入蜀记》

入蜀记(节选)
陆游

六月一日早,移舟出闸,几尽一日,始能出三闸。船舫栉比。热甚,午后小雨,热不解。泊奕场前。

二日,禺中[1]解舟。乡仆来,言乡中闵雨[2],村落家家车水。比连三年颇稔,今春父老言,占岁[3]可忧,不知终何如也。过赤岸班荆[4]馆,小休前亭。班荆者,北使宿顿及赐燕之地,距临安三十六里。晚,急雨,颇凉。宿临平。临平者,太师蔡京葬其父准于此,以钱塘江为水,会稽山为案,山形如骆驼,葬于驼之耳,而筑塔于驼之峰。盖葬师云"驼负重则行远也"。然东坡先生乐府固已云:"谁似临平山上塔,亭亭,迎客西来送客行。"则临平有塔亦久矣。当是蔡氏葬后增筑,或迁之耳。京责太子少保制云"托祝圣而饰临平之山",是也。夜半解舟。

三日黎明,至长河堰,亦小市也,鱼蟹甚富。午后,至秀州[5]崇德县,县令右从政郎吴道夫、丞右承直郎李植、监秀州都税务右从政郎章湜来。旧闻戴子微云:"崇德有市人吴隐,忽弃家寓旅邸,终日默坐一室。室中惟一卧榻,客至,共坐榻上。或载酒过之,亦不拒,清谈竟日。隐初不学问,至是间与人言易数,皆造精微,亦能先知人吉凶寿夭,见者莫能测也。"因见吴令,问之,云皆信然,今徙居村落间矣。是晚行十八里,宿石门。火云如山,明日之热可知也。

四日,热甚,午后始稍有风。晚泊本觉寺前,寺故神霄宫也,废于兵火,建炎后再修,今犹甚草创。寺西庑有莲池十余亩,飞桥小亭,颇华洁。池中龟无数,闻人声,皆集,骈首仰视,儿曹惊之不去。亭中有小碑,乃郭功甫[6]元祐中所作《醉翁操》,后自跋云"见子瞻所作未工,故赋之",亦可异也。

五日早,抵秀州,见通判权郡事右通直郎朱自求、员外通判右承事郎直秘阁赵师夔、方务德侍郎滋。务德留饭。饭罢,还舟小憩,极热。谒樊自强主管、樊自牧教授、广、抑,皆茂实吏部子。闻人伯卿教授。阜民,茂德嗣定[7]子。二樊居城外,居第颇壮,茂实晚岁所筑,尚未成也。隔水有小园,竹树修茂,荷池渺弥可喜。池上有堂日读书堂。游宝华尼寺,拜宣公祠堂,有碑,缺坏磨灭之余,时时可读,苏州刺史于顿书。大略言秘书监陆公齐望,始作尼寺于此,其后灏、沪、沣兄弟又新之。后又有贤妹字意者,陆氏尝有女子为尼云。然不言宣公所以有祠者。家谱沣作澧,赖此证误,讳灏者,则宣公[8]之父也。老尼妙济、大师法淳及其弟子居白留啜茶,且言方新祠堂也。移舟北门宣化亭。晚复过务德饭。

六日,右奉议郎新通判荆南吕援来,援字彦能。进士闻人纲来,纲字伯纪,方务德馆客,自言识毛德昭。德昭名文,衢州江山县人,居于秀,予儿时从之甚久。德昭极苦学,中年不幸病盲而卒,无子。纲言其盲后,犹终日危坐,默诵《六经》,至数千言不已。可哀也。赴郡集于倅[9]廨中。坐花月亭,有小碑,乃张先子野"云破月来花弄影[10]"乐章,云得句于此亭也。晚赴方夷吾导之集于陈大光县丞家,二樊、吕伴皆在。大光字子充,莹中谏议孙,居第洁雅,末利花盛开。

字词注释

[1] 禺中:中午。《淮南子·天文训》,"(日)至于衡阳,是谓隅中"。

[2] 闵雨:少雨。

[3] 占岁:《事物纪原》引《东方朔占书》云,"岁正月一日占鸡,二日占狗,三日占羊,四日占猪,五日占牛,六日占马,七日占人,八日占谷,皆晴明温和,为蕃息安泰之候,阴

寒惨烈,为疾病衰耗"。

[4] 班荆:布草而坐,以示亲好。此指金国使者进入南宋控制的境界后所受接待处。《左传·襄公二十六年》记载,"班荆相与食"。

[5] 秀州:今嘉兴。

[6] 郭功甫:郭祥正,字功甫,苏轼的友人。

[7] 茂德删定:陆游《老学庵笔记》卷一云,"嘉兴人闻人茂德,名滋,老儒也。喜留客食,然不过蔬豆而已。郡人求馆客者,多就谋之。又多蓄书,喜借人。自言作门客牙,充书籍行,开豆腐羹店。予少时与之同在敕局,为删定官。谈经义滚滚不倦,发明极多,尤邃于小学云"。

[8] 宣公:中唐嘉兴陆贽谥号。

[9] 倅:副职。

[10] 云破月来花弄影:出自张先《天仙子》词,"水调数声持酒听,午醉醒来愁未醒。送春春去几时回,临晚镜,伤流景。往事后期空记省。沙上并禽池上暝,云破月来花弄影。重重帘幕密遮灯,风不定,人初静。明日落红应满径"。

作品简析

本文节选自陆游的《入蜀记》。该书是陆游入蜀途中的日记,共六卷,是中国第一部长篇游记。南宋孝宗乾道六年(1170年)末,陆游由山阴(今浙江绍兴)赴任夔州(今重庆奉节一带)通判。五月十八日晚启程,乘船由运河、长江水路前往,历时五个多月,经今浙、苏、皖、赣、鄂、渝六省市,于十月二十七日早晨到达夔州任所。该书写作细致,基本上每天都有记录,只有少数的几天只记录了日期没有记事。每一日,他先记一天经过什么地方以及当日的天气情况,若所见有特殊风景或人文,他就会写下观感。如六月二日到会稽见到蔡京父亲所葬之地,"以钱塘江为水,会稽山为案,山形如骆驼,葬于驼之耳,而筑塔于驼之峰"。四日,记录的是令人悠闲自在的本觉寺,"寺西庑有莲池十余亩,飞桥小亭,颇华洁。池中龟无数,闻人声,皆集,骈首仰视,儿曹惊之不去"。三日、五日、六日写的基本上是所见之人,有闻讯赶来相见的旧友,也有当地奇人士绅,作者写下了见面的过程和情感交流的细节。从记载可以看到,一千多年前陆游就开始在旅游中进行自然景观和人文景观的审美实践,这种江山与人文齐感受的旅游美学观,无疑是旅游美学与风景科学的精华。

景点说明

秀州,古州名,包括旧嘉兴府(今除海宁外的嘉兴地区)与旧松江府(今上海地区的吴淞江以南部分)。此地自古为繁华富庶之地,素有"鱼米之乡""丝绸之府"美誉。同时,自然风光以潮、湖、河、海并存而驰誉江南,拥有南湖、乌镇、西塘三个国家5A级旅游景区,以及盐官(钱江潮观赏地)、南北湖、绮园、月河历史街区、梅花洲、九龙山、东湖、莫氏庄园、茅盾故居、徐志摩故居等著名景点,构成江南水乡特色。1921年,中国共产党第一次全国代表大会在嘉兴南湖胜利召开,嘉兴南湖成为光荣的革命纪念地——中国共产党诞生地,载入中国革命史册。

(二)徐霞客《游天台山日记》

游天台山[1]日记

徐霞客

癸丑之三月晦[2],自宁海出西门。云散日朗,人意山光,俱有喜态。三十里,至梁隍山。闻此於菟夹道,月伤数十人,遂止宿。

四月初一日,早雨。行十五里,路有岐,马首西向台山,天色渐霁。又十里,抵松门岭,山峻路滑,舍骑步行。自奉化来,虽越岭数重,皆循山麓;至此迂回临陟[3],俱在山脊。而雨后新霁,泉声山色,往复创变,翠丛中山鹃映发,令人攀历忘苦。又十五里,饭于筋竹庵。山顶随处种麦。从筋竹岭[4]南行,则向国清大路。适有国清[5]僧云峰同饭,言此抵石梁,山险路长,行李不便,不若以轻装往,而重担向国清相待。余然之,令担夫随云峰往国清,余与莲舟上人就石梁道。行五里,过筋竹岭。岭旁多短松,老干屈曲,根叶苍秀,俱吾阊门[6]盆中物也。又三十余里,抵弥陀庵。上下高岭,深山荒寂,恐藏虎,故草木俱焚去。泉轰风动,路绝旅人。庵在万山坳中,路荒且长,适当其半,可饭可宿。

初二日,饭后,雨始止。遂越潦积水攀岭,溪石渐幽,二十里,暮抵天封寺。卧念晨上峰顶,以朗霁为缘,盖连日晚霁,并无晓晴。及五更梦中,闻明星满天,喜不成寐。

初三日,晨起,果日光烨烨,决策向顶。上数里,至华顶庵;又三里,将近顶,为太白堂,俱无可观。闻堂左下有黄经洞,乃从小径。二里,俯见一突石,颇觉秀蔚。至则一发僧结庵于前,恐风自洞来,以石鳖塞其门,大为叹惋。复上至太白,循路登绝顶[7]。荒草靡靡,山高风冽,草上结霜高寸许,而四山回映,琪花玉树,玲珑弥望。岭角山花盛开,顶上反不吐色,盖为高寒所勒耳。

仍下华顶庵,过池边小桥,越三岭。溪回山合,木石森丽,一转一奇,殊慊[8]所望。二十里,过上方广,至石梁,礼佛昙花亭,不暇细观飞瀑。下至下方广,仰视石梁飞瀑,忽在天际。闻断桥、珠帘尤胜,僧言饭后行犹及往返,遂由仙筏桥向山后。越一岭,沿涧八九里,水瀑从石门泻下,旋转三曲。上层为断桥,两石斜合,水碎迸石间,汇转入潭;中层两石对峙如门,水为门束,势甚怒;下层潭口颇阔,泻处如阈[9],水从坳中斜下。三级俱高数丈,各级神奇,但循级而下,宛转处为曲所遮,不能一望尽收,又里许,为珠帘水,水倾下处甚平阔,其势散缓,滔滔汩汩。余赤足跳草莽中,揉木缘崖,莲舟不能从。暝色四下,始返。停足仙筏桥,观石梁卧虹,飞瀑喷雪,几不欲卧。

初四日,天山一碧如黛。不暇晨餐,即循仙筏上昙花亭,石梁即在亭外。梁阔尺余,长三丈,架两山坳间。两飞瀑从亭左来,至桥乃合以下坠,雷轰河陨,百丈不止。余从梁上行,下瞰深潭,毛骨俱悚。梁尽,即为大石所隔,不能达前山,乃还。过昙花,入上方广寺。循寺前溪,复至隔山大石上,坐观石梁。为下寺僧促饭,乃去。饭后,十五里,抵万年寺,登藏经阁。阁两重,有南北经两藏。寺前后多古杉,悉三人围,鹤巢于上,传声嘹呖[10],亦山中一清响也。是日,余欲向桐柏宫,觅琼台、双阙,路多迷津,遂谋向国清。国清去万年四十里,中过龙王堂。每下一岭,余谓已在平地,及下数重,势犹未止,始悟华顶之高,去天非远!日暮,入国清,与云峰相见,如遇故知,与商探奇次第。云峰言:"名胜无如两岩,虽远,可以骑行。先两岩而后步至桃源,抵桐柏,则翠城、赤城,可一览收矣。"

初五日,有雨色,不顾。取寒、明两岩道,由寺向西门觅骑。骑至,雨亦至。五十里至步头,雨止,骑去。二里,入山,峰萦水映,木秀石奇,意甚乐之。一溪从东阳来,势甚急,大若曹娥[11]。四顾无筏,负奴背而涉。深过于膝,移渡一涧,几一时。三里,至明岩。明岩为寒山、拾得[12]隐身地,两山回曲,《志》所谓八寸关也。入关,则四周峭壁如城。最后,洞深数丈,广容数百人。洞外,左有两岩,皆在半壁;右有石笋突耸,上齐石壁,相去一线,青松紫蕊,蓊茸[13]于上,恰与左岩相对,可称奇绝。出八寸关,复上一岩,亦左向。来时仰望如一隙,及登其上,明敞容数百人。岩中一井,曰仙人井,浅而不可竭。岩外一特石,高数丈,上岐立如两人,僧指为寒山、拾得云。入寺。饭后云阴溃散,新月在天,人在回岩顶上,对之清光溢壁。

初六日,凌晨出寺,六七里至寒岩。石壁直上如劈,仰视空中,洞穴甚多。岩半有一洞,阔八十步,深百余步,平展明朗。循岩石行,从石隫仰登。岩坳有两石对耸,下分上连,为鹊桥,亦可与方广石梁争奇,但少飞瀑直下耳。还饭僧舍,觅筏渡一溪。循溪行山下,一带峭壁巉崖,草木盘垂其上,内多海棠、紫荆,映荫溪色,香风来处,玉兰芳草,处处不绝。已至一山嘴,石壁直竖涧底,洞深流驶,旁无余地。壁上凿孔以行,孔中仅容半趾脚,逼身而过,神魄为动,自寒岩十五里至步头,从小路向桃源。桃源在护国寺旁,寺已废,土人茫无知者。随云峰莽行曲路中,日已堕,竟无宿处,乃复问至坪头潭。潭去步头仅二十里,今从小路,反迂回三十余里宿,信桃源误人也!

初七日,自坪头潭行曲路中三十余里,渡溪入山。又四五里,山口渐夹,有馆曰桃花坞[14]。循深潭而行,潭水澄碧,飞泉自上来注,为鸣玉涧。涧随山转,人随涧行。两旁山皆石骨,攒峦夹翠,涉目成赏,大抵胜在寒、明两岩间。涧穷路绝,一瀑从山坳泻下,势甚纵横。出饭馆中,循坞东南行,越两岭,寻所谓"琼台""双阙"[15],竟无知者。去数里,访知在山顶。与云峰循路攀援,始达其巅。下视峭削环转,一如桃源,而翠壁万丈过之。峰头中断,即为双阙;双阙所夹而环者,即为琼台。台三面绝壁,后转即连双阙。余在对阙,日暮不及复登,然胜风景已一日尽矣。遂下山,从赤城[16]后还国清,凡三十里。

初八日,离国清,从山后五里登赤城。赤城山顶圆壁特起,望之如城,而石色微赤。岩穴为僧舍凌杂,尽掩天趣。所谓玉京洞、金钱池、洗肠井,俱无甚奇。

字词注释

[1] 天台山:在今浙江省天台县北,是佛教天台宗的发源地。

[2] 癸丑:万历四十一年(1613年)。晦:农历每月最末一天。

[3] 临陟(zhì):攀登。

[4] 筋竹岭:今金岭,在宁海、天台两县界上。

[5] 国清:国清寺,在天台县城北的天台山麓。

[6] 阊(chāng)门:苏州的一个城门,这里指代苏州。

[7] 绝顶:华顶峰,在天台县东北境,为天台山绝顶,海拔1098米。峰下有善兴寺,即华顶寺。

[8] 慊(qiè):满足。

[9] 阈(yù):门槛。

[10] 嘹呖(liáo lì):形容声音清晰响亮、传播悠远。

[11] 曹娥:曹娥江,源自天台山北麓,往北流经新昌县、嵊州市、上虞区,入杭州湾。

[12] 寒山、拾得:唐代二僧。寒山曾隐居天台山寒岩,往还于天台山国清寺,和拾得友好,善作诗,有《寒山子集》二卷。拾得原是孤儿,由国清寺僧收养为僧,故名拾得。亦能诗,有《丰干拾得诗》一卷。后人常以寒山、拾得并称,尊为"和合二仙"。

[13] 蓊苁(wěng cōng):草木茂盛。

[14] 坞(wù):四面高中间低的山洼。

[15] 阙(què):古代宫殿、祠庙、陵墓前面的建筑物。先筑高台,上修楼观,通常左右各一,中央缺而为道,故称"阙"或"双阙"。此处形容天然峰崖如一对阙楼,故得名"双阙"。

[16] 赤城:赤城山,在天台县北,属于天台山的一部分,山中石色皆赤。

作品简析

本文选自《徐霞客游记》,作者徐霞客。徐霞客为明代地理学家、旅行家和文学家。他经过30年游历考察,足迹遍及21个省、市、区(县),撰成了约60万字的地理名著《徐霞客游记》。后人为了纪念徐霞客,把《徐霞客游记》开篇之日(5月19日)定为中国旅游日。

本文是游览天台山九天的行程描述,作者对天台山的几处景观进行了几乎全景式的描写,详略得当。开篇先概述了一路风光,再重点记述几处美景——华顶峰、观断桥、明岩石洞、珠帘瀑布寒岩、鸣玉涧、琼台等,对其中景色明媚、草木异状、水石交映等细节处进行了详细描绘。本文的语言精妙明快,没有繁冗拖沓之语,如"而雨后新霁,泉声山色,往复创变,翠丛中山鹃映发,令人攀历忘苦""荒草靡靡,山高风冽,草上结霜高寸许,而四山回映,琪花玉树,玲珑弥望""溪回山合,木石森丽,一转一奇,殊慊所望""石梁卧虹,飞瀑喷雪""寺前后多古杉,悉三人围,鹤巢于上,传声嘹呖,亦山中一清响也""一带峭壁巉崖,草木盘垂其上,内多海棠、紫荆,映荫溪色,香风来处,玉兰芳草,处处不绝""循深潭而行,潭水澄碧,飞泉自上来注,为鸣玉涧。涧随山转,人随涧行。两旁山皆石骨,攒峦夹翠,涉目成赏"等,字字珠玑,语言优美,生动传神。同时,作者还善于根据景物特征,用二二式结构,或上下句对称,显得文章典雅匀整。如"云散日朗,人意山光""泉声山色""泉轰风动""山高风冽""琪花玉树""雷轰河隤""峰萦水映,木秀石奇""青松紫蕊""攒峦夹翠"等。

景点说明

天台山位于浙江省中东部,地处宁波、绍兴、金华、温州四市的交界地带,是佛教天台宗的发源地。天台山人文景观丰富,有始建于隋代的国清寺,唐代著名诗僧寒山、拾得曾在此山隐居修行;有相传诗人李白曾在此读书的太白堂;更早的还有关于刘晨、阮肇采药迷路遇仙女的美丽传说。自然景观方面,有华顶、赤城、琼台、桃源、寒岩,以及最为著名的石梁飞瀑等名胜。1988年,天台山被国务院批准为国家重点风景名胜区,1992年被列为"浙江省十大旅游胜地",2015年被评为国家5A级旅游景区。

(三)徐霞客《游太华山日记》

游太华山[1]日记(节选)

徐霞客

二月晦,入潼关,三十五里,乃税驾西岳庙[2]。黄河从朔漠[3]南下,至潼关,折而东。关正当河、山隘口,北瞰河流,南连华岳,惟此一线为东西大道,以百雉锁之[4]。舍此而北,必渡黄河,南必趋武关[5],而华岳以南,峭壁层崖,无可度者。未入关,百里外即见太华屼出云表[6];及入关,反为冈陇所蔽[7]。行二十里,忽仰见芙蓉片片[8],已直造其下,不特三峰秀绝[9],而东西拥攒诸峰,俱片削层悬绝[10]。惟北面时有土冈,至此尽脱山骨,竟发为极胜处。

三月初一日,入谒西岳神[11],登万寿阁[12]。向岳南趋十五里,入云台观[13]。觅导于十方庵[14]。由峪山谷口入,两崖壁立,一溪中出,玉泉院当其左[15]。循溪随峪行十里,为莎萝宫[16],路始峻。又十里,为青柯坪[17],路少坦。五里,过寥阳桥[18],路遂绝。攀锁上千尺㠭,再上百尺峡[19]。从崖左转,上老君犁沟[20],过猢狲岭[21]。去青柯五里,有峰北悬深崖中,三面绝壁,则白云峰也[22]。舍之南,上苍龙岭[23],过日月岩[24]。去犁沟又五里,始上三峰足。望东峰侧而上,谒玉女祠[25],入迎阳洞[26]。道士李姓者,留余宿。乃以余晷上东峰[27],昏返洞。

初二日,从南峰北麓上峰顶,悬南崖而下,观避静处。复上,直跻峰绝顶。上有小孔,道士指为仰天池[28]。旁有黑龙潭[29]。从西下,复上西峰。峰上石笋起,有石片覆其上如荷叶。旁有玉井甚深[30],以阁掩其上,不知何故。还饭于迎阳。上东峰,悬南崖而下,一小台峙绝壑中,是为棋盘台[31]。既上,别道士,从旧径下,观白云峰,圣母殿在焉[32]。下到莎萝坪,暮色逼人,急出谷,黑行三里,宿十方庵。出青柯坪,左上有杯渡庵、毛女洞[33];出莎萝坪,右上有上方峰[34];皆华之支峰也。路俱峭削,以日暮不及登。

初三日,行十五里,入岳庙[35]。西五里,出华阴西门,从小径西南二十里,入泓峪[36],即华山之西第三峪也。两崖参天而起,夹立甚隘,水奔流其间。循涧南行,俟而东折,俟而西转。盖山壁片削,俱犬牙错入,行从牙罅中[37],宛转如江行调舱然。二十里,宿于木柸[38]。自岳庙来,四十五里矣。

字词注释

[1] 太华山:即西岳华山,在陕西省华阴市南,因其西边另有少华山,所以用"太"字加以区别。

[2] 税(tuō)驾:解下车子,指休息。西岳庙:在陕西省华阴市东五里,俗称华阴庙。庙中有南北朝时北周所立的西岳华山神庙之碑和唐代的华岳精享昭应之碑,另外还有青牛树,相传老子曾把青牛系在这棵树上。

[3] 朔漠:北方沙漠地带。

[4] 雉:古代测量城墙的计算单位,长三丈(1丈约为3.33米)、高一丈为雉。

[5] 武关:在陕西省商南县西北。

[6] 屼(wù):高耸直立的样子。

[7] 冈陇:山丘,高地。

[8] 芙蓉:华山上有莲花峰,这里指风光秀丽的山峰。片片:这里是指山峰座座。

[9] 三峰:指华山的东峰、西峰、南峰。

[10] 片削层悬:华山的山形,中间三座峰突出起来,好像莲心,周围的山好像莲瓣,远远望去,仿佛开着的一朵莲花,所以作者在这里用"片削层悬"来形容。片削,削成的薄片。层悬,一层一层地悬着。

[11] 西岳神:《云笈七签》载,"少昊为白帝,治西岳"。

[12] 万寿阁:在岳庙后。台高十六丈,东西二十丈,南北十九丈,上起高楼,东西两边有阁,旧志称为藏经楼。

[13] 云台观:在陕西省华阴市南八里(一里等于五百米)。《华阴县志》记载,云台观以云台峰名。其一为北周道士焦道广建,其一为宋建隆二年陈抟建。

[14] 十方庵:在云台观南一里,是登山起点。

[15] 玉泉院:因玉泉而得名,是宋代陈抟隐居的地方。

[16] 莎萝宫:又叫桫萝庵,在华山第二关以南两里。宫外东西约数十丈,有瀑布飞流而下。

[17] 青柯坪:在华山北峰半山腰,是从山下到这里唯一比较平坦的地方。

[18] 寥阳桥:在青柯坪右寥阳洞旁。

[19] 千尺㠉:在青柯坪东上三里。百尺峡:在千尺幢往上一里。

[20] 老君犁沟:在百尺峡上五里。山间有一条沟像犁犁开的样子,半崖挂着一把铁犁,相传是老子道君的犁,所以取名老君犁沟。

[21] 猢狲岭:即猢狲愁。崖壁十分陡峭,上有四只铁猿,蹲踞台畔。据说以前从华山水帘洞出来的猿猴,每到这里就要返回,连它们也感到难以超越,岭因此得名。

[22] 白云峰:据下文看,应该是北峰的另一名称。

[23] 苍龙岭:是由华山北峰通往其他各峰的必由之路。那里中间突起,旁边陡峭,仅有二尺多宽,两峰耸立,深不见底,路旁砌有栏杆,系有铁索。

[24]日月岩:在北峰以下三里。岩的南面颇为开朗,顶部裂开一条缝隙。

[25]玉女祠:在华山中峰顶。玉女,神仙名。《太平广记》载,"明星玉女者,居华山,白日升天"。

[26]迎阳洞:在玉女祠附近,又叫朝元洞。

[27]余晷(guǐ):剩余的时间。

[28]仰天池:又叫太乙池,在南峰顶。

[29]黑龙潭:在仰天池南崖下。

[30]玉井:在华山镇岳宫前五尺。

[31]棋盘台:又叫博台,在东峰东南角。孤峰上有一块方而平的石头,远望如同棋局,现在其上盖有亭,取名下棋亭。

[32]圣母殿:在华山北峰上,又叫娘娘庙。

[33]柸(pēi)渡庵:在青柯坪左上方。毛女洞:在青柯坪以下十八盘西南。《雍胜略》记载,"秦宫人玉姜隐此,食柏叶,饮水,体生绿毛,人常见之。有毛女洞,至今洞中时闻鼓琴之声"。

[34]上方峰:华山有大上方和小上方。小上方在莎萝坪东,附着崖壁建有许多楼阁;大上方在华山西元门下,山形像椅子,挂有瀑布。上方,犹言天界。

[35]岳庙:在华山下十里黄神谷。相传汉武帝仰慕明星玉女之事,建庙祭祀。

[36]泓峪:山谷名,在华山西。

[37]牙罅(xià)中:牙缝里。

[38]木柸:在华阴西南四十里。

作品简析

本文写于明天启三年(1623年)的二、三月间。原文记述了作者自潼关至秦岭山脉以南前后十一天的旅程,这里节选的只是其中游览华山的部分。作者从入潼关写起,对黄河在潼关的走向、东西大道的情况进行了简略的记叙。然后写远望华山之状况,为进一步描写进行铺垫。每日的行程记载详细,游览有条不紊,每日的安排非常紧凑,所到之处皆为华山著名景点,可见在明代,这些景点已经具有很高的知名度。作者对这些景点路线的描述,为后人留下了关于古代华山旅游的详细史料。本文按时间顺序进行记述,是典型的日记体游记。本文写作内容集中,记述条理清晰,继承了古代旅游文学的优良传统,同时文字精练,客观细致,有极强的历史和地理参考价值。

景点说明

太华山即华山,古称"西岳",为五岳之一,远望如花擎空,故名华山。中华之"华"源于华山,由此,华山有了"华夏之根"之称。华山位于陕西省华阴市南,属秦岭东段,北临渭河平原,高出众山,壁立千仞,以险绝著称。华山有三座主峰,分别是东峰(朝阳峰)、南峰(落雁峰)、西峰(莲花峰)。华山险峻,攀爬不易,有"自古华山一条道"的说法。华山是中国道教主流全真派圣地,为"第四洞天",也是中国民间广泛崇奉的神祇,即西岳华山君神。山上共有72个半悬空洞,道观20余座,其中玉泉院、都龙庙、东道院、镇岳宫被列为全国重点道教宫观,曾有陈抟、郝大通、贺元希等著名的道教高人在此修行。1982年,华山被国务院颁布为首批国家级风景名胜区。2004年,华山被评为中华十大名山。2011年,华山被评为国家5A级旅游景区。

(四)郁达夫《杭江小历记程》

杭江小历记程(节选)
郁达夫

· 兰溪 洞源

十一月十四日,星期二,晴朗。

去兰溪东面的洞源山游。

出兰溪城,东绕大云山脚,沿路轨落北,十里过杨清桥,遵溪向北向东,五里至山口,三里至洞源山之栖真寺。寺是一个前朝的古刹,下有赵太史读书处,书堂后面有一方泉水,名天池,寺右侧,直立着一块岩石,名飞来峰,这些都还平常;洞源山的出名,也是和北山一样,系以洞著的。

这山当然是北山的余脉,山石也都是和北山一系的石灰水成岩,所以洞窟特别的多。寺前山下石灰窑边上,有涌雪洞,泉水溢出,激石成沫,状似涌雪,也是一个奇观,但我们因领路者不在,没有到。

寺后秃山丛里,有呵呵洞,因洞中有瀑布,呵呵作响,故名。再上山二里,有无底洞,是走不到底的。更西去里余,为白云洞。

我们因为在北山已经见识过山洞的奇伟了,所以各洞都没有进去,只进了一个在山的最高处的白云洞。白云洞洞口并不小,但因有一块大石横覆在口上,所以看去似乎小了,这石的面积,大约有三四丈长,一二丈宽,斜覆在洞口的正中,绝似一只还巢的飞燕。进洞行数十步,路就曲折了起来,非用火炬照着不能前进,略斜向下,到底也有里把路深。洞身并不广,最宽的地方,不过两三丈而已,但因洞身之窄,所以仰起头来看看洞顶,觉得特别的高,毛约约,大约可有二三十丈。洞顶洞壁,都是白色的钟乳层,中间每嵌有一块一块的化石,钟乳层纹,一套一套像云也像烟,所以有白云洞的名称。这洞虽比不上北山三洞的规模浩大,但形势却也不同,在兰溪多住了一天,看了这一个洞,算来也还值得。

栖真寺后殿,有藏经楼,中藏有明代《大藏经》半部,纸色装潢完好如新,还有半部,则在太平天国的时候毁去了。大殿的佛座下,嵌有明代诸贤的题诗石碣,叶向高的诗碣数方,我们自己用了半日的工夫,把它拓了下来。

饭后向寺廊下一走,殿外壁上看见了傅增湘先生的朱笔题字数行,更向壁间看了许多近人的题咏,自己的想附名胜以传不朽的卑劣心也起来了,因而就把昨夜在兰溪做的一个臭屁,也放上了墙头:

红叶清溪水急流,兰江风物最宜秋,

月明洲畔琵琶响,绝似浔阳夜泊舟。

放的时候,本来是有两个,另一个为:

阿奴生小爱梳妆,屋住兰舟梦亦香,

望煞江郎三片石,九姑东去不还乡。

闻江山的江郎山,有三片千丈的大石,直立山巅,相传是江郎兄弟三人入山成仙后所化。花船统名江山船,而世上又只传有望夫石,绝未闻有望妻者,我把这两个故事拉在一处,编成小调,自家也还觉得可以成一个小玩意儿,但与栖真寺的墙壁太无关了,所以不写上去。

- 龙游 小南海

十一月十五日,星期三,仍晴。

晨起出旅馆,上兰溪东城的大云山揽胜亭去跑了一圈。山上山下有两个塔,上塔在仓圣庙前,下塔在江边同仁寺里。南面下山就是兰溪的义渡,过江上马公嘴去的,自兰溪去龙游的公共汽车站,就在江的南岸。

午前十点钟上汽车去龙游(按当日我系由兰溪绕道至龙游,所以坐的是公共汽车;如果由杭州前往,可乘火车直达,不必再换汽车),正午到,在旅馆中吃午饭后就上城北五里路远的小南海去瞻望竹林禅寺。寺在凤凰山上,俗呼童檀山,下有茶圩村,隔濑水和东岸的观音前村相对。濑水西溪和龙游江的上游诸水,盘旋会合在这凤凰山下,所以沿水岸再向北,一二里路,到一突出的岩头上——大约是濑波亭的旧址——去向南远望,就可以看得出衢州的千岩万壑和近乡的烟树溪流,这又是一幅王摩诘的山水横额。溪中岩石很多,突出在水底,了了可见,所以水上时有濑纹,两岸的白沙青树,倒影水中,和濑纹交互一织,又像是吴绫蜀锦上的纵横绣迹。小南海的气概并不大,竹林禅院的历史也并不古——是光绪二十七年辛丑僧妙寿所建,新旧《龙游县志》都不载——但纤丽的地方,却有点像六朝人的小品文字。

明汤显祖过凤凰山,有一首诗,载在《县志》上:

系舟犹在凤凰山,千里西江此日还,

今夜销魂在何处,玉岑东下一重湾。

我也在这貂后续上了一截狗尾:

濑水矶头半日游,乱山高下望衢州,

西江两岸沙如雪,词客东来一系舟。

题目是《凤凰山怀汤显祖》。

夜在龙游宿,并且还上城隍庙去看了半夜为募捐而演的戏。龙游地方银行的吴、姜诸公,约于明日中午去吃龙游的土菜,所以三叠石,乌石山等远处,是不能去了。

作品简析

本文节选自郁达夫移居杭州前后写的《屐痕处处》一书中的《杭江小历记程》,该书共有11篇游记,是近代旅游日记中的精品。《杭江小历记程》写作者顺流而下所见义乌、兰溪、小南海等地风光，举凡山溪涧瀑、奇石怪洞，均各略事点染，一览其胜。此处节选了十一月十四日和十五日两天的内容，先记录游览地，以及时间、天气，这为后世撰写旅游日记创造了模板。游记中有对游玩过程的详细记录，记录的内容详略得当。十一月十四日的叙述中，最详细是白云洞的游玩，娓娓道来的叙述，看出作者对旅游享受而留心的态度。作者指出了此洞的独特之处——"钟乳层纹，一套一套像云也像烟"，感慨白云洞名称的由来。到了栖真寺，作者还做了两首古诗以抒怀，渲染情思，构成意境，使文章显得跌宕多姿，更富有感情色彩。十一月十五日游览龙游，作者对此处风景中的千岩万壑、烟树溪流进行了重点描述，看出其对此处的喜爱。同时，作者引用了载在《县志》里的一首诗，同时自己也创作了一首以记此景，这使整个游记增色不少。这也体现了作者用笔如行云流水，以及他挥洒自如的深厚文学素养与艺术功力。

景点说明

选段写了两个景点，其一是兰溪市，现为浙江省县级市，由金华市代管。文中所写现在为六洞山风景区，此处山灵水秀，风光旖旎，最早开发始于唐朝，在宋元闻名遐迩。因其古洞瑰奇，古寺幽深，风景绮丽，风物宜人，吸引了众多风雅之士前来游历，并留有不少脍炙人口的诗句。1985年，景区正式对外开放，同年被浙江省人民政府确定为首批省级风景名胜区。

其二是龙游小南海镇，隶属于浙江省衢州市。小南海景区位于龙游县城北凤凰山，正当衢江和灵山港交汇处，"双溪合流，风景绝胜"。尤其是其中的龙游石窟，已是国家4A级旅游景区。

第四章
旅游小说

本章导读　本章介绍了中国旅游小说发展的基本情况,将中国旅游小说分成讲史小说之历史幻化演义小说、世情小说之离魂梦幻游历小说、神怪小说之地理博物志怪小说三类,并对旅游小说主要特点和基本结构进行了概括。同时,为增加广大学生对旅游小说的感性认识,对有代表性的旅游小说片段节选进行了解读。

学习目标　通过本章的学习,对旅游小说的发展情况有基本认识,理解旅游小说所反映出来的市井生活、海外经商、异域想象、心意相通等现象及背后的旅游心理。

第一节　旅游小说概况

旅游小说是以小说的形式构思旅游故事,描写人物游历过程,以表达作者的思想、情感和审美情趣的作品。

在汉魏六朝之前,小说内容简单,记叙和描述的文字也不长,有的只有一两百字。到了唐代,随着市井阶层娱乐需求的不断增加,说唱评书艺术也逐渐成熟,和旅游有关的小说因其游天入地、诡异奇绝受到许多读者和听众的喜欢。到了明清时期,旅游小说的篇幅不断加长,上百万字的章回旅游小说陆续出现,故事更加详细,情节更加丰富,人物更加丰满。

一、旅游小说的基本分类

从题材上看,中国古代小说题材概括为三类:讲史(包括历史演义、英雄传奇、侠义公案),世情(包括婚恋家庭、社会讽喻),神怪(包括志怪和博物)。中国古代没有专门的旅游小说分类,众多的旅游小说都散落在以上各种题材之中。经过整理,本章将中国旅游小说分为讲史小说之历史幻化演义小说、世情小说之离魂梦幻游历小说、神怪小说之地理博物志怪小说三类。

(一)讲史小说之历史幻化演义小说

历史幻化演义小说多以章回小说为主,故事的背景往往以真实的历史事件开篇,但故事在创作过程中往往会跑偏,往玄幻神话的道路上发展,让故事真中有假,假中有真。这既受限于当时人们的唯心史观,也是因为有的创作者为了提高小说的趣味性而故意为之。这类小说以《平妖传》《封神演义》《三宝太监西洋记》《镜花缘》等为代表。

《封神演义》共一百回,成书的具体年代现已无从考证,一般认为成书于明穆宗隆庆至明万历年间(1567—1619年)。从《楚辞·天问》《诗经·大雅·大明》《淮南子·览冥训》、贾谊的《新书·连语》、常璩的《华阳国志·巴志》、王嘉的《拾遗记》等史料的记载中,可以想见在秦汉及魏晋时期,关于"武王伐纣"的故事在民间已广为流传。到了宋元时期,说书艺人汇集了民间传说、文人记载编成一部讲史话本——《武王伐纣平话》,第一次从小说的角度较完整地讲述了妲己惑纣王、纣王暴虐、姜子牙佐武王、纣王妲己伏诛这段殷周斗争的历史故事。明代,许仲琳(有争议)在这些故事的基础上写成了《封神演义》。

明代罗贯中与冯梦龙的《平妖传》演绎了宋代贝州王则起义及被镇压之事。该故事原本无甚神奇之处,但作者为了吸睛,衬以奇幻瑰丽之景、游历变迁之途,使整个故事令人惊叹,如第二十三回九州游仙枕所幻现的仙境,第二十八回莫坡寺瘸师人佛肚所见的世外桃源等,不可不谓之奇幻。

清代吕熊《女仙外史》一百回,约成书于康熙四十二年(1703年)。作品以明代初年的社会现实为背景,集中描写了唐赛儿领导的农民起义军同燕王朱棣统辖的军队进行的军事斗争和政治斗争。书中假托唐赛儿系嫦娥转世,燕王朱棣系天狼星被罚,他们因为天上的仇怨而在人间成了仇敌。燕起兵谋反,攻入南京,建文皇帝逃走,而唐赛儿就起兵勤王、普济众生,经过前后二十多年的争斗,最后兵临北平城下,追斩朱棣于榆木川,功成升天。

《镜花缘》是清代李汝珍创作的百回长篇小说。前半部分写武则天平定徐敬业叛乱后得意忘形,冬天命百花开放。花开之后上神震怒,将百花仙子和九十九位花神贬到人世。百花仙子投胎为唐敖之女,取名唐小山。唐敖科举考试中探花,却因是徐敬业结拜兄弟,被革除功名。唐遂与做外商的妻弟林之洋游历海外,一路上看到许多跟中国截然不同的国家,有"耕者让畔、行者让路"的礼让之国;做买卖时买者竞相出高价、卖者坚决不收的君子国;纳男人为妃子并缠足的女儿国……最后,唐敖入小蓬莱修道。唐小山出海寻父,父已入道。返回时她在泣红亭看到一百位花神降生人间后的名字和事迹,全部抄录,上船回国。

（二）世情小说之离魂梦幻游历小说

在中国古代，人们对梦境和死亡充满好奇。由于科学知识的局限，人们认为人的身体和灵魂是分离的，睡梦中、人死后或经过特殊的意念法术，灵魂是可以离开肉体进行游历的。这种思想激发了离魂梦幻游历小说的创作，这类的小说在六朝时期已基本成型，唐传奇中大量成熟作品涌现。明清时期，《聊斋志异》让该类小说大放异彩。但离魂梦幻游历小说的最后集大成者是世情小说《红楼梦》。

六朝时期的《幽明录》开梦游小说的先河。《幽明录·焦湖庙祝》写了一个叫汤林的人来到焦湖庙，庙祝有柏枕，枕后一小孔，汤林入内结婚、生子、当官，乐而忘归。这虽然是关于一个人在梦里获得功名利禄又转眼成空的短篇小说，但对后世梦游小说的创作影响很大。《幽明录·庞阿》写了一个梦中求爱的故事。庞阿是个远近闻名的美男子，与石氏女相遇后，该女子对他一见倾心。但庞阿有妻子，见到石氏女来找庞阿，庞妻将她绑起来送回石家，但到了石家，石氏女就化为烟不见了。庞妻告知石氏女的父母，说其女上门骚扰自己的丈夫，父母都不相信，说女儿在家中，并未出门。几次三番，石女告诉母亲，自从见到庞阿，就总是梦到去他身边，自己对他死心塌地，非他不嫁。一年后，庞阿之妻去世，石氏女得偿所愿。这个故事诡异而动人，通过灵与肉的分离体现了爱的真切，身体禁锢而精神自由正是那个时代的女性的真实写照。

到了唐代，梦中的富贵荣华、高官显爵、丰富游历等成为小说的重要创作题材，成了底层人们慰藉精神、反抗强权、讽刺现实的一种另辟蹊径的表达方式，如沈既济《枕中记》和李公佐《南柯太守传》。这两篇小说传播广泛，影响深远，以至于"南柯一梦""黄粱一梦"都成了家喻户晓的成语。白行简《三梦记》相比于《枕中记》《南柯太守传》不算有名，但影响却不可低估。这篇七百余字的小说，写了三种奇特梦境——"彼梦有所往而此遇之也""此有所为而彼梦之矣""两相通梦者矣"。梦中自由行、入他人梦中、梦中相互来往，成了之后离魂梦幻游历小说的三种主要形式。

明清时期，离魂梦幻游历小说在前作的基础上，有了更广阔的天地，如《河东记·独孤遐叔》《纂异记·张生》《醒世恒言·独孤生归途闹梦》《二刻拍案惊奇》之《大姊魂游完宿愿 小姨病起续前缘》、蒲松龄的《凤阳士人》、陈玄祐的《离魂记》等。这些故事都有很强的市井气息和生活情趣，在真与假的梦幻里，人物尽情演绎，爱恨情仇淋漓尽致。但相对于这些小说，成就最高、最令人印象深刻的离魂梦幻游历小说还数《红楼梦》。《红楼梦》一开篇就叙述了女娲补天的故事，补天多出了一块石头，于是此石被弃于青埂峰下。石头向路过的空空道人请求到红尘一游，便被变成一块宝玉，衔在贾宝玉口中来到人间游历了一番。该故事是一个从补天神话演化出的关于石头的神话，所以该书又称为《石头记》。小说将人物、场景、人情世故刻画得入木三分，但情节中又不停地强调该石头的身世来解释其怪诞的行为和命运的归宿，成就了中国小说史的巅峰。

（三）神怪小说之地理博物志怪小说

西周和春秋之际，我国的地理学和博物学开始产生，但受限于认识水平，很多自然、地理现象都无法解释。于是，巫师、方士等代入宗教神秘视角对其进行迷信解读和荒诞演绎，逐渐形成了古老的地理博物传说。这一类的传说首先见于《穆天子传》《逸周书·王会解》《山海经》等上古神话传说，内容主要是远国异民、神山灵水、奇花异木、珍禽怪兽等，奇幻诡谲、怪诞荒谬但却令人心神荡漾、赞叹惊奇。其中，《山海经》将地理博物全部神话化和志怪化，其流传之广、传播之久，为后来的志怪小说的创作提供了想象的素材、方向和空间。

魏晋时期，张华的《博物志》又将地理博物传说推进了一步。该书深受《山海经》的影响，张华本身又是一个精于方技和术数的方术家，所以该书内容庞杂，记载了山川、地理、异物、奇境、神话、野史，乃至礼制、服饰，等等，很多内容都在宣扬神仙与方术。但学术界还是认可它为小说，主要是根据它记载了许多故事性很强的地理博物性传说。

唐代，段成式的《酉阳杂俎》内容庞杂，仙佛鬼怪、神话传说、人间俗事，乃至天文、地理、生物、化学、矿藏、交通、习俗、外事等方面，无所不包。例如，鲁迅先生在《中国小说史略》所说："或录秘书，或叙异事，仙佛人鬼以至动植，弥不毕裁，以类相聚，有如类书，虽源或出于张华《博物志》，而在唐时，则犹之独创之作矣。所涉既广，遂多珍异，为世爱玩，与传奇并驱争先矣。"唐代张说的《梁四公记》中的大部分篇章已散佚，但还有少部分集于《太平广记》之中，卷八一有《梁四公记》一条，卷四一八有《震泽洞》一条。《梁四公记》载，梁武帝时，傑公先介绍了一个以蛇为夫的女国，众人怀疑，他却还举出六个女国来证明他的奇谈。《震泽洞》生动而细致地描写了傑公遣罗子春等为使者到东海龙宫龙王第七女处取回珠宝的过程，这对后来小说中有关龙的描写影响很大。《柳毅传》是唐代文学家李朝威创作的一篇传奇。文章写洞庭龙女远嫁泾川，受其夫泾阳君与公婆虐待，幸遇书生柳毅为传家书至洞庭龙宫，得其叔父钱塘君营救，回归洞庭，钱塘君等感念柳毅恩德，即令之与龙女成婚。柳毅因传信乃急人之难，本无私心，且不满钱塘君之蛮横，故严词拒绝，告辞而去。但龙女对柳毅已生爱慕之心，自誓不嫁他人，几番波折后二人终成眷属。

明代的《西游记》从标题就可以看出，其故事与旅游有关。这一故事来自真实历史事件——玄奘取经。《旧唐书·方伎》记载，玄奘为了追求佛法，于唐贞观二年（628年）只身离开长安，跋涉万里，到达了印度，在印度学习十三年后，在贞观十九年（645年），玄奘带着六百五十七部梵文佛经载誉而归。从《大唐西域记》到《大慈恩寺三藏法师传》，从《独异记》到《太平广记》中的《异僧·玄奘》，我们可以看见这个故事是怎样走向神话化的。经吴承恩之手，最终成就了《西游记》这部神奇浪漫的旅游小说巨著。《西游记》虽然是神话，但故事里所描述的花果山、火焰山、水帘洞、女儿国等被后人寻找、认定或修建，已经成为当下西游主题旅游的重要景点。

明代凌濛初的《初刻拍案惊奇》之《转运汉遇巧洞庭红 波斯胡指破鼍龙壳》记载了一个明朝末年产地直销和国际贸易的志怪玄幻故事。小说的故事源于周元暐的《泾林续记》。但与原著相比，凌濛初对故事进行了较大的改动。他不仅改变了主人公的姓名，添加了许多情节，更重要的是改变了作品的主旨，特别是商人形象。在古代，商人是特殊人群,他们四处游历,倒卖货物,促进货品流通,对经济发展起到重要的促进作用,但一直受到统治势力的打压和民众的不理解。在该故事里,商人一改"奸商"的形象,他们幽默风趣、诚实守信、大胆冒险,最后过上了富足的生活。

二、旅游小说的主要特点

(一)真幻相生相映

中国古代旅游小说在"真"方面,注重给读者提供真实的情感体验、身临其境的感官体验、跌宕起伏的故事情节、惟妙惟肖的人物形象。在"幻"方面,往往给人物加上诡谲的神秘法术,如《西游记》里的各路神仙和妖魔鬼怪;给环境加入奇异的变幻,如《镜花缘》海外的别样风情;给人物加入宿命的幻灭,如《红楼梦》里十二金钗的命运。中国旅游小说真幻相生,即使有些故事里的人物是真实的,但故事却是作家重新创作的,并不是真人传记记录,呈现给读者的是血肉丰满、性格灵动的人物在游历故事里的悲欢离合。

(二)超脱压抑生活

中国古代为农耕社会,大多数人一生困于土地,基本很少出远门,对远方的渴望来自对固守一隅的厌倦。在中国旅游小说里,那些梦境、异域、仙界、地府、龙宫等故事发生的场景,或是现实的美景投射,或是作家的天才想象,让人叹为观止,恨不得随人物同游。在《女仙外史》中,为体现主角二人系天神转世,作者对美轮美奂的景色进行了细致描写,如第五十三回中莆田九峰的亭台楼榭的幻影、雷州岭畔蜈蚣啖牛的幻景等。《女仙外史》的景物描写在意境美方面开创了一个诗的境界,比如第十八回二金仙九州游戏移步题诗,第四十七回登日观诸君联韵,还有第七十六回唐月君梦错广寒宫那似梦非梦的描写。这些景物描写是作者希望通过神游超脱现实生活,通过虚幻世界的想象慰藉心灵,给予人们在现实中无法获得的美感。

(三)反映大众心理

中国古代小说的受众为普通百姓,旅游文学也不例外。所以,在这些旅游故事里,不论是神游、梦游,还是神仙人间游,目的有报仇、报恩、求爱、求财等,都是为在小说里实现美好或公平。《幽明录·庞阿》就是描述一个人追求真爱、身虽不自由但灵魂却可穿越的故事,虽然很神奇,但也反映出痴情男女困于现实却执着追求爱情的观念。《转运汉遇巧洞庭红 波斯胡指破鼍龙壳》中泛海商人张大等被描写成"专一做海外生意,眼里认得奇珍异宝,又且秉性爽慨,肯扶持好人"的正面艺术形象,一改泛海商人被视为"奸商"的固有观念,反映了大众对通过商业获取正当利益的肯定。

（四）讽刺暗喻现实

中国古代的旅游小说中的很多情节都能在现实中找到影子，由于现实中不可说，人们只能含沙射影地通过神游、梦游到另外一个世界来表达。例如，《枕中记》中的"黄粱一梦"，是对富贵荣华转眼即逝的告诫；《西游记》里神仙们下凡为妖却不受惩罚，是对权贵的讽刺；《红楼梦》里石头来人间游历受尽宠爱却终永失所爱，是对封建权威粗暴干涉爱情的抨击。

三、旅游小说的基本结构

（一）开篇注入神奇

中国旅游小说的神奇在于其旅行的真实感和虚幻感互相杂糅。为提升读者的阅读兴趣，旅游小说往往在一开篇就将现实和超现实混合的情节展开，引发读者的阅读兴趣。所以，有很多作品极力在开篇做文章，引入历史事件、神仙下凡、梦中游历等。如《镜花缘》中武则天平定徐敬业叛乱是真实的历史事件，但冬天命百花开放是虚构的，却也符合武则天傲慢跋扈的心理。花开之后上神将百花仙子和九十九位花神贬到人世只是作者想象的铺垫，真正玄幻的是之后的投胎转世和海外游历。

（二）过程频发劫难

中国旅游小说到了明清发展为章回小说，每一章回既要有同前文的关联性和下文的衔接性，又可以独立成篇，所以每一章回都要有一个小高潮。所以，中国旅游小说非常适合章回体，因为到一地方、遇一难题、解决难题、继续前进，然后更换难题和解题方式进入下一回，主要人物不变，次要人物不断更迭，这样容易带来新异感和奇特性，又可以一个故事接着一个故事，使整部作品具有连续性。《西游记》是最典型的代表。

（三）结局呼应开头

中国旅游小说结尾处，往往会回归出发地或现实，似乎这样的故事才是完整的。从现实到虚幻，从虚幻回到现实，这样的循环思维在很多作品里都有体现。在这些小说里，人生是一场旅行，旅行的目的不是远方，而是回到起点。例如，《枕中记》中卢生梦醒来还在床上；《西游记》中玄奘从长安出发历经磨难取经又回到长安；《红楼梦》中石头人间游历了一番又回到青埂峰下；《女仙外史》中朱棣最后死于榆木川，回到了他真实的历史结局。

第二节　旅游小说作品赏析

一、讲史小说之历史幻化演义小说赏析

（一）许仲琳《封神演义》节选赏析

第二十二回　西伯侯文王吐子
（节选）

……

且说雷震子复上山来见文王。文王吓得痴了。雷震子曰："奉父王之命，去退追兵，赶父王二将殷破败、雷开，他二人被孩儿以好言劝他回去了。如今孩儿送父王出五关。"文王曰："我随身自有铜符、令箭，到关照验，方可出关。"雷震子曰："父王不必如此。若照铜符，有误父王归期。如今事已急迫，恐后面又有兵来，终是不了之局。待孩儿背父王，一时飞出五关，免得又有异端。"文王听罢，"我儿话虽是好，此马如何出得去？"雷震子曰："且顾父王出关，马匹之事甚小。"文王曰："此马随我患难七年，今日一旦便弃他，我心何忍？"雷震子曰："事已到此，岂是好为此不良之事，君子所以弃小而全大。"文王上前，以手拍马，叹曰："马！非昌不仁，舍你出关。奈恐追兵复至，我命难逃。我今别你，任凭你去罢，另择良主。"文王道罢，洒泪别马。有诗曰：

奉敕朝歌来谏主，同吾羑里七年囚。
临潼一别归西地，任你逍遥择主投。

且说雷震子曰："父王快些，不必久羁。"文王曰："背着我，你仔细些。"文王伏在雷震子背上，把二目紧闭，耳闻风响，不过一刻，已出了五关，来到金鸡岭，落将下来。雷震子曰："父王，已出五关了。"文王睁开二目，已知是本土，大喜曰："今日复见我故乡之地，皆赖孩儿之力！"雷震子曰："父王前途保重！孩儿就此告归。"文王惊问曰："我儿，你为何中途抛我，这是何说？"雷震子曰："奉师父之命，止救父亲出关，即归山洞。今不敢有违，恐负师言，孩儿有罪。父王先归家国。孩儿学全道术，不久下山，再拜尊颜。"雷震子叩头，与文王洒泪而别。正是：世间万般哀苦事，无过死别共生离。雷震子回终南山回覆师父之命。不题。

且说文王独自一人，又无马匹，步行一日。文王年纪高迈，跋涉艰难。抵暮，见一客舍。文王投店歇宿。次日起程，囊乏无资。店小儿曰："歇房与酒饭钱，为何一文不与？"文王曰："因空乏到此，权且暂记；挨到西岐，着人加利送来。"店小儿

怒曰："此处比别处不同。俺这西岐，撒不得野，骗不得人。西伯侯千岁以仁义而化万民，行人让路，道不拾遗，夜无犬吠，万民而受安康，湛湛青天，朗朗舜日。好好拿出银子，算还明白，放你去；若是迟延，送你到西岐，见上大夫散宜生老爷，那时悔之晚矣。"文王曰："我决不失信。"只见店主人出来问道："为何事吵闹？"店小儿把文王欠缺饭钱说了一遍，店主人见文王年虽老迈，精神相貌不凡，问曰："你往西岐来做甚么事？因何盘费也无？我又不相识你，怎么记饭钱？说得明白，方可记与你去。"文王曰："店主人，我非别人，乃西伯侯是也。因囚羑里七年，蒙圣恩赦宥归国；幸逢吾儿雷震子救我出五关，因此囊内空虚。权记你数日，俟吾到西岐，差官送来，决不相负。"那店家听得是西伯侯，慌忙倒身下拜，口称："大王千岁！子民肉眼，有失接驾之罪！复请大王入内，进献壶浆，子民亲送大王归国。"文王问曰："你姓甚名谁？"店主人曰："子民姓申，名杰，五代世居于此。"文王大喜，问申杰曰："你可有马，借一匹与我骑着好行，俟归国必当厚谢。"申杰曰："子民皆小户之家，那有马匹。家下止有磨面驴儿，收拾鞍辔，大王暂借此前行。小人亲随伏侍。"文王大悦，离了金鸡岭，过了首阳山，一路上晓行夜宿。时值深秋天气，只见金风飒飒，梧叶飘飘，枫林翠色，景物虽是堪观，怎奈寒鸟悲风，蛩声惨切，况西伯又是久离故乡，睹此一片景色，心中如何安泰，恨不得一时就到西岐，与母子夫妻相会，以慰愁怀。按下文王在路。不表。

且说文王母太姜在宫中思想西伯，忽然风过三阵，风中竟带吼声。太姜命侍儿焚香，取金钱演先天之数，知西伯侯某日某时已至西岐。太姜大喜，忙传令百官、众世子，往西岐接驾。众文武与各位公子无不欢喜，人人大悦。西岐万民，牵羊担酒，户户焚香，氤氲拂道。文武百官与众位公子，各穿大红吉服。此时骨肉完聚，龙虎重逢，倍增喜气。有诗为证：

万民欢忭出西岐，迎接龙车过九逵。

羑里七年今已满，金鸡一战断穷追。

从今圣化过尧舜，目下灵台立帝基。

自古贤良周易少，臣忠君正助雍熙。

且说文王同申杰行至西岐山，转过迢遥径路，依然又见故园，文王不觉心中凄惨，想："昔日朝商之时，遭此大难，不意今日回归，又是七载。青山依旧，人面已非。"正嗟叹间，只见两杆红旗招展，大炮一声，簇拥一对人马。文王心中正惊疑未定，只见左有大将军南宫适，右有上大夫散宜生，引了四贤、八俊、三十六杰，辛甲、辛免、太颠、闳夭、祁恭、尹籍伏于道傍。次子姬发近前拜伏驴前曰："父王羁縻异国，时月累更，为人子不能分忧代患，诚天地间之罪人，望父王宽恕。今日复睹慈颜，不胜欣慰！"文王见众文武、世子多人，不觉泪下，"孤想今日不胜凄惨。孤已无家而有家，无国而有国，无臣而有臣，无子而有子，陷身七载，羁囚羑里，自甘老死，今幸见天日，与尔等复能完聚，睹此反觉凄惨耳。"大夫散宜生启曰："昔成汤王亦囚于夏台，一日还国，而有事于天下。今主公归国，更修德政，育养民生，俟时而动，安知今囚之羑里，非昔之夏台乎？"文王曰："大夫之言，岂是为孤之言，亦非臣下事上之理。昌有罪商都，蒙圣恩羁而不杀。虽七载之囚，正天子浩荡洪恩；虽顶踵亦不能报。后又进爵文王，赐黄钺、白旄，特专征伐，赦孤归国。此何等殊恩！当尽臣节，捐躯报国，犹不能效涓涯之万一耳。大夫何故出此言，使诸文武而动不肖之念也。"诸皆悦服。姬发近前："请父王更衣乘辇。"文王依其言，换了王服，乘辇，命申杰同进西岐。一路上欢声拥道，乐奏笙簧，户户焚香，家家结彩。文王端坐鸾舆，两边的执事成行，幡幢蔽日。只见众民大呼曰："七年远隔，未睹天颜，今大王归国，万民瞻仰，欲亲觑天颜，愚民欣慰。"文王听见众臣如此，方骑逍遥马。众民欢声大振曰："今日西岐有主矣！"人人欢悦，各各倾心。文王出小龙山口，见两边文武、九十八子相随，独不见长子邑考，因想其醢尸之苦，羑里自啖子肉，不觉心中大痛，泪如雨下。文王将衣掩面，作歌曰：

"尽臣节兮奉旨朝商，直谏君兮欲正纲常。

谏臣陷兮囚于羑里，不敢怨兮天降其殃。

邑考孝兮为父赎罪，鼓琴音兮屈害忠良。

啖子肉兮痛伤骨髓，感圣恩兮位至文王。

夸官逃难兮路逢雷震，命不绝兮幸济吾疆。

今归西土兮团圆母子，独不见邑考兮碎裂肝肠！"

文王作罢歌，大叫一声："痛杀我也！"跌下逍遥马来，面如白纸。慌坏世子并文武诸人，急急扶起，拥在怀中，速取茶汤，连灌数口。只见文王渐渐重楼中一声响，吐出一块肉羹。那肉饼就地上一滚，生出四足，长上两耳，望西跑去了。连吐三次，三个兔儿走了。众臣扶起文王，乘鸾舆至西岐城，进端门，到大殿。公子姬发扶文王入后宫，调理汤药。也非一日，文王其恙已愈。那日升殿，文武百官上殿朝贺毕，文王宣上大夫散宜生，拜伏于地。文王曰："孤朝天子，算有七年之厄，不料长子邑考为孤遭戮，此乃天数。荷蒙圣恩，特赦归国，加位文王，又命夸官三日，深感镇国武成王大德，送铜符五道，放孤出关。不期殷、雷二将，奉旨追袭，使孤势穷力尽，无计可施。束手待毙之时，多亏昔年孤因朝商途中，行至燕山收一婴儿，路逢终南山炼气士云中子带去，起名雷震，不觉七年。谁想追兵紧急，得雷震子救我出了五关。"散宜生曰："五关岂无将官把守，焉能出得关来？"文王曰："若说起雷震子之形，险些儿吓杀孤家。七年光景，生得面如蓝靛，发似朱砂，胁生双翼，飞腾半空，势如风雷之状；用一根金棍，势似熊罴。他将金棍一下，把山尖打下一块来，故此殷、雷二将不敢相争，诺诺而退。雷震子回来，背着孤家，飞出五关，不须半个时辰，即是金鸡岭地面，他方告归终南山去了。孤不忍舍，他道：'师命不敢违，孩儿不久下山，再见父王。'故此他便回去。孤独自行了一日，行至申杰店中，感申杰以驴儿送孤，一路扶持。命官重赏，使申杰回家。"

……

作品简析

本段节选自《封神演义》第二十二回《西伯侯文王吐子》。《封神演义》篇幅巨大、幻想奇特，其原型最早可追溯至宋元时期的《武王伐纣平话》。全书从姜子牙辅佐周文王、周武王讨伐商纣的历史故事展开,描写了诸仙斗智斗勇、破阵斩将封神的故事,包含了大量民间传说和神话,最后以姜子牙封诸神和周武王封诸侯结尾。本段描写了周文王逃出朝歌被一路追杀,幸遇到雷震子救驾护送,回到西岐后受到百官和百姓热烈欢迎的故事。这段突出了周文王仁义亲和的形象,危难之时依然惦记共患难七年的老马,没有钱付账但耐心解释并保持对客店里老板申杰和小二的客气礼貌,对来迎接自己的大夫散宜生有反叛之意的语言进行阻止,对为救父而牺牲的长子伯邑考心痛不已,最后还不忘命官重赏申杰,助其回家。与纣王昏庸无能、耽于酒色、横征暴敛、重刑镇压的诸多暴行相比,高下立判,为之后的伐纣树立了正面形象。该段的细节描写也非常动人,如申杰送文王回西岐,一路的秋景"金风飒飒,梧叶飘飘,枫林翠色,景物虽是堪观,怎奈寒鸟悲风,蛩声惨切",是文王被囚七年后脱困的心理写照。历经千辛万苦,虽然得以回归但内心还是无限凄凉,正所谓"一切景语皆情语",让读者产生强烈的代入感。

(二)李汝珍《镜花缘》节选赏析

第三十三回　粉面郎缠足受困　长须女玩股垂情(节选)

话说林之洋来到国舅府,把货单求管门的呈进。里面传出话道:"连年国主采选嫔妃,正须此货。今将货单替你转呈,即随来差同去,以便听候批货。"不多时,走出一个内使,拿了货单,一同穿过几层金门,走了许多玉路;处处有人把守,好不威严。来到内殿门首,内使立住道:"大嫂在此等候。我把货单呈进,看是如何,再来回你。"走了进去。不多时出来道:"大嫂单内货物并未开价,这却怎好?"林之洋道:"各物价钱,俺都记得,如要哪几样,等候批完。俺再一总开价。"内使听了进去,又走出道:"请问大嫂:胭脂每担若干银?香粉每担若干银?头油每担若干银?头绳每担若干银?"林之洋把价说了。内使走去,又出来道:"请问大嫂:翠花每盒若干银?绒花每盒若干银?香珠每盒若干银?梳篦每盒若干银?"林之洋又把价说了。内使入去,又走出道:"大嫂单内各物,我们国主大约多寡不等,都要买些。就只价钱问来问去,恐有讹错,必须面讲,才好交易。国主因大嫂是天朝妇人,天朝是我们上邦,所以命你进内。大嫂须要小心!"林之洋道:"这个不消吩咐。"跟着内使走进内殿。见了国王,深深打了一躬,站在一旁。看那国王,虽有三旬以外,生的面白唇红,极其美貌。旁边围着许多宫娥。国王十指尖尖,拿着货单,又把各样价钱,轻启朱唇问了一遍。一面问话,一面只管细细上下打量。林之洋忖道:"这个国王为甚只管将俺细看,莫非不曾见过天朝人么?"不多时,宫娥来请用膳。国王吩咐内使将货单存下,先去回复国舅;又命宫娥款待天朝妇人酒饭。转身回宫。

迟了片时,有几个宫娥把林之洋带至一座楼上,摆了许多肴馔。刚把酒饭吃完,只听下面闹闹吵吵,有许多宫娥跑上楼来,都口呼"娘娘",磕头叩喜。随后又有许多宫娥捧着凤冠霞帔、玉带蟒衫并裙裤簪环首饰之类,不由分说,七手八脚,把林之洋内外衣服脱的干干净净。这些宫娥都是力大无穷,就如鹰拿燕雀一般,那里由他作主。刚把衣履脱净,早有宫娥预备香汤,替他洗浴。换了袄裤,穿了衫裙;把那一双"大金莲"暂且穿了绫袜;头上梳了鬏儿,搽了许多头油,戴上凤钗;搽了一脸香粉,又把嘴唇染的通红;手上戴了戒指,腕上戴了金镯。把床帐安了,请林之洋上坐。此时林之洋倒像做梦一般,又像酒醉光景,只是发愣。细问宫娥,才知国王将他封为王妃,等选了吉日,就要进宫。

　　正在着慌,又有几个中年宫娥走来,都是身高体壮,满嘴胡须。内中一个白须宫娥,手拿针线,走到床前跪下道:"禀娘娘:奉命穿耳。"早有四个宫娥上来,紧紧扶住。那白须宫娥上前,先把右耳用指将那穿针之处碾了几碾,登时一针穿过。林之洋大叫一声:"疼杀俺了!"往后一仰,幸亏宫娥扶住。又把左耳用手碾了几碾,也是一针直过。林之洋只疼的喊叫连声。两耳穿过,用些铅粉涂上,揉了几揉,戴了一副八宝金环。白须宫娥把事办毕退去。接着有个黑须宫人,手拿一匹白绫,也向床前跪下道:"禀娘娘:奉命缠足。"又上来两个宫娥,都跪在地下,扶住"金莲",把绫袜脱去。那黑须宫娥取了一个矮凳,坐在下面,将白绫从中撕开,先把林之洋右足放在自己膝盖上,用些白矾洒在脚缝内,将五个脚指紧紧靠在一处,又将脚面用力曲作弯弓一般,即用白绫缠裹;才缠了两层,就有宫娥拿着针线上来密密缝口,一面狠缠,一面密缝。林之洋身旁既有四个宫娥紧紧靠定,又被两个宫娥把脚扶住,丝毫不能转动。及至缠完,只觉脚上如炭火烧的一般,阵阵疼痛。不觉一阵心酸,放声大哭道:"坑死俺了!"两足缠过,众宫娥草草做了一双软底大红鞋替他穿上。林之洋哭了多时,左思右想,无计可施,只得央及众人道:"奉求诸位老兄替俺在国王面前方便一声,俺本有妇之夫,怎做王妃?俺的两只大脚,就如游学秀才,多年未曾岁考,业已放荡惯了,何能把他拘束?只求早早放俺出去,就是俺的妻子也要感激的。"众宫娥道:"刚才国主业已吩咐,将足缠好,就请娘娘进宫。此时谁敢乱言!"

　　……

　　到了夜间,林之洋被两足不时疼醒,即将白绫左撕右解,费尽无穷之力,才扯了下来,把十个脚趾个个舒开。这一畅快,非同小可,就如秀才免了岁考一般,好不松动。心中一爽,竟自沉沉睡去。次日起来,盥漱已罢。那黑须宫娥正要上前缠足,只见两足已脱精光,连忙启奏。国王教保母过来重责二十,并命在彼严行约束。保母领命,带了四个手下,捧着竹板,来到楼上,跪下道:"王妃不遵约束,奉命打肉。"林之洋看了,原来是个长须妇人,手捧一块竹板,约有三寸宽、八尺长。不觉吃了一吓道:"怎么叫做'打肉'?"只见保母手下四个微须妇人,一个个膀阔腰粗,走上前来,不由分说,轻轻拖翻,褪下中衣。保母手举竹板,一起一落,竟向屁股、大腿,一路打去。林之洋喊叫连声,痛不可忍。刚打五板,业已肉绽皮开,血溅茵褥。保母将手停住,向缠足宫娥道:"王妃下体甚嫩,才打五板,已是'血流漂杵';若打到二十,恐他贵体受伤,一时难愈,有误吉期,拜烦姐姐先去替我转奏,看国主钧谕如何,再作道理。"缠足宫人答应去了。

　　……

只见缠足宫人走来道："奉国主钧谕，问王妃此后可遵约束？如痛改前非，即免责放起。"林之洋怕打，只得说道："都改过了。"众人于是歇手。宫娥拿了绫帕，把下体血迹擦了。国王命人赐了一包棒疮药，又送了一盏定痛人参汤。随即敷药，吃了人参汤，倒在床上歇息片时，果然立时止痛。缠足宫娥把足从新缠好，教他下床来往走动。宫娥搀着走了几步。棒疮虽好，两足甚痛，只想坐下歇息。无奈缠足宫娥惟恐误了限期，毫不放松，刚要坐下，就要启奏。只得勉强支持，走来走去，其如挣命一般。到了夜间，不时疼醒，每每整夜不能合眼。无论日夜，俱有宫娥轮流坐守，从无片刻离人，竟是丝毫不能放松。林之洋到了这个地位，只觉得湖海豪情，变作柔肠寸断了。

未知如何，下回分解。

作品简析

本段节选自《镜花缘》第三十三回《粉面郎缠足受困 长须女玩股垂情》。《镜花缘》前半部分描写了唐遨、多九公等人乘船在海外游历的故事，最精彩的是女儿国的故事。一行人来到女儿国从商，林之洋却阴差阳错被国王看上，被选为妃，之后宫人对他进行了一番改造，穿耳孔、缠足、各种打扮，令他痛苦不堪。作者用诙谐幽默的笔法对这番改造的过程进行了描述，令人啼笑皆非。笑过之后，不禁反问：为什么这些苦在女人看来就是平常，对男人就是反常？那为什么要让女性承受这些苦呢？当时，女性承受穿耳孔、缠足、各种打扮的身体痛苦已经司空见惯，让男性也体验一番却是一个大胆的想法，作者把它放在一个子虚乌有的女儿国中实现了。《镜花缘》虽然只是一部虚构的小说，却有非常进步的男女平等思想，对处在压迫中的女性有着深切的同情。胡适曾说："李汝珍所见的是几千年来忽略了的妇女问题，他是中国最早提出这个妇女问题的人，他的《镜花缘》是一部讨论妇女问题的小说。"该段也对封建强权进行了控诉，林之洋在毫不知情的情况下被选为妃子，不容分说，宫人对他进行了当妃子的各种改造。他一再表示自己有妻子，不愿为妃，但无人理会，还是被强行进行穿耳孔、缠足，稍稍解开一些裹脚布就被打得皮开肉绽。他缠足脚痛却被要求练习走路，不走就被认为不服从管理，只能忍痛"走来走去，其如挣命一般"。这些不就是封建社会的强权政治吗？林之洋一个虚幻男人的痛苦，是现实封建社会中千千万万个妇女无法改变的苦难人生。

二、世情小说之离魂梦幻游历小说赏析

（一）刘义庆《幽明录·焦湖庙祝》

焦湖庙祝有柏枕，三十余年，枕后一小坼孔。县民汤林行贾，经庙祝福。祝曰："君婚姻未？可能枕坼边。"令林入坼内。见朱门、琼宫、瑶台，胜于世。见赵太尉，为林婚，育子六人，四男二女。选林秘书郎，俄迁黄门郎。林在枕中，永无思归之怀，遂遭违忤之事。祝令林出外间，遂见向枕。谓枕内历年载，而实俄忽之间矣。

作品简析

这篇小说短小简洁,却开启了后世梦游小说的先河。功名利禄的世俗梦想在一场梦中实现,轻而易举。汤林在美梦中游历"朱门、琼宫、瑶台",经历婚姻、生儿育女,享受功名利禄。对于现实世界中的小民百姓而言,这些是难以达成的,"入梦"助了他一臂之力,让人沉浸其中,乐不思归。一梦而已,这降低了实现这些世俗愿望的难度,但却是虚幻的。最后作者笔锋一收,令其从梦中出来,回到现实。空空如也,大梦一场,梦中的情景全部消失,顿感恍若隔世。这既是梦游小说的魅力,也是梦游小说的世界观。这样的反差美,是对现实的无能为力的一种体现,封建社会阶级固化,底层民众想要实现梦想恐怕只能靠"梦"了。

(二)曹雪芹《红楼梦》节选赏析

第十七回　大观园试才题对额　荣国府归省庆元宵(节选)

……

贾珍先去园中知会众人。可巧近日宝玉因思念秦钟,忧戚不尽,贾母常命人带他到园中来戏耍。此时亦才进去,忽见贾珍走来,向他笑道:"你还不出去,老爷就来了。"宝玉听了,带着奶娘小厮们,一溜烟就出园来。方转过弯,顶头贾政引众客来了,躲之不及,只得一边站了。贾政近因闻得塾掌称赞宝玉专能对对联,虽不喜读书,偏倒有些歪才情似的,今日偶然撞见这机会,便命他跟来。宝玉只得随往,尚不知何意。

贾政刚至园门前,只见贾珍带领许多执事人来,一旁侍立,贾政道:"你且把园门都关上,我们先瞧了外面再进去。"贾珍听说,命人将门关了。贾政先秉正看门。只见正门五间,上面桶瓦泥鳅脊;那门栏窗槅,皆是细雕新鲜花样,并无朱粉涂饰;一色水磨群墙,下面白石台矶,凿成西番草花样。左右一望,皆雪白粉墙,下面虎皮石,随势砌去,果然不落富丽俗套,自是欢喜。遂命开门,只见迎面一带翠嶂挡在前面。众清客都道:"好山,好山!"贾政道:"非此一山,一进来园中所有之景悉入目中,则有何趣。"众人道:"极是。非胸中大有邱壑,焉想及此。"说毕,往前一望,见白石崚嶒,或如鬼怪,或如猛兽,纵横拱立,上面苔藓成斑,藤萝掩映,其中微露羊肠小径。贾政道:"我们就从此小径游去,回来由那一边出去,方可遍览。"

说毕,命贾珍在前引导,自己扶了宝玉,逶迤进入山口。抬头忽见山上有镜面白石一块,正是迎面留题处。贾政回头笑道:"诸公请看,此处题以何名方妙?"众人听说,也有说该题"叠翠"二字,也有说该"锦嶂"的,又有说"赛香炉"的,又有说"小终南"的,种种名色,不止几十个。

原来众客心中早知贾政要试宝玉的功业进益如何,只将些俗套来敷衍。宝玉亦料定此意。贾政听了,便回头命宝玉拟来。宝玉道:"尝闻古人有云:'编新不如述旧,刻古终胜雕今。'况此处并非主山正景,原无可题之处,不过是探景一进步耳。莫若直书'曲径通幽处'这句旧诗在上,倒还大方气派。"众人听了,都赞道:"是极!二世兄天分高,才情远,不似我们读腐了书的。"贾政笑道:"不可谬奖。他年小,不过以一知充十用,取笑罢了。再俟选拟。"

说着,进入石洞来。只见佳木茏葱,奇花炯灼,一带清流,从花木深处曲折泻于石隙之下。再进数步,渐向北边,平坦宽豁,两边飞楼插空,雕甍绣槛,皆隐于山坳树杪之间。俯而视之,则清溪泻雪,石磴穿云,白石为栏,环抱池沿,石桥三港,兽面衔吐。桥上有亭。贾政与诸人上了亭子,倚栏坐了,因问:"诸公以何题此?"诸人都道:"当日欧阳公《醉翁亭记》有云:'有亭翼然',就名'翼然'。"贾政笑道:"'翼然'虽佳,但此亭压水而成,还须偏于水题方称。依我拙裁,欧阳公之'泻玉于两峰之间',竟用他这一个'泻'字。"有一客道:"是极,是极。竟是'泻玉'二字妙。"贾政拈髯寻思,因抬头见宝玉侍侧,便笑命他也拟一个来。

宝玉听说,连忙回道:"老爷方才所议已是。但是如今追究了去,似乎当日欧阳公题酿泉用一'泻'字则妥,今日此泉若亦用'泻'字,则觉不妥。况此处虽云省亲驻跸别墅,亦当入于应制之例,用此等字眼,亦觉粗陋不雅。求再拟较此蕴藉含蓄者。"贾政笑道:"诸公听此论若何?方才众人编新,你又说不如述古;如今我们述古,你又说粗陋不妥。你且说你的来我听。"宝玉道:"有用'泻玉'二字,则莫若'沁芳'二字,岂不新雅?"贾政拈髯点头不语。众人都忙迎合,赞宝玉才情不凡。贾政道:"匾上二字容易。再作一副七言对联来。"宝玉听说,立于亭上,四顾一望,便机上心来,乃念道:

绕堤柳借三篙翠,隔岸花分一脉香。

贾政听了,点头微笑。众人先称赞不已。

于是出亭过池,一山一石,一花一木,莫不着意观览。忽抬头看见前面一带粉垣,里面数楹修舍,有千百竿翠竹遮映。众人都道:"好个所在!"于是大家进入,只见入门便是曲折游廊,阶下石子漫成甬路。上面小小两三间房舍,一明两暗,里面都是合着地步打就的床几椅案。从里间房内又得一小门,出去则是后院,有大株梨花兼着芭蕉。又有两间小小退步。后院墙下忽开一隙,得泉一派,开沟仅尺许,灌入墙内,绕阶缘屋至前院,盘旋竹下而出。贾政笑道,"这一处还罢了。若能月夜坐此窗下读书,不枉虚生一世。"说毕,看着宝玉,唬的宝玉忙垂了头。

众客忙用话开释,又说道:"此处的匾该题四个字。"贾政笑问,"哪四字?"一个道是"淇水遗风"。贾政道:"俗"又一个是"睢园雅迹"。贾政道,"也俗。"贾珍笑道,"还是宝兄弟拟一个来。"贾政道:"他未曾作,先要议论人家的好歹,可见就是个轻薄人。"众客道:"议论的极是,其奈他何。"贾政忙道,"休如此纵了他。"因命他道:"今日任你狂为乱道,先设议论来,然后方许你作,方才众人说的,可有使得的?"宝玉见问,答道,"都似不妥。"贾政冷笑道:"怎么不妥?"宝玉道:"这是第一处行幸之处,必须颂圣方可。若用四字的匾,又有古人现成的,何必再作。贾政道:"难道'淇水''睢园'不是古人的?"宝玉道:"这太板腐了。莫若'有凤来仪'四字。"众人都哄然叫妙。贾政点头道:"畜生,畜生,可谓'管窥蠡测'矣。"因命:"再题一联来。"宝玉便念道:

宝鼎茶闲烟尚绿,幽窗棋罢指犹凉。

贾政摇头说道:"也未见长。"说毕,引众人出来。

方欲走时,忽又想起一事来,因问贾珍道:"这些院落房宇并几案桌椅都算有了,还有那些帐幔帘子并陈设玩器古董,可也都是一处一处合式配就的?"贾珍回道:"那陈设的东西早已添了许多,自然临期合式陈设。帐幔帘子,昨日听见琏兄弟说,还不全。那原是一起工程之时就画了各处的图样,量准尺寸,就打发人办去的。想必昨日得了一半。"贾政听了,便知此事不是贾珍的首尾,便命人去唤贾琏。

一时,贾琏赶来,贾政问他共有几种,现今得了几种,尚欠几种。贾琏见问,忙向靴桶取靴披内装的一个纸折略节来,看了一看,回道:"妆蟒绣堆、刻丝弹墨并各色绸绫大小幔子一百二十架,昨日得了八十架,下欠四十架。帘子二百挂,昨日俱得了。外有猩猩毡帘二百挂,金丝藤红漆竹帘二百挂,墨漆竹帘二百挂,五彩线络盘花帘二百挂,每样得了一半,也不过秋天都全了。椅搭、桌围、床裙、桌套,每分一千二百件,也有了。"

一面走,一面说,倏尔青山斜阻。转过山怀中,隐隐露出一带黄泥筑就矮墙,墙头皆用稻茎掩护。有几百株杏花,如喷火蒸霞一般。里面数楹茅屋。外面却是桑、榆、槿、柘,各色树稚新条,随其曲折,编就两溜青篱。篱外山坡之下,有一土井,旁有桔槔辘轳之属。下面分畦列亩,佳蔬菜花,漫然无际。

贾政笑道:"倒是此处有些道理。固然系人力穿凿,此时一见,未免勾引起我归农之意。我们且进去歇息歇息。"说毕,方欲进篱门去,忽见路旁有一石碣,亦为留题之备。众人笑道:"更妙,更妙!此处若悬匾待题,则田舍家风一洗尽矣。立此一碣,又觉生色许多,非范石湖田家之咏不足以尽其妙。"贾政道:"诸公请题。"众人道:"方才世兄有云,'编新不如述旧',此处方人已道尽矣,莫若直书'杏花村'妙极。"贾政听了,笑向贾珍道:"正亏提醒了我。此处都妙极,只是还少一个酒幌。明日竟作一个,不必华丽,就依外面村庄的式样作来,用竹竿挑在树梢。"贾珍答应了,又回道,此处竟还不可养别的雀鸟,只是买些鹅鸭鸡类,才都相称了。"贾政与众人都道:"更妙。"贾政又向众人道:"'杏花村'固佳,只是犯了正名,村名直待请名方可。"众客都道:"是呀。如今虚的,便是什么字样好?"

大家想着,宝玉却等不得了,也不等贾政的命,便说道:"旧诗有云:'红杏梢头挂酒旗'。如今莫若'杏帘在望'四字。"众人都道:"好个'在望'又暗合杏花村意。"宝玉冷笑道:"村名若用'杏花'二字,则俗陋不堪了。又有古人诗云:'柴门临水稻花香',何不就用'稻香村'的妙?"众人听了,亦发哄声拍手道:"妙!"贾政一声断喝:"无知的业障!你能知道几个古人,能记得几首熟诗,也敢在老先生前卖弄!你方才那些胡说的,不过是试你的清浊,取笑而已,你就认真了!"

说着,引人步入茆堂,里面纸窗木榻,富贵气象一洗皆尽。贾政心中自是欢喜,却瞅宝玉道:"此处如何?"众人见问,都忙悄悄的推宝玉,教他说好。宝玉不听人言,便应声道,"不及'有凤来仪'多矣。"贾政听了道:"无知的蠢物!你只知朱楼画栋、恶赖富丽为佳,那里知道这清幽气象。终是不读书之过!"宝玉忙答道:"老爷教训的固是,但古人常云'天然'二字,不知何意?"

众人见宝玉牛心,都怪他呆痴不改。今见问"天然"二字,众人忙道:"别的都明白,为何连'天然'不知?'天然'者,天之自然而有,非人力之所成也。"宝玉道:

"却又来！此处置一田庄，分明见得人力穿凿扭捏而成。远无邻村，近不负郭，背山山无脉，临水水无源，高无隐寺之塔，下无通市之桥，峭然孤出，似非大观。争似先处有自然之理，得自然之气，虽种竹引泉，亦不伤于穿凿。古人云'天然图画'四字，正畏非其地而强为地，非山而强为山，虽百般精而终不相宜……"未及说完，贾政气的喝命："又出去！"刚出去，又喝命："回来！"命："再题一联，若不通，一并打嘴！"宝玉只得念道：

新涨绿添浣葛处，好云香护采芹人。

贾政听了，摇头说："更不好。"

……

作品简析

本段节选了《红楼梦》第十七回《大观园试才题对额 荣国府归省庆元宵》的片段。《红楼梦》以女娲补天的故事开头，以无用的石头游历人间的故事展开一幅中国封建时代贵族家庭的生活画卷。其中主人公的主要生活场景是大观园，此园是为元妃省亲而修建的。小说两次写到游园，此是第一次，另一次是第四十回《史太君两宴大观园 金鸳鸯三宣牙牌令》。第一次是园子刚修好了，贾政带领宝玉和门客来到园子，为园中之景题写匾额和对联。第二次是刘姥姥来到贾府，贾母一时兴起，带她到园中游玩。通过文人和底层百姓的两次游园，全方位地介绍了大观园的景色，其中的富丽堂皇和高情雅趣得到了淋漓尽致的表现。本次游园作者带读者从正门进入，大门开阔庄严，进去之后是一座假山，挡住里面的景色，不至于一览无遗，也符合中国风水学中挡风水的要求，经过这样的精心设计，正门处大气豪华又不失精妙。曲径通幽后见一亭子，宝玉取名"沁芳"，之后来到一处人工修建的田舍，贾政非常喜欢，但宝玉却认为此景过于做作，"远无邻村，近不负郭，背山山无脉，临水水无源，高无隐寺之塔，下无通市之桥，峭然孤出，似非大观"，宝玉还说出了中国古代园林设计的主要观念，即"天然"。这一节展现了宝玉的才情，也让读者看到了贾政与他紧张的父子关系。贾政对儿子没有悉心教诲和耐心引导，而是动辄呵斥和贬损，一句不合心意就摆脸色，十足的家长气派。在父亲面前，宝玉非常紧张，言语不敢争辩，原本灵气十足的少年只能唯唯诺诺，失了生气。此次是全书第一次描写大观园，作者以移步换景的方式写出了园子的大、巧、趣、妙，并用取名和对联的方式，让读者对景色展开想象，为之后许多故事的发生提供了场所。

三、神怪小说之地理博物志怪小说赏析

（一）吴承恩《西游记》节选赏析

第五回　乱蟠桃大圣偷丹　反天宫诸神捉怪（节选）

话表齐天大圣到底是个妖猴，更不知官衔品从，也不较俸禄高低，但只注名便了。

……

一日,玉帝早朝,班部中闪出许旌阳真人,俯囟启奏道:"今有齐天大圣,无事闲游,结交天上众星宿,不论高低,俱称朋友。恐后闲中生事。不若与他一件事管,庶免别生事端。"玉帝闻言,即时宣诏。那猴王欣欣然而至,道:"陛下,诏老孙有何升赏?"玉帝道:"朕见你身闲无事,与你件执事。你且权管那蟠桃园,早晚好生在意。"大圣欢喜谢恩,朝上唱喏而退。

他等不得穷忙,即入蟠桃园内查勘。本园中有个土地拦住,问道:"大圣何往?"大圣道:"吾奉玉帝点差,代管蟠桃园,今来查勘也。"那土地连忙施礼,即呼那一班锄树力士、运水力士、修桃力士、打扫力士都来大圣磕头,引他进去。但见那:

天天灼灼,棵棵株株。天天灼灼花盈树,棵棵株株果压枝。果压枝头垂锦弹,花盈树上簇胭脂。时开时结千年熟,无夏无冬万载迟。先熟的,酡颜醉脸;还生的,带蒂青皮。凝烟肌带绿,映日显丹姿。树下奇葩并异卉,四时不谢色齐齐。左右楼台并馆舍,盈空常见罩云霓。不是玄都凡俗种,瑶池王母自栽培。

大圣看玩多时,问土地道:"此树有多少株数?"土地道:"有三千六百株:前面一千二百株,花微果小,三千年一熟,人吃了成仙了道,体健身轻。中间一千二百株,层花甘实,六千年一熟,人吃了霞举飞升,长生不老。后面一千二百株,紫纹湘核,九千年一熟,人吃了与天地齐寿,日月同庚。"大圣闻言,欢喜无任。当日查明了株树,点看了亭阁,回府。自此后,三五日一次赏玩,也不交友,也不他游。

一日,见那老树枝头,桃熟大半,他心里要吃个尝新。奈何本园土地、力士并齐天府仙吏紧随不便。忽设一计道:"汝等且出门外伺候,让我在这亭上少憩片时。"那众仙果退。只见那猴王脱了冠服,爬上大树,拣那熟透的大桃,摘了许多,就在树枝上自在受用。吃了一饱,却才跳下树来,簪冠着服,唤众等仪从回府。迟三二日,又去设法偷桃,尽他享用。

一朝,王母娘娘设宴,大开宝阁,瑶池中做"蟠桃胜会",即着那红衣仙女、青衣仙女、素衣仙女、皂衣仙女、紫衣仙女、黄衣仙女、绿衣仙女,各顶花篮,去蟠桃园摘桃建会。

……

那仙女先在前树摘了二篮,又在中树摘了三篮;到后树上摘取,只见那树上花果稀疏,止有几个毛蒂青皮的。原来熟的都是猴王吃了。七仙女张望东西,只见向南枝上止有一个半红半白的桃子。青衣女用手扯下枝来,红衣女摘了,却将枝子望上一放。原来那大圣变化了,正睡在此枝,被他惊醒。大圣即现本相,耳朵里掣出金箍棒,幌一幌,碗来粗细,咄的一声道:"你是那方怪物,敢大胆偷摘我桃!"慌得那七仙女一齐跪下道:"大圣息怒。我等不是妖怪,乃王母娘娘差来的七衣仙女,摘取仙桃,大开宝阁,做'蟠桃胜会'。适至此间,先见了本园土地等神,寻大圣不见。我等恐迟了王母懿旨,是以等不得大圣,故先在次摘桃,万望赎罪。"大圣闻言,回嗔作喜道:"仙娥请起。王母开阁设宴,请的是谁?可请我么?"

……

仙女道："不曾听得说。"大圣道："我乃齐天大圣，就请我老孙做个席尊，有何不可？"仙女道："此是上会旧规，今会不知如何。"大圣道："此言也是，难怪汝等。你且立下，待老孙先去打听个消息，看可请老孙不请。"

好大圣，捻着诀，念声咒语，对众仙女道："住！住！住！"这原来是个定身法，把那七衣仙女，一个个睃睃睁睁，白着眼，都站在桃树之下。大圣纵朵祥云，跳出园内，竟奔瑶池路上而去。

……

那赤脚大仙觌面撞见大圣，大圣低头定计，赚哄真仙，他要暗去赴会，却问："老道何往？"大仙道："蒙王母见招，去赴蟠桃嘉会。"大圣道："老道不知。玉帝因老孙筋斗云疾，着老孙五路邀请列位，先至通明殿下演礼，后方去赴宴。"大仙是个光明正大之人，就以他的诳语作真，道："常年就在瑶池演礼谢恩，如何先去通明殿演礼，方去瑶池赴会？"无奈，只得拨转祥云，径往通明殿去了。

大圣驾着云，念声咒语，摇身一变，就变做赤脚大仙模样，前奔瑶池。不多时，直至宝阁，按住云头，轻轻移步，走入里面。只见那……铺设得齐齐整整，却还未有仙来，这大圣点看不尽，忽闻得一阵酒香扑鼻；忽转间，见右壁厢长廊之下，有几个造酒的仙官，盘糟的力士，领几个运水的道人，烧火的童子，在那里洗缸刷瓮，已造成了玉液琼浆，香醪佳酿。大圣止不住口角流涎，就要去吃，奈何那些人都在这里。他就弄个神通，把毫毛拔下几根，丢入口中嚼碎，喷将出去，念声咒语，叫："变！"即变做几个瞌睡虫，奔在众人脸上。你看那伙人，手软头低，闭眉合眼，丢了执事，都去盹睡。大圣却拿了些百味八珍，佳肴异品，走入长廊里面，就着缸，挨着瓮，放开量，痛饮一番。吃勾了多时，酕醄醉了。自揣自摸道："不好，不好！再过会，请的客来，却不怪我？一时拿住，怎生是好？不如早回府中睡去也。"

好大圣，摇摇摆摆，仗着酒，任情乱撞，一会把路差了；不是齐天府，却是兜率天宫。一见了，顿然醒悟道："兜率宫是三十三天之上，乃离恨天太上老君之处，如何错到此间？——也罢，也罢！一向要来望此老，不曾得来，今趁此残步，就望他一望也好。"即整衣撞进去。那里不见老君，四无人迹。原来那老君与燃灯古佛在三层高阁朱陵丹台上讲道，众仙童、仙将、仙官、仙吏，都侍立左右听讲。这大圣直至丹房里面，寻访不遇，但见丹灶之旁，炉中有火。炉左右安放着五个葫芦，葫芦里都是炼就的金丹。大圣喜道："此物乃仙家之至宝。老孙自了道以来，识破了内外相同之理，也要炼些金丹济人，不期到家无暇；今日有缘，却又撞着此物，趁老子不在，等我吃他几丸尝新。"他就把那葫芦都倾出来，就都吃了，如吃炒豆相似。

一时间丹满酒醒。又自己揣度道："不好！不好！这场祸，比天还大；若惊动玉帝，性命难存。走！走！走！不如下界为王去也！"他就跑出兜率宫，不行旧路。从西天门，使个隐身法逃去。即按云头，回至花果山界。

……

作品简析

本段节选了《西游记》第五回《乱蟠桃大圣偷丹 反天宫诸神捉怪》的片段。这一回写孙悟空到了天宫后不论尊卑,不守规矩,到处交朋结友。玉帝让其管理蟠桃园,他却监守自盗,将好桃偷吃殆尽,之后破坏蟠桃会,喝醉后误入兜率天宫,趁无人值守偷吃仙丹。事后知道犯了大错,逃回花果山。作者凭借想象,写出了蟠桃园这样一个种着奇异桃树的果园,果树分成三千年一熟、六千年一熟、九千年一熟,人吃了之后分别可以成仙了道、长生不老、日月同庚,让人不禁垂涎三尺,向往不已。通过这一节的描写,作者把孙悟空的形象塑造得饱满而生动。孙悟空的叛逆来自他强烈的平等观念,他破坏蟠桃会,是因为未曾受到邀请,没有和其他神仙一样平等地得到尊重,他一气之下自行前往,先吃为敬。虽然任性,但也合理。醉酒之后,误打误撞,偷吃仙丹,猴性大发,狡黠中带着一丝可爱,处事任性,率性而为,一如孩童。同时,他也因涉世未深,不知天高地厚,没有任何规矩约束,做事不计后果。偷吃蟠桃仙丹是多少神仙想都不敢想的事情,他却吃了个饱。他那率性而为的样子,又符合多少人心中那个"叛逆"的自己。

(二) 凌濛初《三言二拍》之《初刻拍案惊奇》节选赏析

第一回　转运汉遇巧洞庭红　波斯胡指破鼍龙壳(节选)

……

　　这主人是个波斯国里人,姓个古怪姓,是玛瑙的"玛"字,叫名玛宝哈,专一与海客兑换珍宝货物,不知有多少万数本钱。众人走海过的,都是熟主熟客,只有文若虚不曾认得。抬眼看时,原来波斯胡住得在中华久了,衣帽言动都与中华不大分别。只是剃眉剪须,深目高鼻,有些古怪。出来见了众人,行宾主礼坐定了。两杯茶罢,站起身来,请到一个大厅上。只见酒筵多完备了,且是摆得济楚。元来旧规,海船一到,主人家先折过这一番款待,然后发货讲价的。主人家手执着一副法浪菊花盘盏,拱一拱手道:"请列位货单一看,好定坐席。"

　　看官,你道这是何意?元来波斯胡以利为重,只看货单上有奇珍异宝值得上万者,就送在先席。余者看货轻重,挨次坐去,不论年纪,不论尊卑,一向做下的规矩。船上众人,货物贵的贱的,多的少的,你知我知,各自心照,差不多顿了酒杯,各自坐了。单单剩得文若虚一个,呆呆站在那里。主人道:"这位老客长不曾会面,想是新出海外的,置货不多了。"众人大家说道:"这是我们好朋友,到海外耍去的。身边有银子,却不曾肯置货。今日没奈何,只得屈他在末席坐了。"文若虚满面羞惭,坐了末位。主人坐在横头。饮酒中间,这一个说道我有猫儿眼多少,那一个说道我有祖母绿多少,你夸我逞。文若虚一发嘿嘿无言。自心里也微微有些懊悔道:"我前日该听他们劝,置些货物来的是。今枉有几百银子在囊中,说不得一句说话。"又自叹了口气道:"我原是一些本钱没有的,今已大幸,不可不知足。"自思自忖,无心发兴吃酒。众人却猜拳行令,吃得狼藉。主人是个积年,看出文若虚不快活的意思来,不好说破,虚劝了他几杯酒。众人都起身道:"酒勾了,天晚了,趁早上船去,明日发货罢。"别了主人去了。

主人撤了酒席，收拾睡了。明日起个清早，先走到海岸船边，来拜这伙客人。主人登舟，一眼瞅去，那舱里狼狼犺犺这件东西，早先看见了，吃了一惊道："这是哪一位客人的宝货？昨日席上并不曾见说起，莫不是不要卖的？"众人都笑指道："此敝友文兄的宝货。"中有一人衬道："又是滞货。"主人看了文若虚一看，满面挣得通红，带了怒色，埋怨众人道："我与诸公相处多年，如何恁地作弄我？教我得罪于新客，把一个末座屈了他，是何道理？"一把扯住文若虚，对众客道："且慢发货，容我上岸，谢过罪着。"众人不知其故。有几个与文若虚相知些的，又有几个喜事的，觉得有些古怪，共十余人，赶了上来，重到店中，看是如何。只见主人拉了文若虚，把交椅整一整，不管众人好歹，纳他头一位坐下了。道："适间得罪！得罪！且请坐一坐。"文若虚心中镗锵，忖道："不信此物是宝贝，这等造化不成？"

主人走了进去，须臾出来，又拱众人到先前吃酒去处，又早摆下几桌酒，为首一桌比先更齐整。把盏向文若虚一揖，就对众人道："此公正该坐头一席。你每枉自一船的货，也还赶他不来。先前失敬！失敬！"众人看见，又好笑，又好怪，半信不信的，一带儿坐了。酒过三杯，主人就开口道："敢问客长，适间此宝可肯卖否？"文若虚是个乖人，趁口答应道："只要有好价钱，为甚不卖？"那主人听得肯卖，不觉喜从天降，笑逐颜开，起身道："果然肯卖，但凭分付价钱，不敢吝惜。"文若虚其实不知值多少，讨少了，怕不在行；讨多了，怕吃笑。忖了一忖，面红耳热，颠倒讨不出价钱来。张大便与文若虚丢个眼色，将手放在椅子背后，竖着三个指头，再把第二个指空中一撇，道："索性讨他这些。"文若虚摇头，竖一指道："这些我还讨不出口在这里。"却被主人看见道："果是多少价钱？"张大捣一个鬼道："依文先生手势，敢像要一万哩。"主人呵呵大笑道："这是不要卖，哄我而已。此等宝物，岂止此价钱！"众人见说，大家目瞪口呆，都立起了身来，扯文若虚去商议。道："造化！造化！想是值得多哩。我们实实不知如何定价，文先生不如开个大口，凭他还罢。"文若虚终是碍口识羞，待说又止。众人道："不要不老气。"主人又催道："实说说何妨。"文若虚只得讨了五万两。主人还摇头道："罪过，罪过。没有此话。"扯着张大私问他道："老客长们海外往来，不是一番了。人都叫你'张识货'，岂有不知此物就里的？必是无心卖他，奚落小肆罢了。"张大道："实不瞒你说，这个是我的好朋友，同了海外顽耍的，故此不曾置货。适间此物，乃是避风海岛，偶然得来，不是出价置办的，故此不识得价钱。若果有这五万与他，够他富贵一生，他也心满意足了。"主人道："如此说，要你做个大大保人，当有重谢，万万不可翻悔！"遂叫店小二拿出文房四宝来。主人家将一张供单绵料纸折了一折，拿笔递与张大道："有烦老客长做主，写个合同文书，好成交易。"张大指着同来一人道："此位客人褚中颖写得好。"把纸笔让与他。褚客磨得墨浓，展好纸，提起笔来写道：

立合同议单张乘运等，今有苏州客人文实，海外带来大龟壳一个，投至波斯玛宝哈店，愿出银五万两买成，议定立契之后，一家交货，一家交银，各无翻悔。有翻悔者，罚契上加一。合同为照。

一样两纸，后边写了年月日，下写张乘运为头，一连把在坐客人十来个写去，褚中颖因自己执笔，写了落末。年月前边空行中间，将两纸凑着，写了骑缝一行，两边各半,乃是"合同议约"四字。下写"客人文实,主人玛宝哈",各押了花押。单上有名,从后头写起,写到张乘运,道:"我们押字钱重些,这买卖才弄得成。"主人笑道:"不敢轻!不敢轻!"写毕,主人进内,先将银一箱抬出来道:"我先交明白了用钱,还有说话。"众人攒将拢来。主人开箱,却是五十两一包,共总二十包,整整一千两。双手交与张乘运道:"凭老客长收明,分与众位罢。"众人初然吃酒写合同,大家撑哄鸟乱,心下还有些不信的意思,如今见他拿出精晃晃白银来做用钱,方知是实。

……

作品简析

本段节选了《初刻拍案惊奇》第一回《转运汉遇巧洞庭红 波斯胡指破鼍龙壳》的片段,讲述了一个商人海外经商、一夜暴富的故事。故事的神奇之处在于,原本被众人嘲笑的无用之物,居然价值连城,令人称奇。文若虚捡到一个巨型的乌龟壳,被众人耻笑,他自己也不过是觉得这龟壳有趣,没想到却被"波斯胡"一眼看中,花巨资买下,众人无不惊叹。这让人们对商品的价值产生了重新的认知,无用之物也不是毫无价值,商品的流通让其焕发异彩,价值飙升。虽然本文没有告诉我们到底这个龟壳的值钱之处在哪里,但被喜欢就是有价值,这一点倒是肯定的。一如现在奢侈品价格昂贵,其使用价值并不突出,却受到人们的追捧,热销全球。作者还详细地描写了当时海外贸易的盛况和商业规矩,"波斯胡"宴请众海商,排座位时,"只看货单上有奇珍异宝值得上万者,就送在先席,余者看货轻重,挨次坐去,不论年纪,不论尊卑"。文若虚因为没置办货物,只得"坐了末位"。后来"波斯胡"发现了他带来的价值连城的鼍龙壳,又把文若虚尊为头一席。这点符合商业规矩,不论贵贱,只看货物是否值钱,这种价值观全然不顾当时封建社会的等级制度和长幼尊卑,是商业领域的进步。同时,本文还描写了商业交易签合同的过程,对我们了解明代商业行为有一定的参考价值。主人公文若虚谦卑小心,没有经验,但也没有被商场老手"波斯胡"欺骗,其朋友张大、褚中颖等为他这桩生意也献计献策,并起草文书,助其成功。这一改当时民众对商人唯利是图、尖酸刻薄的印象,让商人的形象发生了极大转变,肯定了商人靠自己的聪明才智和吃苦耐劳发家致富的合理性。

1. 中国旅游小说可以分成哪几类?
2. 简述中国旅游小说的基本特点。
3. 请说出中国旅游章回体小说的特点。
4. 说出你知道的西游景点,并结合小说讲述其中的故事。

第五章 旅游楹联

本章导读 本章首先界定了旅游楹联的概念,简述了旅游楹联的发展史,根据字数和创作对象对其进行了分类,并依次分析了旅游楹联的特点和功能作用,选取了中国各省旅游景点中的代表楹联作品进行鉴赏。

学习目标 了解旅游楹联的概念,区分不同类型的旅游楹联,掌握鉴赏旅游楹联的方法和技巧。

第一节 旅游楹联概述

一、旅游楹联的含义

楹联,又叫对联,是写在纸、布上或刻在竹子、木头上的对偶语句。最初,楹联主要贴在家门口,内容多为吉祥话和祝福语,每到过年时更换。之后,这种文化习俗不断发展,不仅家门口,寺庙门口、商铺门口、亭台楼阁门口都开始张贴或雕刻楹联。

旅游楹联是楹联中的一个分支,是在旅游景区或旅游活动相关的建筑上的对联。旅游楹联是一种装饰,是该旅游目的地文化气息的体现,也是该地风光和人文的总结及宣传。旅游楹联不仅具有极强的文学意蕴,还结合音韵、书法等其他艺术,成为景区文化的"点睛之笔"。很多景点为了提升文学品位,也会盛情邀请一些名家为他们创作旅游楹联,以达到宣传效果。人们来到一个旅游景点门前,会自然而然停下来,读一读门口的楹联,体味一番,再进门参观。如果到一个亭台楼阁的面前发现没有楹联,可能会觉得此处缺少灵气,正所谓"风景无联皆减色",可见古人是多么热爱楹联艺术。所以,旅游楹联是中国旅游中特有的一种文化。

二、旅游楹联的发展历史

楹联起源于2000多年前战国时期的桃符。那个时候,人们对一些自然随机事件无法解释,认为是鬼怪所为,为祈求平安,开始把桃枝插在家门口,后来演变为制作桃符来驱避鬼怪,以保家宅平安。开始的桃符并没有文字,直到五代后蜀皇帝孟昶在过春节时在桃木片上写上"新年纳余庆,佳节号长春"十个字,这是最早的对联。因为这种楹联是在春节创作的,所以从此有了一个专有名字"春联"。王安石在《元日》中写道:"爆竹声中一岁除,春风送暖入屠苏。千门万户曈曈日,总把新桃换旧符。"就是春联盛行的写照。

春联因对偶工整、语言凝练受到了人们的喜爱,并推而广之,不断地运用到家庭之外的场合。与春联驱邪求福的功利目的不同,旅游楹联的创作更具有艺术性,相对而言内容也更丰富,应用范围也更广。最早的旅游楹联,是五代吴越时期契盈和尚所撰。张伯驹的《素月楼联语》写道:"吴越时,龙华寺僧契盈,一日侍忠懿王游碧波亭,时潮水初满,舟楫辐辏。王曰:'吴越去京师三千里,谁知一水之利如此!'契盈因题亭柱云:'三千里外一条水,十二时中两度潮。'"这副楹联化用吴越王钱俶之句,对仗工整,开旅游楹联之先河。

唐代,格律诗兴盛,山水题材的诗歌也越来越受重视。山水诗的发展让旅游文学中的景物描写更加精巧,如杜甫的《绝句(其三)》中的"两个黄鹂鸣翠柳,一行白鹭上青天",王维的《过香积寺》中的"泉声咽危石,日色冷青松",等等。这些诗对仗工整,写景雅致,这样的句子经常被独立摘出作为名句不断吟诵。这对后世旅游楹联的创作影响很大。宋代以后,很多文人参与到了楹联的创作中,如苏轼题的黄鹤楼联:

爽气西来,云雾扫开天地撼
大江东去,波涛洗尽古今愁

明清时期,旅游楹联达到鼎盛。明代的解缙、杨慎、徐渭、董其昌,清代的纪晓岚、孙髯翁、钟云舫,都是旅游楹联的创作高手。甚至,清乾隆皇帝也乐此不疲,到处巡游题写"御联"。其中,清代孙髯翁的《大观楼长联》尤为精妙:

五百里滇池,奔来眼底。披襟岸帻,喜茫茫空阔无边! 看:东骧神骏,西翥灵仪,北走蜿蜒,南翔缟素。高人韵士,何妨选胜登临。趁蟹屿螺洲,梳裹就风鬟雾鬓。更苹天苇地,点缀些翠羽丹霞。莫辜负:四周香稻,万顷晴沙,九夏芙蓉,三春杨柳。

数千年往事,注到心头。把酒凌虚,叹滚滚英雄谁在? 想:汉习楼船,唐标铁柱,宋挥玉斧,元跨革囊。伟烈丰功,费尽移山心力。尽珠帘画栋,卷不及暮雨朝云。便断碣残碑,都付与苍烟落照。只赢得:几杵疏钟,半江渔火,两行秋雁,一枕清霜。

其结构特点是反复运用四言句式,情景交融,一气呵成。该楹联艺术表现绝佳,内容夹叙夹议,被誉为"海内第一联"或"长联第一佳作者"。

三、旅游楹联的基本分类

(一)根据字数的分类

楹联的创作没有字数限制,只要符合场景,可长可短,短的一般为四个字,最长的是钟云舫创作的"天下第一长联"——《拟题江津县临江城楼联》,共用了1612字。

1. 短联(10字以内)

短联因为字数太少,在建筑物门外悬挂,对称书写显得气势不足,加上字数太少表现力受到限制。所以,短联的数量不多,但也有些精品流传,如湖南长沙《城南书院题联》:

岳峻

湘清

此联简短四个字,把岳麓山和湘江的特色及相对相守写了出来,意趣盎然。

2. 中联(12至100字)

大部分的对联都属于中联,上下联各一或两句话,句意相对,妙趣横生。如故宫御花园绛雪轩内室楹联:

花初经雨红犹浅

树欲成荫绿渐稠

此联为乾隆皇帝亲题,对仗工整,"花"对"树","红"对"绿",景物描写优美、明晰。

3. 长联:(100字以上)

因字数过多,阅读不便,书写悬挂有一定困难,长联也相对少些。但也有不少作品流传至今,成为传世佳作,如钟云舫的《拟题江津县临江城楼联》。

上联:

地当扼泸渝、控涪合之冲,接滇黔、通藏卫之隘,四顾葱葱郁郁,俱转入画江城。看南倚艾村,北裹莲盖,西撑鹤岭,东敝牛栏,焖纵横草木烟云,尽供给骚坛品料。欹斜栋桷,经枝梧魏、晋、唐,仰睇骇穹墟,躔鬼宿间,矮堞颓埋,均仗着妖群祟夥。只金瓯巩固,须防劫火憯腾;范冶炉锤,偏妄逞盲捶瞎打。功名厄运数也,运数厄运名也,对兹浑浑茫茫,无岸无边,究沦溺衣冠几许?登斯楼也,羽者、齿者、赢者、介者、胆臆鸣者、傍侧行者、怂翅抶抢、喜咶攫扣者,迎潮竭竭趋去,拂潮竭竭趋来,厘然佥集,而乌兔撼胸,掷目空空,拍浪汹汹,拿橹嗻嗻,挝鼓冬冬,慑以霹雳,骤以丰隆。溯岷蟠蜿蜒根源,庶畅泻波澜壮阔胸怀耳。试想想还榛朴灵,俄焉狂荡干戈;吴楚睢肟,俄焉汪洋觳觫;侏离腾跼,俄焉渺漾球图。谓玄黄伎俩蹀跇,怎恒怯挚挚弩眼。环佩铿锵之日,盈廷济济伊周,忽喇喇掀转鸿沟,溪谷淋漓膏液。蚩氓则咆哮虓虎,公卿则谨视幺豚,熊黑鹅鹳韬钤,件件恃苍义定策。追梃枪扫净,奎壁辉煌,复纱帽下瘫胭睡虫,太仓里营狡猾鼠,毛锥子乏肉食相,岂堪甘脆肥浓？恁踹踏凤凰台,踩蹦鹦鹉洲,距踊麒麟阁,靴尖略踢,惨鸡肋虎奉尊拳,喑呜叱咤之音,焰闪胭脂舌矣。已矣！余祈蜕变巴蛇矣！斑斑俊物,孰抗逆訷谈凶麟？设怒煸支祁,例纠率魑魅魍魉;苟缺锯牙钩爪,虽宣尼亦慑桓魋,这世界非初世界矣。爰悄悄上排闾阎,沥诉牢愁,既叨和气氤氲,曰父曰母,巽股艮趾,举欽承易简知能。胡觊轴折枢摧,又娭儿孙显赫,未容咳笑,先迫号啕,恪循板板规模,诸任雷霆粗莽。稽首,稽首,稽首,吁侬恩派归甲族;侣伴虾蟵,泡呴昙噱,尚诩蜉蝣光采;闷缘香藻,喧嗹闹铁板铜琶,快聆梅花,潇洒吙琼箫玉笛;疏疏暮苇,瀼寰隔白露蒹葭。嗟嗟！校序党庠,直拘辱土林姜里;透参妙旨,处处睹鱼跃鸢飞。嗜欲阵,迷不着痴女呆男,撞破天关,遮莫使忧患撩人,人撩忧患。懵懂自吉,伶俐自凶,脂粉可乱糊涂,乔装着丑末须髯;彼愈肮脏,俺愈邋遢。讪骂大家讪骂,某本吟僧一个,无端堕向泥犁。恰寻此高配摘星,丽逾结绮,咬些霜,咽些雪,俾志趣晶莹,附身楫帆樯,晃朗虑周八极。听,听,听,村晴莺哢,汀晚鸥哗,那是咱活活泼泼、悠悠扬扬的性。久坐,久坐,计浊骸允该抛弃,等候半池涨落,拣津汁秘诀揉挼,挼至乳洽胶溶,缩成寸短灵苗,妪煦麑卵,倏幻改钳发珠眸,远从三百六度中,握斧施斤,与渠镌囤囵没窍混沌。

下联：

蒙有倾淮渍、溢沪渎之泪,堆衡鲷、压泰岱之愁,满腔怪怪奇奇,悉属我心涕泗。念蚕兔启土,刘孟膺符,轼辙挥毫,马扬弄墨,泄涓滴文章勋绩,遂销残益部精华。逼狭河山,怎孕育皋、夔、契、稷？俯吟欷剑栈,除拾遗外,郊寒岛瘦,总凄煞峡岛巫猿。故卧龙驰驱,终让进蛙福泽;阴阳罗网,惯欺凌渴鲋饥鹏。英雄造时势耶？时势造英雄也？为问滔滔汩汩,匪朝匪夕,要漂零萍梗何乡？涉臣川耶,恍兮、惚兮、凛兮、冽兮、窅瀛洞兮、突旋涡兮、迤逦欧亚、辽夐奥斐兮,帝国务垒民愚,阿国务诱民智,奋欲乘桴,而羿羿掣桴,履冰业业,褰裳惕惕,触礁虓虓,擎舵默默,动其进机,静其止屈。藐渐泒潢污行潦,谁拔尔抑塞礌砢才猷乎？叹区区锤凿崔嵬,夸甚五丁手段？组织仁义,夸甚费蒋丝纶？抽玩爻占,夸甚谯程卜筮？在冈底峥嵘脉络,应多少豪杰诞身。沱潜澎湃之余,依旧荒荒巢燧,硬苦苦追踪盘古,弹丸摭拓封疆。累赘了将军断头,凄怆了苌弘葬碧,礼乐兵农治谱,纷纷把尧舜效尤。及滟滪轰平,黎邛顺轨,第薛蕊代芙蓉增色,杜鹃伏丛棘呼冤,峨眉秀鲜桢干材,勉取寘毡橦布。反猢狲美面具,豺狼巧指臂,狮狻盛威仪,口沫微飞,统犍叙骨惊灭顶,锦纨缂綨之服,宁称穷揩体哉？伤哉！予安获贡蜀产哉？嶪嶪巉岩,类钟毓嶙岣傲骨。即肖形凹凸,早娬恼邑贵朝官;假饶赤仄紫标,虽盗跖犹贤柳惠,庶贫贱弗终贫贱哉？冀缓缓私赴泉官,缴还躯壳,诳说神州缥缈,宜佛宜仙,虹彩霓辉,都较胜幽冥黑暗。讵识铅腥锡臊,遍令震旦裯裱,甫卸翳胞,遽烦汤饼,愧悔昏昏曩昔,泣求包老轮回。菩提,菩提,菩提,愿今番褪脱皮囊;胚胎蝼蚁,堂砌殿穴,永教宗社绵延;虮脑虱肝,垂拱萃蟪螟肦龛;蚊毛蜗角,挤眉拥蛮触舻舡;小小旃檀,妻妾恣红尘梦寐。噫噫！牂牁僰道,乃稽留逐客夜郎;种杂僮僚,喷喷厌鸦啼鹋叫。丘索坟,埋不尽酸岢醋骼,猜完哑谜,毕竟是聪明误我,我误聪明。宇宙忒宽,瞳眶忒窄,精魂已所修炼,特辜负爹娘鞠抚,受他血肉,偿他髑髅。浮沉乐与浮沉,孽由酷滥九经,始畀投生徽裔。且趁兹沙澄洗髓,渚濈湔肠,唶点月,哦点风,倩酒杯斟酌,就诗歌词赋,权谋站住千秋。瞧、瞧、瞧,蓼瘩砧敲,荷瘅桨荡,却似仆凄凄恻恻、漂漂泊泊的情。勿慌!勿慌!料蓝蔚隐蓄慈悲,聊凭双阙梯崇,望银涛放声痛哭,哭到海枯石烂,激出丈长鼻腻,捣付龟鳌,嘱稳护方壶圆峤,近约十二万年后,跟踪蹑迹,眠侬斫玲珑别式乾坤。

钟云舫能诗善文,尤其擅长撰写对联,著有《振振堂集》,收录了自创的1800余副对联,有"联圣"之称。这篇《拟题江津县临江城楼联》受到广泛关注。首先是其长度,后世之人看之,不禁要问"为什么要写这么长?"除了钟云舫才能卓越,有极高的驾驭文字的能力外,还与他的人生经历有关。清光绪二十九年(1903年)他被江津县令构陷,囚于成都。1904年春,为了增强生活信心,打发狱中枯燥生活,他在狱中创作了此联。此联结合写景、抒情、议论,反复叹息,浑然天成,被誉为"天下第一长联"。

（二）按创作对象分类

1. 建筑楹联

旅游景区内的亭台楼阁、寺庙道馆、故居墓地等都是参观的景点,在这些景点的建筑门口大多都题有楹联,内容主要为描绘建筑、怀古叹今、状景抒怀、感悟人生等。

1）居所

如光绪皇帝居住在颐和园玉澜堂时,为玉澜堂题写的楹联：

　　绿槐楼阁山蝉响
　　青草池塘彩燕飞

2）墓地

如徐光启墓前的楹联(作者佚名)：

　　治历明农,百世师经天纬地
　　出将入相,一个臣奋武撰文

3）文庙

如如曲阜孔庙大成殿联(作者佚名)：

　　夫子贤于尧舜远
　　至诚可与天地参

4）寺庙

如重庆市华岩寺联(作者佚名)：

　　半岩花雨
　　一院松风

5）桥梁

如元代刘百熙题的赵州桥联：

> 水从碧玉环中出
> 人在苍龙背上行

6）关隘

如山海关楹联（作者佚名）：

> 两京锁钥无双地
> 万里长城第一关

7）遗迹

如明代罗洪先在泰山"孔子登临处"坊柱联：

> 素王独步传千古
> 圣主遥临庆万年

2. 景色楹联

1）山景

一般为山上有观赏建筑的亭台上题写的楹联，而在过于偏远的山林，毫无人迹和建筑，一般没有楹联。如清代李敦愚撰写的介休绵山联：

> 天开巨石抱古佛
> 地辟灵岩来远人

2）水景

一般为游人容易亲近的水域，或人工修造的池苑边的建筑上题写的楹联，而过于偏远、无任何建筑的水景基本没有楹联。如清代石韫玉撰写的趵突泉联：

> 画阁镜中看，幻作神仙福地
> 飞泉云外听，写成山水清音

四、旅游楹联的主要特点

（一）字数相等

旅游楹联与其他楹联一样，是一种"二元结构"文体，最大的特点是分开的上下联两句。楹联是典型的以"一分为二"的思维方式创作的文体，从两个方面、两个角度观察和描述事物，并且努力把内容和形式都规范到二元对称的结构之中。所以，不论长短，旅游楹联首先在形式上字数要相同。

（二）平仄相对

旅游楹联为了朗读起来和谐悦耳，讲究平仄相对。现代汉语里的声调，阴平和阳平为"平"，上声和去声为"仄"。楹联中，不能连续几个字都是"平"或"仄"，否则读起来非常拗口。一般两个字转换一次平仄。同时，由于楹联上下相对，上联与下联同样位置上的字的平仄是不一样的。对联的上联以仄声结尾，下联以平声结尾。这样虽然增加了创作的难度，但是楹联读起来更具韵律感和节奏感。例如，广州越秀山镇海楼联：

急水与天争入海

（平仄仄平平仄仄）

乱云随日共沉山

（仄平平仄仄平平）

（三）句式相同

旅游楹联除上下联字数相同外，句式结构也相同，即上下联相对的字词所形成的句式结构要一致，如主谓、动宾、偏正、动补等语法形式也要一一对应上。如嵩山绝顶联：

翠色千重包紫塞

（主谓）（动宾）

苍岩一线望青天

（主谓）（动宾）

此联的节奏是2-2-3，两句对仗，句式前主谓，后动宾。

（四）词性对应

旅游楹联与其他楹联一样，还讲究上下联对应位置的词性要一致，即上联该位置如果是名词、动词、形容词、数词、副词，下联也应如此。如雁门关的楹联：

三边冲要无双地

九塞尊崇第一关

数词"三"和"九"，动词"冲"和"尊"，形容词"无双"和"第一"，名词"地"和"关"，都是一一对应的。

（五）内容相照

旅游楹联的内容包括旅游景区景色、景区建筑、历史故事以及观景之后的人生感悟、哲理哲思等。上下联在构思、立意、布局、谋篇上都要内容相照，才能称为佳作。同时，旅游楹联的表现力较强，在内容上可以用诗、词、赋、曲、散文等文体来表现景物，甚至在一些长联里可以结合以上全部或几种文体在同一副楹联里，兼收并蓄，熔铸创新。如清代蔡锦泉的《吕仙祠联》就以词的形式进行创作：

因果证殊难，看残棋局光阴，试问转瞬重来，几见种桃道士

黄粱炊渐熟，阅遍枕头世界，乐得饱餐一顿，做成食饭神仙

五、旅游楹联的功能作用

（一）点睛

楹联是介于通俗与高雅之间的文学形式，既得到高人雅士的青睐，也受到广大群

众的喜欢。曹雪芹在《红楼梦》第十七回中曾借贾政之口说道:"偌大景致,若干亭榭,无字标题,也觉寥落无趣,任有花树山水,也断不能生色。"徐光烈也在《巴蜀名胜楹联大全》的序中写道"名胜楹联,虽造化所钟,亦人文所馨。……名胜楹联既得之天,亦得之地,更得之人,得华夏神州之物华天宝,得炎黄子孙之地灵人杰,凡我国人宁不珍之、爱之欤?"所以,楹联能使风景增色、山河增辉。

(二)导游

楹联的创作不仅符合音韵的要求,还要进行整体构思,围绕风景、建筑及历史故事来创作。这样的楹联内容要包罗美景特色,突出人文价值,情感真挚,引人深思。来到景点,人们往往驻足先看楹联,体悟楹联中的意思,然后进行参观;从景点出来时,再看楹联,回味景色,能加深旅游体验,提高旅游美感。这样楹联很自然地就具有了导游的功能。楹联虽然贴在门口,但却起到了带领游客参观的作用。好的楹联可以让游客反复细品,参观的时候思考、寻找、体味楹联所写的美景、美情、美感。

(三)增知

旅游楹联大都字数不多,寥寥数语,就把历史、人物、景致、典故、传说全部囊括,与风景、古迹互为印证,形成珠联璧合之美。一副好的楹联,内容丰富、音韵和谐、境界高超,有助于提高文学修养和开阔艺术视野。这是一种寓教于乐的文学形式,让人沉浸在美中,学习了知识,陶冶了情操。

(四)宣传

好的旅游楹联不仅用于装饰旅游景点,还被作为文学佳作被人记录、学习和吟诵。这种短小精炼的文字朗朗上口,便于传播。所以,一副好的楹联能起到很好的宣传效果,能引发人们的无限遐想。另外,旅游景区通过楹联的传播,能潜移默化地深入人心,渐渐成为名胜。因此,很多景区邀请文人墨客为景点撰写楹联,并由书法大家书写,以提高楹联的艺术性,让楹联为景区代言。

第二节　中国各地的旅游楹联作品鉴赏

经过历代文人墨客不断地创作,楹联已遍布全国各地。顾平旦、常江、曾保泉在《中国名胜楹联丛书》的前言中说:"名胜楹联,作为楹联的一大分支,也自然成为楹联宝库中的珍品。其数量之多,当以万数计;分布之广,遍及城乡;文思之妙,如画龙点睛,神采飞动;制作之巧,又融书法、雕刻、建筑艺术于一体,瑰丽典雅。"可以说,旅游楹联是楹联家族中文学性最高、知识面最广的一个分支。在此,无法将全国各地的旅游楹联一一罗列,仅将全国各省具有代表性的旅游楹联列出,供读者鉴赏。

一、北京

（一）故宫太和殿联

龙德[1]正中天，四海雍熙[2]符广运
凤城[3]回北斗，万邦和协颂平章
——清·乾隆

字词注释

[1] 龙德：皇帝的盛德。

[2] 雍熙：和乐的样子。汉代张衡《东京赋》："百姓同于饶衍，上下共其雍熙。"

[3] 凤城：京都。相传秦穆公之女弄玉，吹箫引凤，凤凰降于京城，故曰丹凤城。后京都皆称为凤城。

景点说明

太和殿为故宫三大殿之一，俗称金銮殿。太和殿面阔十一间，进深五间，长64米，宽37米，建筑面积2377.00平方米，是中国现存规制最高的古代宫殿建筑。该殿于明永乐十八年（1420年）建成，当时称奉天殿。明嘉靖四十一年（1562年），改称皇极殿。清顺治二年（1645年），改为今名。太和殿处于故宫的中轴线上，是明清两代的重要政治场所，很多重大典礼和仪式都在此举行。该殿屡遭焚毁，又多次重建。

作品简析

此联位于故宫太和殿门口，为乾隆皇帝亲拟。全联24个字，上下联各分两句。该楹联的上下联首字为"龙"与"凤"，尽显皇家气派；"中天"对"北斗"，显示出中央集权的核心地位；"四海"对"万邦"，描绘国家版图辽阔；"符广运"对"颂平章"，歌颂太平盛世。此联恢宏大气，与整个太和殿的巨大规模和华丽装饰相得益彰。

（二）颐和园月波楼联

一径竹阴云满地
半帘花影月笼纱[1]
——佚名

字词注释

[1] 月笼纱：化用唐代杜牧《泊秦淮》诗中"烟笼寒水月笼纱"的名句。

景点说明

月波楼位于颐和园昆明湖东南部的南湖岛上，昆明湖的湖水面约占了全园面积的四分之三。湖区建筑主要集中在三个岛上,月波楼就是其中之一。从月波楼望去,整个昆明湖湖光潋滟,绿树倒影,令人赏心悦目。春秋两季因水汽蒸腾,还会呈现出云雾缭绕之景。

作品简析

此联题挂在楼上,为写景联,具体写的是从月波楼望去昆明湖的景色。"一径"对"半帘","竹阴"对"花影","云满地"对"月笼纱",并化用了杜牧"烟笼寒水月笼沙"之句,整体意境淡雅清幽,文辞清丽。

(三)香山曹雪芹故居联

> 远富近贫,以礼相交天下少
> 疏亲慢友,因财而散世间多
> ——清·鄂比

景点说明

曹雪芹故居位于北京海淀区香山路佛寺东北正白旗村39号北京植物园内。1971年4月,此联在老屋的西壁上被发现,为曹雪芹的挚友鄂比所题,发现时字迹清晰可辨。后在此屋内又发现有曹雪芹和鄂比题诗作画的书箱,部分红楼梦学者以此推断此处为曹雪芹故居。根据相关诗文,曹雪芹的晚年"著书西山黄叶村",于是将此建筑修复,并在此建筑周围辟地8公顷(1公顷约为10000平方米),为曹雪芹纪念馆。

作品简析

此联的创作对象是屋主人——曹雪芹。上下联各为两句,后句解释前句,字面意思简单,通俗易懂。"远富近贫"对"疏亲慢友",这似乎与世间情况不符,一般人都是近富远贫,亲亲交友。但看后半句就明白了,为何这么做呢?是因为"以礼相交天下少""因财而散世间多"。互相尊重的真挚情感实在太少了,无奈的冷淡背后是悲凉。此联是曹雪芹晚年生活困苦,受尽冷眼后的心境写照。

二、上海

(一)豫园鱼乐榭联

> 此即濠间[1],非我非鱼[2]皆乐境
> 恰来海上,在山在水[3]有遗音
> ——清·陶澍

字词注释

[1]濠间:即濠水之滨。濠水在安徽省凤阳县境内。

[2]非我非鱼：化用了"子非鱼，安知鱼之乐？"一句，该典故出自《庄子·秋水》。

[3]在山在水：化用了"高山流水"的典故，该典故出自《列子·汤问》。

景点说明

豫园原曾是明代的一座私家园林，已有四百余年历史，位于上海市黄浦区福佑路168号。明嘉靖年间，时任四川布政使潘允端兴建，取名豫园，有"愉悦老亲"之意（"豫"与"愉"同音）。豫园几经被毁，复又重建，现在的豫园是中华人民共和国成立之后重新修整的，现占地面积2万余平方米，是上海的游览胜地。

作品简析

此联重在写意，上下联各为两句，后句解释前句。楹联化用了"子非鱼，安知鱼之乐？""高山流水"两个典故，互相印照，又呼应了此建筑"鱼乐榭"之名，将此处的高情雅趣点化出来，让人细细品味，深深思量。

（二）玉佛寺联

勤学五明[1]，弘范三界[2]
庄严国土，利乐[3]有情[4]
——赵朴初

字词注释

[1]五明：古印度学者通习的五种基本科目，即内明（哲理）、因明（逻辑）、工巧明（工艺技术）、医方明（医术）、声明（文法），唐代传入中国后称为"五明大论"。

[2]弘范三界：三界，指欲界、色界、无色界。弘范，即大为世间之轨范。语出《大佛顶首楞严经》"弘范三界，应身无量"。

[3]利乐：有利于（众生）快乐。

[4]有情：众生，即生存者。

景点说明

玉佛寺，因寺内主要供奉玉佛而得名，位于上海市普陀区安远路170号，为上海十大旅游景点之一。虽地处繁华的市区，却又闹中取静，被誉为闹市中的一片净土。玉佛寺的创建者为首任住持慧根法师。佛寺整体风格为仿宋殿宇式建筑，共有堂舍200多间，布局严谨，占地面积约11.6亩，建筑面积8856平方米。

作品简析

此联是佛教场所对联，与写景无关，意在宣扬佛法，与玉佛寺这等宗教场所相配合。此联对仗工整，"弘范三界"对"利乐有情"，化用佛教知识，教化人心。

三、天津

（一）霍元甲故居联

瞻仰昂昂金刚汉，力巨出神，拳精入化，飞龙踞虎，尚武精神，浩气鹏鹏贯牛斗
讴歌堂堂勇大侠，胆坚铁石，志烈秋霜，爱国忧民，强我民族，大义凛凛满乾坤

——佚名

景点说明

霍元甲故居纪念馆位于天津市西青区精武镇，为天津市重点文物保护单位和天津市青少年爱国主义教育基地。故居东西长11.6米，南北长12米，总计占地139.2平方米，其中建筑面积46平方米，故居内陈列着霍元甲务农时使用过的农具，练武用的兵器、生活用品、家具、文房四宝以及霍元甲创办的精武会会旗等实物和资料。

作品简析

此联洋洋洒洒120字，气势如虹，大义凛然。霍元甲被害，民众伤怀震怒，纷纷前来凭吊。这是其中一副挽联，为霍元甲生前所在的怀庆会馆所送。因历史久远，作者已无可考。

（二）蓟县白塔联

金峰[1]平挂西天月
玉柱[2]直擎北塞云

——佚名

字词注释

[1] 金峰：指蓟县城西北盘山。
[2] 玉柱：比喻白塔。

景点说明

蓟县白塔，旧称渔阳郡塔，位于天津市蓟州区白塔寺街8号，独乐寺正南300米。辽清宁四年（1058年）修建，塔高30.6米，平面为八角形，基石用花岗条石和青砖垒砌，由斗拱、栏杆、莲花组成。上部筑仿木砖雕须弥座，其壶门内浮雕舞乐伎，刻工精细，栩栩如生，是研究辽代音乐舞蹈的重要例证。

作品简析

此联以格律诗的形式进行创作。"金峰"对"玉柱"，山与塔相谐；"西"对"北"，将方位感带入，描写景物更具体；"月"对"云"，天上的景物亦是相照呼应。此联营造出建筑与风景融为一体的意境，自然和谐，山、塔、月云相映成辉。

四、重庆

(一) 北温泉风景区听泉亭联

风生碧涧鱼龙跃

月照青山松柏香

——佚名

景点说明

北温泉风景区,位于重庆市北碚区,北濒嘉陵江,南倚缙云山。其前身为温泉寺,初建于南朝刘宋景平元年(423年),重建于明宣德七年(1432年)。院内有温泉,听泉亭在飞泉出口处,面对瀑布,泉声清脆。

作品简析

此楹联为集句联,上联直接用了唐代曹松《江西逢僧省文》中的"风生碧涧鱼龙跃,威振金楼燕雀飞"的上句,下联直接用了唐代诗人卢纶的《宿定陵寺(寺在陵内)》中的"云生紫殿幡花湿,月照青山松柏香"的下句。两句虽然出自不同的诗文,但结合在一起却非常合适、应景。这种方式称为"集句",也是楹联创作的一种方式,看上去非常省力,但也要有好的文学功底,才能够将两首诗里的句子结合在一起,并且非常和谐。

(二) 合川钓鱼城联

烟浪横江,钓鱼胜地惊游梦

晴云遏岭,护国名山系旅怀

——佚名

景点说明

合川钓鱼城,位于重庆市合川区嘉陵江南岸5千米处,占地2.5平方千米,为国家4A级旅游景区,国家级风景名胜区,国家重点文物保护单位。钓鱼城峭壁千寻,古城门、城墙雄伟坚固,嘉陵江、涪江、渠江三面环绕,俨然兵家雄关。从1243年到1279年,南宋合州军民在守将王坚、张珏的率领下,凭借钓鱼城天险,历经大小战斗200余次,共同创造了钓鱼城36年攻防战争这一古今中外战争史上罕见的奇迹,并以"蒙哥大汗战死钓鱼城下,蒙古汗国不得不从欧亚战场撤军"的史实而闻名世界。

作品简析

此联上下联各为两句,前句写景,后句写史抒情。字面紧扣历史,读之热血沸腾,仿佛带人回到金戈铁马、抗击外敌的时代。此联写景,"烟浪横江"对"晴云遏岭",写出了古代雄关的豪迈之感。以景带情,"惊游梦""系旅怀",亦是心潮澎湃、荡气回肠。

五、河北省

（一）鹿泉抱犊寨联

遥瞰白云曼舞，青峰招手，才知已处圣地
近瞧金乌[1]轻歌，玉兔[2]蹈足，方悟更居仙天

——张月中

字词注释

[1]金乌：太阳。相传太阳上有三足乌，故名。
[2]玉兔：月亮。相传嫦娥带白兔奔月，故名。

景点说明

抱犊寨位于石家庄市鹿泉区，是一处集历史人文和自然风光于一体的名山古寨，是国家4A级旅游景区。抱犊寨曾是汉淮阴侯韩信"背水一战"的古战场，亦是著名道人张三丰成道之福地，被誉为"天堂之幻觉，人间之福地，兵家之战场，世外之桃源"的天下奇寨。

作品简析

此联以散文的方式创作，以作者本人的旅游过程及感悟为创作对象，写出了此处风光的奇异独特，在此游览便有了出尘仙游之感。"遥瞰"对"近瞧"，动作相对；"白云"对"金乌""青峰"对"玉兔"，色彩相对；"圣地"对"仙天"，人文与自然相对。创作一气呵成，读之恍入世外桃源。

（二）邯郸晋冀鲁豫烈士陵园联

爆革命火花，生有光芒昭日月
作献身金鉴，死留正气壮河山

——董必武

景点说明

晋冀鲁豫烈士陵园位于河北省邯郸市邯山区陵园路，是中华人民共和国成立后第一座大型烈士陵园。1946年3月奠基，1950年10月落成。陵园占地320亩，分南北两院，是我国建筑最早、规模最大、老一辈无产阶级革命家的题词和碑文最多的烈士陵园，国务院批准为第一批全国重点烈士纪念建筑物保护单位。陵园内安葬有八路军副参谋长左权将军、中共北方局军委书记张兆丰、抗日民族英雄范筑先、一等杀敌英雄赵亨德等二百多名为国捐躯的战斗英雄。园内纪念建筑高大壮观、气势雄伟，园区环境恬静优雅，松柏苍翠、草坪葱郁、鲜花争妍竞秀。

作品简析

此联以革命烈士为对象进行描写,上下联共24个字,两句合为一联,一联中的前后句为递进关系,前面写的是行为,后面是评价。"生"对"死","昭日月"对"壮河山",写出了革命烈士的浩然正气及彪炳千秋的历史功绩。

六、山西省

(一)太原晋祠联

巍巍冠盖日纵横,景其美兮,景其淑兮,景其灵兮,晋阳焜耀[1]无双地
混混[2]原泉时潋滟,清且涟猗[3],清且直猗,清且沦猗,山右声名第一区[4]

——民国·刘大鹏

字词注释

[1]焜耀:明亮,光明照耀。
[2]混混:水奔流的样子。
[3]猗:语助词。
[4]第一区:明代浙江按察副使晋祠东庄高汝行作《晋祠诸神庙》中有"晋祠为晋阳第一名区"之句。

景点说明

晋祠,位于山西省太原市晋源区晋祠镇,国家4A级旅游景区。晋祠是晋国宗祠,为纪念晋国开国诸侯唐叔虞(后被追封为晋王)及母后邑姜后而建,是中国现存最早的皇家园林。1961年3月,晋祠被国务院公布为第一批全国重点文物保护单位。晋祠内的难老泉、侍女像、周柏被誉为"晋祠三绝"。

作品简析

此联悬挂于晋祠正门,以仿楚辞的语言进行创作,读之古味悠然。上下联都有三个排比句,"景其美兮,景其淑兮,景其灵兮"和"清立涟猗,清且直猗,清且沦猗",强调景色之美,气韵悠然。最后用"无双地"和"第一区"将其厚重的历史和美景结合起来进行赞美,看出作者的热爱之情。

(二)浑原悬空寺联

举手摩天,闲云如带缠腰际
抬头望岳,游子无心悟禅机

——董汝河

景点说明

悬空寺原名"玄空阁",位于山西省大同市浑源县恒山金龙峡西侧翠屏峰的峭壁间,整座寺院就像悬挂在悬崖之上,民间有"悬空寺,半天高,三根马尾空中吊"的俚语,以如临深渊的险峻而著称。悬空寺建成于北魏后期,是佛、道、儒三教合一的独特寺庙,曾入选《时代》世界十大不稳定建筑,是山西省重点文物保护单位,恒山十八景中"第一胜景"。

作品简析

此联以悬空寺的游览感受为核心,上下联共22个字,两句合为一联,前句皆为动作,后一句上联写景,下联写感受。上联写悬空寺悬于半空,人登临时如在空中,云在腰间。下联写登临时顿感惊险,忘记来寺庙参禅的初衷了,可见其险。

七、辽宁省

(一)沈阳故宫崇政殿联

念兹戎功[1],用肇造[2]我区夏[3]

慎乃俭德,式[4]勿替[5]有历年

——清·乾隆

字词注释

[1] 戎功:武功,战功。

[2] 肇造:创造。

[3] 区夏:诸夏之地,指中国。

[4] 式:规格,榜样。

[5] 勿替:不废弃。

景点说明

崇政殿在沈阳故宫内的中路前院正中,俗称"金銮殿",通称"正殿",是清太宗皇太极日常处理军政要务之所,是沈阳故宫等级最高、最重要的建筑。1636年,后金改国号为"大清"的大典就在此举行。乾隆、嘉庆、道光几位皇帝东巡盛京期间,都曾坐在这里接受群臣朝贺。整座大殿是全木结构,五间九檩硬山式,辟有隔扇门,前后出廊,围以石雕的栏杆。

作品简析

此联共20字,为乾隆皇帝所作,意在怀念先祖荣耀,勉励后世励精图治。上联以颂扬为主,下联以告诫为主。从此联可见乾隆皇帝继往开来的不懈追求和果敢刚毅之心。

（二）东沟大孤山联

曲水[1]带云归海去

乱花随雨落岩来[2]

——佚名

字词注释

[1]曲水：指孤山山麓西的大洋河。

[2]乱花随雨落岩来：孤山山顶圣水宫后峭壁间有三眼泉水涌出，古时视为"圣水"。

景点说明

大孤山位于辽宁省东港市孤山镇，孤峙于黄海之滨，风景优美，幽静古雅。大孤山上有百余间初建于唐朝的寺庙，千百年来人们来此寻找精神的慰藉和心灵的寄托，是东北现存的较完整的古建筑群之一。

作品简析

此联以七言古诗方式联句，历来作为写景佳句被世人称赞。此联写景，"水"对"花"，"云"对"雨"，"去"对"来"，将水的灵动性描摹得十分生动。浩浩荡荡的大洋河水流入海而去，飘落的花从山顶圣水宫后的峭壁间涌出归来。一去一来，妙趣横生。

八、吉林省

（一）吉林北山公园旷观亭联

登高望远，四面云山，千家烟树[1]

长啸临风，一川星月，万里江天

——王漱石

字词注释

[1]烟树：炊烟升起在树木之间。

景点说明

吉林北山公园位于吉林市城区，风景优美，内有九座山峰，如九龙嬉戏，被称为"九龙圣境"。清代时被称为"龙兴之地"，康熙、乾隆两位皇帝都曾东巡到此，皆登山览胜。景区内古庙成群，以民俗庙会而闻名，素有"千山寺庙甲东北，北山庙会盛千山"的美誉。北山风景区融佛、道、儒、俗等传统文化于一身，集庙、阁、楼、亭、台等人文景观于一体，旷观亭便是其中之一。旷观亭在西，与东峰揽月亭遥遥相对，登上此亭，整个吉林市尽收眼底。

作品简析

此联对仗工整,写出了"九龙圣境"的大气磅礴。全联24个字,四字为一个小节,以动宾结构开篇,"登高望远"对"长啸临风",豪迈之情跃然纸上。接着写景,"云山"对"星月","千家烟树"对"万里江天",一切景语皆情语,其豪迈之情亦是动人。

(二)长白山高山亭联

千峰拔地

万笏[1]朝天

——佚名

字词注释

[1]笏:笏板,古代大臣朝见皇帝时手中拿的摘记上奏内容的板状物。

景点说明

长白山景区位于吉林省安图县二道白河镇池北区,是国家5A级旅游景区。长白山有着茂密的森林、奇特的山峰、飞流的瀑布、巨大的高山、神秘的湖泊,其景色世所罕见、秀丽动人。同时,此处动植物资源丰富,种类繁多,是欧亚大陆北半部较具有代表性的典型自然综合体,是世界少有的"物种基因库"和"天然博物馆"。

作品简析

此联仅有8个字,却将长白山山峰林立、拔地而起、傲立于天地间的气势写了出来,整体读之,恢宏大气。细看之下,"千"对"万","拔"对"朝","地"对"天",数词、名词、动词皆对仗工整,是难得的佳作。

九、黑龙江省

(一)齐齐哈尔龙沙公园联

将军分虎竹[1]

战士卧龙沙[2]

——佚名集句

字词注释

[1]虎竹:兵符。
[2]龙沙:即白龙堆,古时候先指塞外沙漠地带,后代指边塞地带。

景点说明

齐齐哈尔龙沙公园坐落于齐齐哈尔市龙沙区公园路36号,占地面积64公顷,其中水域面积20公顷,是东北地区最大的综合性公园。龙沙公园始建于1904年,是黑龙江省修建的最早的公园,因修建时以城西仓库为基址,故称仓西公园,俗称西花园,1917年改称龙沙公园。

作品简析

整个对联对仗工整,出自唐代李白的《塞下曲六首(其五)》,作者觉得此句最能体现该公园的意境,就此引用。此联将齐齐哈尔这样一个边塞城市古时候的整体风貌写了出来。此联写的不是当下景,而是古时景。今人读之,对照景色,感慨万千。

（二）松花江赏雪亭联

近岭遥山铺鹤氅[1]
千条万树尽梨花[2]
——佚名

字词注释

[1]鹤氅:氅,古人称大衣为"大氅"。鹤氅,比喻大雪过后大地像穿了件雪白的柔软大衣。

[2]千条万树尽梨花:出自唐代著名诗人岑参的《白雪歌送武判官归京》"千树万树梨花开"一句。

景点说明

松花江是黑龙江右岸的最大支流,是中国七大河之一。古时多有更名,明朝宣德年间始称松花江。松花江流经吉林、黑龙江两省,流域面积55.72万平方千米,流经黑龙江、吉林、辽宁、内蒙古四省区。赏雪亭为江边一景。

作品简析

此联为写雪景之联,以诗歌的形式进行创作,下联化用了岑参的"千树万树梨花开"一句。此联分出上联写山上雪,下联写江上雪,"铺鹤氅""尽梨花"将东北的雪铺天盖地的气势写了出来,天地辽阔,大地一片白茫茫,人在其中只能感叹造化神奇。

十、山东省

（一）济南大明湖小沧浪亭联

四面荷花三面柳
一城山色半城湖
——清·刘凤诰撰　铁保书

景点说明

大明湖,山东省济南市区湖泊,济南市三大历史名胜之一,位于山东省济南市历下区旧城区北部,是由众多泉水汇流而成。小沧浪亭是清乾隆五十七年(1792年)阿林保重修铁公祠时,参照苏州沧浪亭在大明湖畔修建而成的。其名取自《楚辞·渔父》:"沧浪之水清兮,可以濯吾缨;沧浪之水浊兮,可以濯吾足。"

作品简析

此联以诗歌形式进行创作,对仗工整,尤其是数词的运用独具匠心。此联字面意思简单,用词精练,将大明湖小沧浪亭外的景色囊括于一联。小沧浪亭是一座三开间的水阁,南窗北槛,两面临水,跨水而居。远望夏季的大明湖,荷花映日而开,湖水碧绿澄清,美不胜收。

(二)辛弃疾祠联

铁板铜琶[1],继东坡高唱大江东去
美芹悲黍[2],冀南宋莫随鸿雁南飞
——郭沫若

字词注释

[1]铁板铜琶:南宋俞文豹《吹剑录》中载,东坡在玉堂日,有幕士善歌,因问:"我词何如柳七?"对曰:"柳郎中词,只合十七八女郎,执红牙板,歌'杨柳岸,晓风残月'。学士词,须关西大汉,铜琵琶,铁卓板,唱'大江东去'。"东坡为之绝倒。此处赞辛弃疾继承苏轼的豪放词风。

[2]美芹悲黍:"芹"指芹菜。后人以"献芹"称所献之物菲薄,以自谦。辛弃疾曾于1165年写下《美芹十论》,陈述抗金救国、收复失地、统一中国的大计。黍,即小米。

景点说明

在大明湖南岸遐园西侧的辛弃疾纪念祠又叫稼轩祠,是一古典式三进院落。稼轩祠于1961年由李公(李鸿章)祠改建而成,为古代官署型建筑。祠院坐北朝南,南北向三进院落,建在一条中轴线上,为纪念南宋爱国英雄、豪放派词人辛弃疾而建。

作品简析

此联是现当代楹联中的优秀之作,流传甚广。上下联相互呼应,写出了辛弃疾的一生——豪放词的继承者和爱国志士。上下联皆由两句构成,后句进一步阐述前句,使表意更加清晰具体。此联回顾了辛弃疾一生,怀古幽情,悲愤难平。

十一、江苏省

（一）莫愁湖胜棋楼联

> 山温水腻，风月常存，几人打桨清游，倩小伎新弦，翻一曲齐梁乐府
> 局冷棋枯，英雄安在？有客登楼凭眺，仰宗臣[1]遗像，压当年常沐[2]勋名
> ——清·薛时雨

字词注释

[1]宗臣:指徐达。
[2]常沐:明初名将常遇春和沐英。

景点说明

胜棋楼坐落在南京莫愁湖畔，始建于明洪武初年，重修于清同治十年(1871年)。楼为二层五开间建筑，刻工精美，正门中堂有棋桌。一次，朱元璋又叫徐达去下棋，并在事前一再告诉徐达:胜负决不怪罪你，你要尽量施展棋艺，以决一胜负。朱元璋步步紧逼，眼看胜局在望，心头一高兴，便脱口问徐达:"爱卿，这局以为如何?"徐达微笑着点头答道:"请万岁纵观全局!"朱元璋连忙起身细看棋局，原来徐达的棋子竟布成"万岁"二字。朱元璋为了嘉奖徐达的功绩和棋艺，当即将"对弈楼"和整个莫愁湖花园钦赐给徐达，并将"对弈楼"更名为"胜棋楼"。从此，徐氏后代掌管莫愁湖湖产直到近代。至今"胜棋楼"内还挂有徐达的肖像。

作品简析

此联以词的方式进行创作，上联写今景，下联忆往昔。上联旖旎香艳，下联英雄豪情。这样的对比不仅是字词对而已，而是整体意思相对。所以整体创作意境开阔，构思巧妙，怀古论今，感慨万千。

（二）苏州拙政园雪香云蔚亭

> 蝉噪林逾静
> 鸟鸣山更幽
> ——南朝·王籍

景点说明

拙政园，位于江苏省苏州市，始建于明正德年间，是江南古典园林的代表作品。雪香，指梅花。云蔚，指花木繁盛。雪香云蔚亭在野水环绕的小岛西北角土山上，野趣盎然。此亭适宜早春赏梅，亭旁植梅，暗香浮动，绿萼花白，素雅宜人。

作品简析

此联出自南朝诗人王籍《入若耶溪》，是王籍在访问若耶溪时写的，放在此处亦是绝佳。上下两联对比强烈，体现了一种"静中有动，动中有静"的矛盾，对比性强的景物产生更佳的审美效果。这种不直接写景，而是让人体味景的写法，巧妙且有新意。

十二、浙江省

（一）杭州西湖中山公园亭联

水水山山，处处明明秀秀
晴晴雨雨，时时好好奇奇
——黄文中

景点说明

杭州西湖中山公园位于杭州市西湖孤山，1927年为纪念孙中山先生而命名。公园建在清朝御花园原址上，建有中山纪念林和中山纪念亭。园内布局十分巧妙，将天然（孤山景色）和人工（亭台幽径）结合一体。孤山独特的景色早在唐宋就已闻名。

作品简析

此联为叠字联，对仗工整，两个字重复相连叠用，妙趣横生，体现了作者极高的文字驾驭能力。上下联结合，好山好水，晴雨不定，将杭州西湖的山明水秀和时晴时雨的缥缈感写出来了。

（二）杭州西湖虎跑联

愿借吾师[1]手中半叶蕉[2]，煽灭若辈[3]热中热
留得此地山上一勺水，渴解众生难上难
——清·彭教仁

字词注释

[1] 吾师：指宋代道济和尚（即济公）。
[2] 半叶蕉：济公手中的破芭蕉扇。
[3] 若辈：你们，你们这些人。

景点说明

虎跑泉位于浙江省杭州市西南大慈山白鹤峰下慧禅寺（俗称虎跑寺）侧院内，距市区约5千米。相传为东晋法安禅师开凿，群虎跑（刨）地出水，故名。虎跑泉水表面张力很大，如用杯子将水放满，再将钱币一个一个地放入杯中，泉水渐渐高出杯面3毫米也不会外溢，十分有趣。

作品简析

此联上下两联分前后两部分,都是动宾结构。此联以慈悲之心写之,极大地提高了虎跑泉的格调。见此联后,觉得虎跑泉不仅是清冽的泉水,而是一念慈悲,如"半叶蕉""一勺水",解若辈"热中热",度众生"难上难"。

十三、安徽省

(一)合肥包公祠联

> 照耀千秋,念当年铁面冰心建谠言[1],不希后福
> 闻风百世,至今日妇人孺子颂清官,只有先生
> ——清·陈斌

字词注释

[1] 谠言:正直的言论。谠,正直。

景点说明

包公祠全名"包公孝肃祠",位于合肥市包河区芜湖路72号,是包公园的主体古建筑群。明弘治元年(1488年),庐州知府宋鉴在此修建包公书院,后易名为包公祠。园内面积3公顷,墓园内迁安了包拯及其夫人、子孙的遗骨。

作品简析

此联是一副怀古联,内容是怀念包拯的功业,在两句的开头就点出了包拯的一生"照耀千秋""闻风百世"。"念当年"对"至今日",两句意义皆指向包拯的铁面无私和正直清廉。最后转折,历朝历代"只有先生",像包拯这样的清官太少了,更加表现出包拯的难能可贵。

(二)马鞍山太白楼联

> 江上清风楼上月
> 诗中才子酒中仙
> ——佚名

景点说明

太白楼原名谪仙楼,位于马鞍山市雨山区,有"风月江天贮一楼"之美誉,是中国现存较具规模的一组纪念李白的古建筑群。太白楼始建于唐元和年间。明正统五年(1440年),工部右侍郎周枕命乌龙院寺前建清风亭的同时重建谪仙楼,将太白像祭祀

于楼上。之后,此楼多次被毁,多次重建。现存的太白楼是清光绪三年(1877年)兵部右侍郎彭玉麟捐资重建。

作品简析

此联上联写景,下联怀人。上联"江""秋风""楼""月"概括了太白楼面临长江,背依翠螺山的美丽景色。下联"诗""才子""酒""仙",概括了李白一生。14个字,简单明了,让太白楼的风景和人文区别于其他风景秀丽之地。

十四、福建省

(一)福州林则徐祠联

> 海纳百川,有容乃大
> 壁立千仞,无欲则刚
> ——清·林则徐

景点说明

林则徐祠位于福建省福州市鼓楼区澳门路16号,原名林文忠公祠,建于清光绪三十一年(1905年),1982年按原样修复,占地约3000平方米,建筑面积约1000平方米。原为林家子弟读书处,楼前有草坪、鱼池、假山、花木,全馆为古典式园林建筑。

作品简析

此联为林则徐早年自题厅堂联,现由谢义耕书,悬于林则徐纪念馆树德堂。此联对仗工整,意境辽阔高远,历来为人所称颂。"海"对"壁","有容乃大"对"无欲则刚",尽显林则徐为国为民、刚正不阿的气度和志向。

(二)厦门鼓浪屿日光岩联

> 雾锁山头山锁雾
> 天连水尾水连天
> ——佚名

景点说明

鼓浪屿是福建省厦门市思明区的一个小岛,是著名的风景区。因海西南有一海蚀洞受浪潮冲击,声如擂鼓,自明代雅化为今名。由于历史原因,中外风格各异的建筑物在此地被完好地汇集、保留,有"万国建筑博览"之称。日光岩原名"晃岩",相传1641年郑成功来到晃岩,看到这里的景色胜过日本的日光山,便把"晃"字拆开,称之为"日光岩"。

作品简析

此联属于回文的写作手法,将鼓浪屿日光岩海雾缭绕、天水连接之景的连绵不绝之感写了出来。上联是"雾""山",下联是"天""水","头"对"尾",工整而细致,浑然天成。

十五、江西省

(一)南昌滕王阁

> 兴废总关情,看落霞孤鹜、秋水长天,幸此地湖山无恙
> 古今才一瞬,问江上才人、阁中帝子,比当年风景如何
> ——清·刘坤一

景点说明

滕王阁,位于江西省南昌市西北部沿江路赣江东岸,与湖南省岳阳市的岳阳楼、湖北省武汉市的黄鹤楼并称为"江南三大名楼"。滕王阁始建于唐永徽四年(653年),因唐太宗李世民之弟李元婴始建而得名,滕王李元婴调任江南洪州(今江西省南昌市),因思念故地滕州修筑了著名的"滕王阁"。此阁因王勃一首《滕王阁序》为后人熟知。历史上的滕王阁先后共重建达29次之多,屡毁屡建。

作品简析

此联以词的方式进行创作,将《滕王阁序》中的名句进行了化用。上联写景,"落霞孤鹜、秋水长天";下联写人,"江上才人、阁中帝子"。遥遥相对,将景色和历史人物融于一联,意境高雅。

(二)九江琵琶亭联

> 一弹流水一弹月
> 半入江风半入云
> ——清·董云岩

景点说明

琵琶亭位于江西省九江市九江长江大桥南岸东侧处。该亭建于唐代元年,原在九江城西长江之滨,历代屡经兴废,多次移址。唐代元和十年(815年),白居易贬任江州(今江西省九江市)司马,隔年秋天,送客于浔阳江头,偶遇琵琶女,听其诉说身世,触景生情作《琵琶行》赠之,此亭之名便是由此而来。

作品简析

此联以诗的方式进行的创作。"一"对"半","水"对"风","月"对"云",景物的对照更显得风光无限、惬意盎然。此联为集句联,上联"一弹流水一弹月"出自唐卢仝《风中琴》中的"一弹流水一弹月,水月风生松树林",下联"半入江风半入云"出自唐杜甫《赠花卿》中的"锦城丝管日纷纷,半入江风半入云"。

十六、河南省

(一)登封少林寺联

松室夜灯禅影静
莎庭[1]春雨道心空
——佚名

字词注释

[1]莎庭:长有莎草的庭院。

景点说明

少林寺位于河南省登封市嵩山五乳峰下,因坐落于嵩山腹地少室山的茂密丛林之中,故名"少林寺"。少林寺始建于北魏太和十九年(495年),是孝文帝为了安置他所敬仰的印度高僧跋陀尊者所建。少林寺在中国佛教史上占有重要地位,被誉为"天下第一名刹"。少林寺因历代少林武僧潜心研创和不断发展的少林功夫而名扬天下,素有"天下功夫出少林,少林功夫甲天下"之说。

作品简析

此联以"夜灯"对"春雨","禅影"对"道心","静"对"空",对仗工整,读罢有静心顿悟之感。此联将禅宗的意境写了出来,也体现了少林寺作为禅宗祖庭的地位。

(二)汤阴岳飞庙联

孤愤书两表[1],墨迹犹在
报国秉一心,浩气长存
——魏传统

字词注释

[1]两表:指岳飞生前亲书的诸葛亮的前后《出师表》,该墨迹传世至今。

景点说明

汤阴岳飞庙,又名宋岳忠武王庙、精忠庙,位于河南省安阳市汤阴县岳庙街86号,始建年代不详,重建于明景泰元年(1450年),总占地面积约18100平方米,是一处保存较为完整的明清古建筑群,是豫北地区较大的古建筑群之一,中国三大岳庙之一。

作品简析

此联是一副赞扬岳飞一生功绩的楹联,"孤愤"对"报国","墨迹犹在"对"浩气长存"。岳飞作为民族英雄,一生致力于抗金,却因莫须有的罪名遇害,受到千古敬仰的同时也让人无限感慨。此联写出了岳飞的耿耿忠心和浩然正气。

十七、湖北省

(一)武汉黄鹤楼联

楼未起时原有鹤
笔从搁后更无诗
——清·曾衍东

景点说明

黄鹤楼位于湖北省武汉市长江南岸的蛇山峰岭之上,享有"天下江山第一楼""天下绝景"的美誉。黄鹤楼是武汉市标志性建筑,与晴川阁、古琴台并称武汉三大名胜。黄鹤楼始建于三国吴黄武二年(公元223年)。唐代著名诗人崔颢在此写下《黄鹤楼》一诗,令其声名鹊起。

作品简析

此联是一副怀古联,内容是根据崔颢《黄鹤楼》一诗所做,"楼未起时"对"笔从搁后","有鹤"对"无诗"。上联叙述黄鹤楼的典故,下联赞崔颢写下的千古名作《黄鹤楼》一诗。

(二)武汉古琴台联

志在高山,志在流水
一客荷樵,一客听琴
——佚名

景点说明

古琴台又名俞伯牙台,位于湖北省武汉市汉阳区龟山西脚下月湖之滨。此台始建于北宋,重建于清嘉庆初年(1796年),是中国著名的音乐文化古迹、武汉市著名的文物旅游景观之一,有"天下知音第一台"之称。古琴台建筑群占地约15亩,除殿堂主建筑外,还有庭院、林园、花坛、茶室等,规模虽然不大,但布局精巧、层次分明。

作品简析

此联是一副怀古叙事联,化用了"高山流水觅知音"的典故。上下联各用了两个并列句,两个"志在"并列,两个"一客"同说,这种并列起到了相互呼应的作用,让人如见伯牙子期,二人互相欣赏、互相懂得的画面浮现眼前。化用神奇,体现出作者的文字驾驭的能力。

十八、湖南省

(一)岳麓书院联

> 惟楚有材[1]
> 于斯为盛[2]
> ——佚名

字词注释

[1]惟楚有材:出自《左传》。原句是"虽楚有材,晋实用之",即楚材晋用的之典。

[2]于斯为盛:出自《论语·泰伯》中的"唐虞之际,于斯为盛",本为孔子盛赞周武王时期人才鼎盛局面。

景点说明

岳麓书院位于湖南省长沙市湘江西岸的岳麓山东面山下,北宋时期由潭州太守朱洞在开宝九年(976年)兴建。北宋大中祥符八年(1015年),宋真宗赐书"岳麓书院"四字门额。该书院是中国古代传统书院建筑,是中国历史上著名的四大书院之一。

作品简析

此联只有8字,化用了《左传》和《论语》中的名句,说明楚地人才济济,盛极一时。此联源出经典,联意切。现悬挂在大门两侧,被视为岳麓书院的骄傲。

(二)岳阳岳阳楼联

> 眼前忧乐谁无意
> 天下江山此最雄
> ——明·杨一清

景点说明

岳阳楼位于湖南省岳阳市岳阳楼区洞庭北路,北宋滕宗谅重修岳阳楼,邀好友范仲淹作《岳阳楼记》,使得岳阳楼著称于世,世称"天下第一楼"。岳阳楼始建于东汉建安二十年(215年),多次重修,现存建筑沿袭清光绪六年(1880年)重建时的形制与格局。

作品简析

此联以诗歌的形式进行创作,上下联共14个字。此联化用了《岳阳楼记》中的"先天下之忧而忧,后天下之乐而乐"一句,"眼前忧乐"与"天下江山"的对比,体现了儒生的家国情怀和忧患意识。此联现悬挂于岳阳楼大门之侧的显著位置。

十九、广东省

(一)广州黄埔军校门联

升官发财,请走别路

贪生怕死,莫入此门

——孙中山

景点说明

广州黄埔军校位于广州市黄埔区长洲岛,是中国近代史上著名的军事学校。该校是第一次国共合作时期,在苏联和中国共产党帮助下,由孙中山先生创办的培训陆军初级军官的学校。后虽多次易名,但因位于广州黄埔长洲岛,通称黄埔军校。黄埔军校从1924年创建到1930年停办,历时6年,共招收7期学生,毕业8783人,培养出大批军事、政治人才,在中国近代军事史上占有重要地位。

作品简析

此联共16字,讲述了两种情况为黄埔军校所不容。这是对来此学习的学员的要求,为黄埔军校的门联。"升官发财"对"贪生怕死","请走别路"对"莫入此门",体现了孙中山先生创立此校的初衷,也是对学校学员人生格局和革命意志的强调。

(二)广州镇海楼联

急水与天争入海

乱云随日共沉山

——清·方正澍

景点说明

镇海楼,又名望海楼,现位于广东省广州市越秀山上,为广州市标志性建筑之一。明洪武十三年(1380年),永嘉侯朱亮祖扩建广州城时,把北城墙扩展到越秀山上,同时在山上修筑了一楼,命名望海楼。后取其雄镇海疆之意,又称镇海楼。镇海楼历史上曾五毁五建,现建筑为钢筋混凝土结构,于1928年重修时由木构架改建而成。

作品简析

此联是以诗歌的形式创作的写景楹联,上下联共14个字。"水"对"云","天"与"日","海"对"山",六个景色相互衬托。用了"急"和"乱"两个形容词,"急"来形容水,"乱"来形容云。用"争入""共沉"这样的动词来表现江水入海的奔腾之状,云与日一起下沉的夕阳之美。

二十、海南省

(一) 海口五公祠联

于东坡外,有此五贤[1],自唐宋迄今,公道千秋垂定论
处南海中,别为一郡,望烟云所聚,天涯万里见孤忠

——佚名

字词注释

[1] 五贤:唐宋两代被贬来海南的五位贤臣,包括唐宰相李德裕,以及宋代爱国名臣李纲、赵鼎、李光、胡铨。

景点说明

五公祠位于海口市琼山区,又称"海南第一楼"。五公祠建筑面积47000余平方米,始建于宋代,清光绪十五年(1889年)重修,后又多次修缮。五公祠由观稼堂、学圃堂、东斋组成,并和苏公祠、拜亭、洞酌亭、粟泉亭、洗心轩、游仙洞连成一片,形成一组文物古迹群。

作品简析

此联字数较多,以词的方式进行创作。上联将苏轼与唐宋五位被贬的贤德之臣并列。下联意为海南在内陆外"别为一郡",却因这些文人而展现"瀛海人文"之壮观。"公道千秋垂定论"对"天涯万里见孤忠",将这些文人的贤德与忠诚相互呼应起来。

(二) 万宁潮音寺华封岩联

洞中有天,天中有洞
山外无景,景外无山

——佚名

景点说明

万宁潮音寺位于海南省万宁市万城镇以东2千米处的东山岭名胜风景区。潮音寺始建于宋代,清代迁到此处,改名潮音寺。现寺在20世纪80年代重修之后对外开放,

为海南省重点保护文物。华封岩洞中有观音塑像,洞门顶上巨岩刻"天造地设"四字,此联为洞门联。

作品简析

此联采取回文的修辞手法。上下联各8个字,都分成前后两句,两句4字对称,写出了在华封岩这一古老岩洞中别有洞天的神奇感受,上联写"洞""天",下联写"山""景",以"有"对"无",显现了作者的深厚的文学功底和对文字的把握能力。

二十一、陕西省

(一) 西安城门西门联

> 正气炳千秋,莫愁前路无知己
> 丝绸通四海,须信阳关多故人
> ——樊川

景点说明

西安曾是十三朝古都,现存城墙为明代所建,全长13.7千米,是中国现存规模最大、保存最完整的古代城垣。该城墙始建于明洪武年间,东门"长乐",西门"安定",南门"永宁",北门"安远"。中华人民共和国成立后几经重修,尽显新貌。

作品简析

此联为西安城门西门上的对联,正对着西面,是古时通往西方的必经之路。上下联分用前后两句,前句写出中华气势,"正气炳千秋"对"丝绸通四海"。上下联后半部分化用了唐代高适《别董大二首》中的"莫愁前路无知己,天下谁人不识君",以及唐代王维《送元二使安西》中的"劝君更尽一杯酒,西出阳关无故人"。

(二) 西安化觉巷清真大寺联

> 存上等心,享下等福
> 在高处立,向阔处行
> ——宋伯鲁

景点说明

大清真寺位于西安市鼓楼西北隅,总面积1.3万平方米,建筑面积约6000平方米,是一座历史悠久、规模宏大的中国殿式古建筑群,建筑形式、基调一派民族风格,而寺院内的一切布置又严格按照伊斯兰教制度,是伊斯兰文化和中国文化相融合的结晶。该寺院始建于唐天宝元年(公元742年),现存建筑为明代建成,经过历代的维修保护,渐成今日格局。

作品简析

此联共16字,上下联分成前后两句,上下对仗,前后也对仗,"上等"对"下等",也对"高处";"下等"对"上等",也对"阔处"。内容充满哲理,让人读之豁然开朗。

二十二、甘肃省

(一)兰州五泉山公园联

> 我问你是谒庙是游山,谒庙须恭,游山须雅
> 谁到此不花钱不吃酒,花钱莫浪,吃酒莫狂
> ——刘尔炘

景点说明

五泉山公园位于甘肃省兰州市城关区皋兰山,因上山有五眼泉水,而称为五泉山。五泉山公园占地267平方千米,建筑面积约10平方千米,为甘肃第一名园。该园有明清以来的建筑群10余处,现存最早的一处建筑系明洪武五年(1372年)所建,距今已有600余年,其余建筑群均系清末陆续重修。

作品简析

此联以设问的方式进行创作。先提两个问题,然后自问自答,对仗工整,诙谐幽默,让人会心一笑。这样的楹联并不多见,可看出作者是热爱生活之人。

(二)敦煌阳关

> 悲欢聚散一杯酒
> 南北东西万里程
> ——元·王实甫

景点说明

阳关,位于敦煌市西南70千米的南湖乡"古董滩"上。西汉时期置此关,因在玉门关之南,故名阳关。阳关是中国古代陆路对外交通咽喉之地,是丝绸之路南路必经的关隘,有"一夫当关,万夫莫开"的险要地势,被世人所赞叹。

作品简析

此联是以诗歌对仗的方式进行创作的,对仗工整,"悲欢聚散"对"南北东西","一杯酒"对"万里程"。阳关为中原通往西域的关隘,也是离别故国的告白地,此联写出了边塞的豪情与苍凉。

二十三、青海省

(一) 西宁北禅寺联

悬崖百丈坠星落
高塔万仞挂云还
——佚名

景点说明

北禅寺位于西宁市北湟水之滨的北山上,俗称"北山寺"。北山又名土楼山,所以古时北禅寺称为土楼观。明代称之为永兴寺,近代改称北禅寺。相传该寺始建于北魏明帝时期(506年),距今已有一千五百多年,之后历代屡经修建。北禅寺儒释道于一体,山上供着诸多的神仙,甚至连阎罗王也有供奉,更加增此联添了北禅寺的神秘感。

作品简析

此联是一副写景联,写出了北山寺悬崖峭壁、山高峰险的奇异风光。对仗工整。写景对仗,地上的"悬崖"对"高塔",一个是自然的高险之景,一个是人类建造的高耸之建筑;天上的"星"对"云",一个灵动,一个缥缈。数词对仗,"百丈"对"万仞"。动词对仗,向下的"坠"对悬高"挂"。

(二) 西宁南禅寺联

十里梅花红雨[1]路
几层杨柳绿阴楼
——佚名

字词注释

[1]红雨:指红梅,唐代李贺《将进酒》中有"况是青春日落暮,桃花乱落如红雨"。

景点说明

南禅寺,位于青海省西宁市凤凰山麓,是一个以关帝庙为中心的建筑群,是本地及周边地区汉传佛教信徒(净土宗派)进行宗教活动的重要场所。据载,北宋时凤凰山已建有寺院,明永乐八年(1410年)形成一定规模。该寺有四合院五座、房屋86间,占地面积约6000平方米。

作品简析

此联是写景联。对仗工整,数词"十里"对"几层",景色"梅花红雨"对"杨柳绿阴","路"对"楼"。此处为西宁,本来为边塞风光,但此处却一派江南风景,着实令人惊讶。

二十四、四川省

(一) 杜甫草堂诗史堂联

> 草堂留后世
> 诗圣著千秋
> ——朱德

景点说明

杜甫草堂,是唐代诗人杜甫流寓成都时的故居,位于四川省成都市青羊区青华路38号。杜甫先后在此居住近4年,创作诗歌240余首。唐末诗人韦庄寻得草堂遗址,重结茅屋,使之得以保存,宋、元、明、清历代都有修葺扩建。杜甫草堂占地面积近300亩,仍完整保留着明弘治十三年(1500年)和清嘉庆十六年(1811年)修葺扩建时的建筑格局。

作品简析

此联较为简略,只有10字,庄严大气。"草堂"对"诗圣",普通草堂却住着诗歌史上的诗圣,对比强烈。"留后世"对"著千秋",写出了杜甫一生忧国忧民,值得千秋万代永远铭记。

(二) 成都望江楼联

> 一水绕当门,滚滚浪分岷岭雪
> 双扉开对郭,熙熙人乐锦楼春
> ——佚名

景点说明

望江楼,位于四川省成都市武侯区望江路43号。据传该楼是为唐代女诗人薛涛而建。望江楼建筑群以崇丽阁为主,取晋代左思《蜀都赋》中"既丽且崇"之意命名。望江楼的建造颇具匠心,典雅精致,体现了薛涛一代才女的非凡气质。

作品简析

此联为写景联,上下联皆分前后两部分,对仗工整,"一水"对"双扉","当门"对"对郭","滚滚浪"对"熙熙人"。上联写锦江滔滔江水奔涌而去的壮阔景色,下联写成都城内熙熙攘攘的热闹场景。两相对照,写出成都平原的风景与烟火气。

二十五、云南省

（一）蝴蝶泉联

> 蝴蝶舞翩跹，为万紫千红，飞去飞来，前生疑是庄周化
> 青山留胜迹，有层峦叠嶂，宜晴宜雨，此地重吟道韫诗
> ——清·彭祜

景点说明

蝴蝶泉，位于云南省大理白族自治州大理市，地处大理214国道西侧。蝴蝶泉面积50多平方米，水深6米。泉池四周镶嵌着大理石栏杆，池边的蝴蝶树像一条青龙横卧于泉池上。蝴蝶泉西壁的大理石上，镌刻郭沫若题写的"蝴蝶泉"三个大字。

作品简析

此联是写景联，以词的方式进行创作的，将蝴蝶泉的美丽景色进行了详细描述。"蝴蝶"对"青山"，"万紫千红"对"层峦叠嶂"，"飞去飞来"对"宜晴宜雨"，灵动而美丽的蝴蝶，绵延不绝的青山，动静结合，是写景联的佳作。最后化用了庄周梦蝶和东晋才女谢道韫的典故，提高了此联的古韵。

（二）涌金寺联

> 秀山青雨青山秀
> 香柏古风古柏香
> ——佚名

景点说明

涌金寺位于云南省佛教四小名山之一的通海秀山，西汉时期即有僧人于山顶结庐而居。宋嘉熙年间（1237—1240年），有高僧于秀山山巅独坐繁星下禅定，定中现五朵金莲从地涌出，金光灿然，照彻大千世界。因瑞象暗含五方佛之佛教玄义，高僧当即以锡杖划地为记，于此处兴建梵刹，刹名涌金。又于建寺时掘地得金若干。相传，此一瑞象实为佛菩萨的加持护佑，因此涌金寺近千年来一直名震滇中。

作品简析

此联是回文联，正反读都是一样的，共14字，对仗极其工整，突出了涌金寺青山香柏的"秀"和"香"。

二十六、贵州省

（一）镇宁黄果树瀑布亭联

> 白水如棉，不用弓弹花自散
> 红霞似锦，何须梭织天生成
> ——佚名

景点说明

黄果树瀑布位于贵州省安顺市镇宁布依族苗族自治县境内的白水河上游。黄果树瀑布落差70余米，每秒2~3个立方米的流量使黄果树大瀑布呈现出秀美而壮观的景象。

作品简析

此联是写景联中的佳作。"白水如棉""红霞似锦"，写出了黄果树瀑布在日光照射和反射下美丽的景色。此联上下两联分成前后两句，运用比喻的修辞手法，让人如见其景。

（二）黄平飞云崖联

> 洞辟几时？向孤松而不语
> 云飞何处？输老鹤以长闲
> ——清·龚学海

景点说明

黄平飞云崖景区位于黔东南苗族侗族自治州黄平县城东北12千米处，其地有崖，状如飞云，所以得此名。景区内，古树参天，流水萦回，有拱桥一座横跨溪上。桥东石坊岿然，上镌清鄂尔泰题额"黔南第一胜景"。东坡山上有洞，洞内宽阔，有钟乳林立，千姿百态。明正统八年（1443年），一反通常格局，洞内建有皇经楼、长廊、滴翠亭、圣果亭、碑亭、接引阁等建筑。

作品简析

此联运用了设问的修辞手法，以飞云崖的奇景"洞"和"云"为描写对象，一问一答之间，富有禅机。"孤松而不语""老鹤以长闲"，读之有洞中方几日，世上已千年之感。

二十七、内蒙古自治区

（一）呼和浩特昭君墓联

> 青冢有情犹识路
> 平沙无处可招魂
> ——王锦

景点说明

昭君墓又称"青冢"，位于内蒙古自治区呼和浩特市玉泉区，是史籍记载和民间传说中汉朝明妃王昭君的墓地。据民间传说，每到深秋时节，四野草木枯黄，唯有昭君墓嫩黄黛绿，草青如茵，所以称其为"青冢"。该墓始建于西汉时期，墓体状如覆斗，高达33米，底面积约13000平方米，是中国较大的汉墓。

作品简析

此联为怀古联，以诗歌的方式进行创作，共计14个字，对仗工整，"青冢"对"平沙"，"有情"对"无处"，"犹识路"对"可招魂"，写出王昭君的美丽及和亲时的悲苦凄清，这种强烈的对比，令人无限感慨。

（二）阿拉善左旗延福寺联

> 看大千世界，忙忙碌碌，到头来一场空欢喜
> 有延福禅林，曳曳融融，成真果万法数慈悲
> ——潘慎

景点说明

延福寺坐落在巴彦浩特镇王府街北侧，俗称"王爷庙"，系阿拉善八大寺之一。该寺从清乾隆七年（1742年）开始修建，乾隆二十五年（1760年）赐名延福寺，并赐用满、藏、蒙、汉四种文字书写的金字匾。该寺整个建筑群有大小殿堂10多座，共800多平方米。

作品简析

此联是以词的方式进行创作的，上下联进行深入对比，"大千世界"中，"忙忙碌碌"，但却"一场空欢喜"，而此处"延福禅林""曳曳融融""万法数慈悲"，规劝来人，放下执念，禅意尽显，引人思考。

二十八、新疆维吾尔自治区

（一）乌鲁木齐左文襄公祠联

> 提挈自西东，帕首靴刀，十年戎马书生老
> 指挥定中外，塞霜边月，万里寒鸦相国祠
> ——清·陈迪南

景点说明

左文襄公祠位于乌鲁木齐市内。左宗棠为晚清"中兴名臣"，曾官居闽浙总督、陕甘总督等。光绪元年（1875年），他为捍卫朝廷西北边疆，自筹经费，抬棺出征，确保新疆纳入版图，不世之功万古流芳。

作品简析

此联为怀古联，上下联各分三句，写出了左宗棠的一生功业，特别是晚清国运衰落之时，力排众议，自筹军饷，抬棺出征，亲自带领湘军收复新疆的豪情壮志。"帕首靴刀"对"塞霜边月"，写出收复新疆的艰难。"十年戎马书生老""万里寒鸦相国祠"是对他虽以文出仕但铁骨铮铮，出征万里只为保国安民，这份责任和担当，值得永世赞誉。

（二）阜康天山天池联

> 神池浩渺
> 天镜浮空
> ——清·明亮

景点说明

天山天池，古称"瑶池"，地处新疆维吾尔自治区昌吉回族自治州阜康市境内，是以高山湖泊为中心的自然风景区，是中国西北干旱地区典型的山岳型自然景观。传说3000余年前，穆天子曾在天池之畔与西王母欢筵对歌，留下千古佳话，令天池赢得了"瑶池"美称。

作品简析

此联是一副写景联，对仗工整，"神池"对"天镜"，"浩渺"对"浮空"，只有8个字，却将天池的神奇瑰丽、湖水清澈、晶莹如玉写了出来。

二十九、宁夏回族自治区

（一）银川海宝塔联

贺兰望须弥，遍观塞上皆乐土
黄河通南海，放眼神州绕庆云
——清净法师

景点说明

海宝塔位于银川市兴庆区西北部的海宝塔寺内，该塔是一座方形九层十一级楼阁式砖塔，通高53.9米，曾因地震被多次毁坏，多次重修。现存的宝塔就是乾隆年间重建的。

作品简析

此联是一副写景联，描写了贺兰山与黄河相互映衬的塞上风光。上联写出了海宝塔周围杨柳繁茂，绿树成荫，环境十分幽静，是心灵皈依的"乐土"。下联写黄河一路向东，奔涌而去，带给神州大地一片祥和。

（二）固原关帝庙联

拜斯人，便思学斯人，莫混帐磕了头去
入此山，须要出此山，当仔细扪着心来
——清·周亮工

景点说明

固原关帝庙，俗称"老爷庙"，坐落在固原县城北门外，地处横贯固原南北的大通道两边。庙院占地八亩，关帝庙信众甚广，香火旺盛。每年农历五月十三和九月十三两次关帝庙会，总要唱三至五天大戏，城内商贾都来北门大路两侧设摊叫卖做生意，商贩叫卖声、顽童嬉戏声汇成一片，熙熙攘攘，十分热闹。

作品简析

此联通俗易懂，但却富含深意，让人们面对本心，方能开悟通达。此联挂于关帝庙门前，强调来此庙的人们，"拜斯人""入此山"，"莫混帐磕了头去""当仔细扪着心来"，不要糊里糊涂磕头，而要带着真心来祭拜和敬仰。

三十、广西壮族自治区

（一）柳州柳侯祠联

山水来归，黄蕉丹荔[1]
春秋报事[2]，福我寿民
——清·杨翰

字词注释

[1]黄蕉丹荔：语见韩愈撰文、苏轼手书的《荔子碑》，碑文是颂杨柳侯的，碑文中有"荔子丹兮蕉黄"句。
[2]报事：旧指为报恩德而举行的祭祀。

景点说明

柳侯祠位于柳州市中心柳侯公园内的西隅，原名罗池庙（因建于罗池西畔得名），现改名为柳侯祠，是柳州人民为纪念唐代著名的政治家、思想家、文学家柳宗元而建造的庙。从唐代建成至今，历朝都对其进行过修葺及扩建。现址为明代柳侯祠庙址，清宣统元年（1909年）在原址上重建。柳侯祠分前、中、大殿三进，内有柳宗元石刻像、柳宗元塑像以及"荔子碑"等历代珍贵石刻40余方。

作品简析

此联为怀古联。上下联皆分两部分，前半部分用了起兴的写作手法，先言他物，再说此事，同时化用了韩愈撰文、苏轼手书的《荔子碑》中的句子，表彰了柳宗元的功业。

（二）桂林叠彩山联

山静水流开画景
鸢飞鱼跃悟天机
——佚名

景点说明

叠彩山旧名桂山，位于桂林市东北部，濒临漓江，与城中的独秀峰、漓江畔的伏波山鼎足而立，同为城内的游览胜地。景区内有叠彩亭、于越阁、木龙阁、碧霞洞、瞿张二公成仁碑、仰止堂等名胜，自古有"江山会景处"之美称。

作品简析

此联是一副写景联，以诗歌的方式进行创作，上联写山与水，下联写鸟与鱼，"山静水流"对"鸢飞鱼跃"，一派生机盎然的自然美景，引人无限向往。

三十一、西藏自治区

（一）拉萨色拉寺联

负笈[1]跋涉赴胜地
忍饥耐寒求正宗
——清·丁思孔

字词注释

[1]负笈：笈，书箱。背着书箱游学。

景点说明

色拉寺全称"色拉大乘寺"，是藏传佛教格鲁派六大主寺之一。与哲蚌寺、甘丹寺合称拉萨三大寺，是三大寺中建成最晚的一座。色拉寺内保存着上万个金刚佛像，大多为西藏本地制作。还有许多是从内地或印度带来的铜佛像。大殿和各札仓经堂四壁保存着大量彩色壁画原作。

作品简析

此联悬挂于寺庙门前，有极深的教导意味。"负笈跋涉""忍饥耐寒"是为了"赴胜地""求正宗"，体现了一个虔诚信徒对佛法的苦苦追寻。

（二）昌都龙神祠

嘘气成云以致雨
变化不测之谓神
——陈钟祥

景点说明

龙神祠在昌都察木多城，是当地人祈神降雨而建的龙王庙。都察木多城是清代康地四大呼图克图驻地之一，故址在今西藏自治区昌都市，是四川、云南、青海入藏孔道，是古代重要的军事要地。

作品简析

此联是写龙神的联。"嘘气成云"对"变化不测"，表现了龙神特殊的法力和神龙见首不见尾的神秘，这是将神话传说中关于龙的传说，化入此联中，让入庙的人生出敬畏之心。

三十二、香港特别行政区

（一）侯王庙联

道古仙岩归鹤岭
侯王显赫镇龙疆
——佚名

景点说明

侯王庙位于香港大屿山东涌沙咀头村西，又称东涌侯王宫，供奉南宋末年忠臣杨亮节，被列为香港二级历史建筑。始建于清乾隆三十年（1765年），是当地村民从九龙城侯王庙请来，以求制服瘟疫的。

作品简析

此联是怀古联，描写南宋忠臣杨亮节功业，"道在仙岩"对"侯王显赫"，写杨亮节以国舅身份护送南宋幼主逃难，辗转至九龙，却不幸病卒于此的故事。虽说其身躯已"归鹤岭"，但其功业"镇龙疆"，写出了对杨亮节的仰慕与钦佩之情。

（二）青山禅院联

白云白鸟飞来去
青史青山自古今
——佚名

景点说明

青山禅院是香港新界著名的古刹之一，坐落在苍松茂盛的青山东麓，古名杯渡禅师庙，是香港历史最悠久的禅院。青山禅院建于距今1500年前的东晋末年。1918年，高僧显奇发起重建。

作品简析

此联是写景联，运用了诗歌的创作手法，重复使用了"青""白"二字，"飞来去"对"自古今"，不但景色生机勃勃，而且富有禅机。

三十三、澳门特别行政区

（一）妈祖阁联

德周化宇
泽润生民
——佚名

景点说明

妈祖阁,位于澳门特别行政区妈阁庙前地,初建于明弘治元年(1488年),距今已有五百多年的历史。阁共四层,高32.3米,取妈祖农历三月廿三诞辰之意,总体造型端庄古朴、轻盈灵动,是澳门著名的名胜古迹之一。

作品简析

此联简略8字,尽述了妈祖消灾解难、帮危济困的恩泽,特别是两个动词"周化""润生",形象生动地表现了妈祖广济生灵的慈悲。

(二)松山联

松风徐送,正荡胸怀,近看镜海波光,莲峰岚影
山雨欲来,且留脚步,遥听青洲[1]渔唱,妈阁钟声
——李供林

字词注释

[1]青洲:指澳门半岛西北角的小离岛。

景点说明

松山又名东望洋山,因从前松树茂密得名。松山位于澳门正中心,是澳门最高的山,海拔90多米,满山树木,苍翠欲滴。

作品简析

此联为写景联,以词的方式进行创作。以"松""山"两字开头,完美地将景名嵌入楹联当中。"正荡胸怀"对"且留脚步",之后是松山这个制高点所看到澳门海景——"镜海波光,莲峰岚影""青洲渔唱,妈阁钟声"。

三十四、台湾省

(一)台北阳明山鱼乐园联

水清鱼读月
林静鸟谈天
——佚名

景点说明

阳明山,原名草山,在台北市近郊,居纱帽山之东北,磺溪上源谷中。原名草山,位于大屯火山群最高峰七星山南侧。附近青山翠谷,原野开阔,遍植樱花、杜鹃,建有中

山楼、中山公园(前山公园)、阳明山公园等,台湾中国文化大学亦设于此,是著名的风景区。

作品简析

此联为写景联,极为灵动的是两个动词"读"和"谈",把前面的静景"水清""林静"衬托出来了,也把鱼和鸟的自得其乐写出来了,一派生机勃勃,自然之趣跃然纸上。

(二)台南延平郡王祠联

> 赐国姓家破君亡,永矢孤忠,创基业在山穷水尽
> 复父书辞严义正,千秋大节,享俎豆于舜日尧天
> ——清·刘铭传

景点说明

延平郡王祠又名开山王庙或郑成功庙,位于台南市中西区(清代台湾府城油行尾街),其前身为民间所建的开山王庙。清乾隆十年(1745年)、清道光二十五年(1845年)有重修的纪录,现今样貌实为1963年动工改建的结果。

作品简析

此联是纪念郑成功而作的楹联,字数较多。上联"创基业在山穷水尽"写出了郑成功收复台湾的艰难和豪情,下联"享俎豆于舜日尧天"赞叹其与日月齐辉的不世之功。

第六章 旅游广告文案

本章导读　本章对旅游广告文案的含义、基本分类、主要特点、基本结构和修辞手法进行阐释,选取有代表性的旅游广告文案进行了分析和鉴赏,让旅游管理专业的学生对旅游广告文案有一个全面的认识和掌握,为今后旅游广告文案的写作打下坚实的基础。

学习目标　了解旅游广告文案的基本概念和分类,掌握旅游广告文案的写作技巧,能抓住不同的景区、建筑、文物等的特点进行旅游广告文案的创作。

第一节　旅游广告文案概述

一、旅游广告文案含义

"广告"一词属于舶来品,英文单词为"advertisement",简称AD,其含义为"使某人注意到某件事"或"通知别人某件事,以引起他人的注意"。大约在20世纪初到20世纪20年代左右,该词引入我国,中文翻译为"广告",意为"广而告之",与英文意思相符。在古代,虽然一直存在商业活动,但现代意义上的广告出现于17世纪中后期的英国。工业革命生产了众多的商品,为了更好地推销这些商品,商人们开始在报纸、街道、建筑物上登广告。商人们在广告营销的过程中,发现概括性很强的语言能激发兴趣、加强注意,所以广告文案的创作应运而生。可以说,广告文案是广告的核心,这个核心地位主要体现在两个方面:其一,无论广告宣传的媒介为何,从报纸到网络,从音频到视频,广告都离不开语言文字;其二,广告文案对广告效果起着非常重要的作用,甚至是决定性的。正因如此,广告文案的撰写就显得非常重要。现在,各种不同风格、题材的介入,让广告文案也异彩纷呈。

旅游广告文案是让旅游目的地和旅游相关活动引起人注意的一系列广告宣传用语。旅游广告文案有广义和狭义之分。广义的旅游广告文案指通过各种传播媒体和招贴形式向公众介绍旅游商品、旅游活动、旅游服务等的宣传用语,包括旅游广告的标题和旅游广告的正文两部分。狭义的旅游广告文案则单指广告的标题部分。

二、旅游广告文案的基本分类

由于分类的标准不同,旅游广告文案的种类也细分成很多类型。

(一)根据传播媒介划分

旅游广告文案可以分为旅游报纸广告文案、旅游杂志广告文案、旅游电视广告文案、旅游电影广告文案、旅游网络广告文案、旅游广播广告文案、旅游招贴广告文案等。

(二)根据旅游广告目的划分

旅游广告文案可以分为旅游产品广告文案、旅游景区广告文案、旅游城市广告文案、旅游服务广告文案。

(三)根据旅游广告传播范围划分

旅游广告文案可以分为国际旅游广告文案、国内旅游广告文案、地方性旅游广告文案、区域性旅游广告文案。

(四)根据旅游广告传播对象划分

旅游广告文案可以分为旅游消费者广告文案、旅游企业广告文案。

(五)根据旅游广告的题材形式划分

旅游广告文案可以分为旅游诗歌式广告文案、旅游散文式广告文案、旅游曲艺式广告文案、旅游新闻式广告文案、旅游说明式广告文案、旅游论证式广告文案、旅游小说式(主要是小小说)广告文案等类型。

三、旅游广告文案的主要特点

旅游广告的目的是营销,为了广而告之,需要进行广泛传播。旅游景区建设时间长,成本投入大,旅游广告宣传需要着眼于长远的利益,向旅游消费者传达一直长期不变的稳定品质,其传播力度、宽度、重复率、稳定性比一般的广告要求更高。本书认为,旅游文学不管当初在创作的过程中出于何种动机,都可以被作为一种广告进行景区宣传,也可以对这些旅游文学中的内容进行提炼和吸收并进行二次创作,再融入旅游广告文案之中,成为新的广告词,焕发新的活力。

语言是旅游广告文案的基础,不管旅游广告的表现形式是书面、音频或视频,都是以语言文字为基础的,无论音频的声音多动听、视频的画面多美好,都是语言文字的另一种表达方式而已。为了更好地进行旅游广告文案的创作,首先需要了解旅游广告的语言特色。

旅游广告与其他广告一样,都需要贴近受众心理,引起美好感受,所以也同样适用广告文案语言的"KISS"原理。"KISS"意为"keep it sweet and simple",意为保持语言的甜美和简单。在此原理的扩充下,旅游广告文案的基本特点如下。

(一)通俗易懂

大众旅游的时代,旅游广告以大众为传播对象,其广告文案不能出现生僻字、歧义词,或者意思模糊,而应语意清晰,一看便知,一听即懂。如果景区没有太多历史文化积淀,就不必在古籍中翻找古人的诗句或文章进行联系,因为辨识度并不高,达不到提升文化品位的作用,反而让人云里雾里,不知所云。所以,引用的名人名言、古诗需要有一定的知名度,可唤起人们曾经的记忆,这样才能起到更好的传播效果。

(二)简洁概括

旅游广告文案应该注意字数,特别是标题,不宜过长。狭义的旅游广告文案就是广告标题,而根据中国人的阅读习惯,古诗的七言为最长,因此中国的旅游广告一般不超过14个字。副标题也要根据实际情况决定是否添加,不能有画蛇添足之感。更多的内容应该由广告正文来承担,但正文也需要简洁明了,尽量用概括性的语句。旅游广告文案应该高度概括旅游目的地、旅游活动及旅游服务的内容,字数太多,不容易记住,但也不能过分求少。这就需要进行反复推敲,突出重点,删繁就简,以利于记忆和流传。

(三)朗朗上口

旅游广告的传播过程中,听觉起到很大作用。旅游广告最好一听就明白,一读就记住。所以,旅游广告文案还有语音、语调、音韵的要求,不能读之拗口,听之奇怪。如果是对句,应尽量押韵,正文也可以采取排比的句式,可以增强可读性,记忆起来也更容易。可以从中国古诗词的写作中寻找灵感,平仄押韵,语言优美,同时读这句广告语的声音要柔和、清晰,要选择声音具有亲和力的播音者来朗读。

(四)与众不同

现在的旅游广告铺天盖地,要想人们记得住,需要不落俗套,做到"新"和"异"。不能生搬硬套其他广告文案,也不能故意改动个别字词以套用成语、俗语,这样的广告不仅达不到宣传的效果,反而容易引发反感,造成反面效果。不能为迎合恶俗趣味,出现如"艳遇""捞偏财""浪"等字词。很多人的旅游动机就是逐新趣异,旅游广告文案俗套,会让人失去旅游的兴趣。因此,要针对游客心理,设计新颖别致的旅游广告文案,吸引游客的好奇心和探索欲,引起人们心灵上的共鸣。

为了推介本国旅游,世界各国也绞尽脑汁创新旅游广告,广告内容突出自己国家的旅游资源,以吸引游客的注意。以下是部分国家的旅游广告文案。

捷克:金色的布拉格!
德国:别在沙滩堆古堡玩了,请到德国来看看真的吧!
加拿大:越往北,越使你感到温暖!
瑞士:上月球之前先来瑞士一游!
埃及:历史的金库!
意大利:露天博物馆!
韩国:开心圣地,好客邻邦!
泰国:缤纷异彩,精彩之邦!
苏格兰:花格子呢和威士忌之乡!
西班牙:阳光普照西班牙!
葡萄牙:古今交汇的异国他乡!
印度:探索圣雄甘地的生平!

(五)主题明确

有的旅游景区有很多特色,到底突出哪一点需要事先明确。文案主题鲜明集中,人们才能记住。不能因为追求面面俱到而失去了特色,也不能为了概括而过于简单,人们读之不知道主题为何。旅游广告文案可以从旅游消费者的心理来写,也可以从景区主要特色来写,一条旅游广告文案可以选择不同诉求点,又要突出最重要的一方面。旅游广告需要向消费者展示一种品质感、特殊性,即强调此处的旅游活动或服务与众不同,能带给旅游消费者不同的旅游体验,同时使其产生信赖感,激发消费者旅游的动机。旅游广告文案的创作是一种创新,但也需要一定的稳定性,文案一旦形成,应在一段时间内反复使用,不能随意改变,不然会削弱旅游广告的传播力度。

一些旅游景点为突出自己特色,在广告文案上下足了功夫。例如,深圳锦绣中华是中国最早的文化主题公园,坐落在风光绮丽的深圳湾畔,是世界上面积最大、内容最丰富的实景微缩景区,占地约450亩。它的广告文案是"一步跨进历史,一日畅游中国"。深圳中国民俗文化村是中国第一个荟萃各民族民间艺术、民俗风情和民居建筑于一园的大型文化旅游景区,内含27个民族的27个村寨,按1∶1的比例建成。它的广告文案是"中国民俗文化村:27个村寨,56个民族"。深圳世界之窗位于广东省深圳市南山区,有按照比例建造的世界景点130多个,由世界广场、亚洲区、大洋洲区、欧洲区、非洲区、美洲区、世界雕塑园、国际街八大区域构成,景区内有十大动感刺激的娱乐参与项目、大型广场艺术晚会、景点异国风情表演、主题文化节庆活动。它的广告文案是"您给我一天,我给您一个世界"。

四、旅游广告文案的基本结构

从广义看，一篇完整的旅游广告文案，结构要素大体可以分为主标题、副标题、正文、广告口号、附文等几个部分。但旅游广告文案的写作与应用文的写作不同，以上结构不一定样样皆有，可以根据具体宣传需求和媒介灵活删减。但作为初学者，我们还是要对这些要素的基本特点以及之间的关系进行了解，以便熟练掌握旅游广告文案的写作。

（一）标题

旅游广告标题是整个旅游广告文案乃至整个广告作品的总题目。旅游广告标题是旅游广告文案中的精髓，是最重要的、最吸引人的部分。尤其是主标题，更是吸引消费者目光最多的部分，副标题则对主标题进行进一步的解释和说明。副标题并非必需，只有在主标题无法全面体现广告内容的时候才用副标题进行补充和说明。有观点认为，广告文案与应用文写作不同，主标题写得好，可以不用副标题。如果副标题没有写好，反而会削弱主标题的表达内容；如果标题过于详细，则可能有啰嗦之感。因此，需不需要副标题，要根据广告的实际需要进行取舍。一个好的标题能迅速吸引消费者，并使消费者继续关注标题以下的正文。大卫·奥格威曾说过："平均来说，读标题的人数是读正文的人数的5倍。"很多人阅读广告，没有阅读书本那么认真，基本上是一目十行，只有感兴趣的标题才能吸引他们继续读下去。在新时代，网络搜索引擎非常先进，能将旅游消费者内心希望去的景点、希望体验的感受等关键词提炼出来以便于搜索。如果旅游广告文案的标题没有体现这些关键词，则会错失被消费者知晓的机会。因此，需要对广告中最吸引人的部分进行总结和提炼，作为标题展示出来。

1. 标题的创作原则

那如何创作出好的旅游广告标题呢？下面将介绍大卫·奥格威标题创作的十个原则。

原则一：标题好比商品的价码、标签。用它来向你的潜在买主打招呼。

原则二：标题都应为潜在买主的自身利益做出承诺。

原则三：始终注意在标题中增加新的信息。因为消费者总是在寻找新产品、老产品的新用法，或者老产品的改进之处。

原则四：在标题中加上其他会产生良好效果的字眼。例如，如何、突然、当今、就在此地、最新、重大发展、改进、惊人、轰动一时、了不起、划时代、令人叹为观止、奇迹、魔力、奉献、快捷、简易、需求、奉劝、实情、比较、廉价、从速、最后机会等。在标题中加一些充满感情的字眼可以起到加强传播效果的作用。

原则五：读广告标题者是读广告正文者数量的5倍。

原则六：在标题中写进你的销售承诺。

原则七：在标题结尾前，你应该写点吸引人继续读下去的东西。

原则八:你的标题必须以电报式文体讲清你要讲的东西,文字要简洁、直截了当,不要和读者捉迷藏。

原则九:调查表明,在标题中写否定词是很危险的。

原则十:避免使用有字无实的晦涩标题。

以上原则对旅游广告文案的标题也同样适用。在创作旅游广告文案标题时应尽量贴近受众的心理,广告词只有直击心灵、产生共鸣,才能加深印象、引导消费。

2.标题的表现形式

1)新闻式

采用新闻式标题的前提是该旅游广告具有新闻价值,是真实、可靠的旅游信息。这种标题可以增加旅游广告的可信度和新奇性,可以采用最新、推出、好消息、目前等词提高吸引力。例如,"定了! 这些景区向全国人民免门票""洛阳旅游年票新增一景区——天河大峡谷景区""八月避暑! 这几种消暑方式,让你在贵阳继续享清凉"等。

2)问答式

问答式的标题是通过提问和回答的方式来吸引旅游消费者的注意。这种方式能将受众心里的问题先提出来,然后给出答案,这种方式更加亲切,也更具针对性。问答式的表现方式有两类:设问式和反问式。设问式的标题有的在标题里会回答,有的在正文里回答,如"重庆周边去哪玩? 巴南区迎龙峡的这份春节游玩攻略请收好""十一旅游怕人多? 这个地方推荐给你"等。反问式的标题则如"长沙24小时:如何假装外地游客在长沙打卡一天?""领跑全国! ×××偏爱的湖南到底有多'热'?"等。

3)悬念式

悬念式标题是预先设一个悬念,吸引受众的注意,一般以提问的方式来制造悬念。这与问答式有所不同,问答式的答案比较明显,而悬念式的答案是意料之外的,甚至是反心理期待的。例如,"广州这个'网红街',这里到底有啥可看的?""成都周边小众宝藏地,应该没多少人知道吧?""花果遍地,山水如画! 应该没有人不知道吧?""不喜欢就换? XX酒店凭什么任性?"

4)故事式

故事式标题,是以写故事的方式拟定的标题,预示诗句中的情节和内容,吸引受众的注意。这样的标题有极强的吸引力和代入感,能增强读者探究的兴趣和热情。例如,"秋日的童话,你来与不来,我都在这里""车水马龙的街头,你的一眼万年——成都""三月三,青秀山,你的绿野仙踪"等。

(二)正文

正文是广告文案的主体部分,但相对于其他应用文,这个主体部分是最容易被忽视的。尤其是在当今网络"标题党"遍布的时代,人们每天接受大量的信息,渐渐丧失了阅读长篇正文的耐心。因此,现在很多的广告甚至只有标题,没有正文。即便如此,广告正文还是非常重要的,标题只是引起消费者的注意,如果他们想进一步了解详细信息,还是要阅读正文。正文如果缺失,消费者就会很快进入下一个广告的阅读,刚刚调动起来的兴趣会被下一个广告所冲淡。可以说,标题吸引住了消费者的眼,要想留住消费者的心,还是要依靠正文。

1. 正文的创作原则

旅游广告文案正文的创作要注意语言表达和信息处理这两个要素。

1) 语言表达的原则

原则一:旅游广告文案正文要符合传播媒介的特点,视频媒体倾向于口语化的表达,而平面媒体则需要大众化的书面表达。

原则二:旅游广告文案正文用词简单明了,视频媒体避免谐音歧义、含蓄不清,平面媒体则要概括性强,避免使用生僻字。

原则三:旅游广告文案正文语句结构简单,尽量用短句,避免用长句,避免用复杂句式和过长的修饰语,避免用倒装句。

原则四:旅游广告文案正文应结构紧凑,语意连贯集中,不可故弄玄虚、无端分段,以免引人反感。

2) 信息处理的原则

原则一:旅游广告文案正文信息完全围绕标题,不可文不对题或偏题,让人读后不知所云。

原则二:旅游广告文案正文内容要突出重要信息,根据标题的表达重点进行创作。无论采取何种修辞手法都只是手段,真正重要的信息必须突出,详细描写。

原则三:旅游广告文案正文无论是平面媒体还是视频媒体,字体选用要符合美学和整体氛围,文字颜色选配突出又不突兀,文字与图片或视频匹配。

原则四:旅游广告文案正文内容信息展开有逻辑性,条理清晰,为最后的消费号召提供合理的基础,从而调动消费者的情绪,使其产生旅游的向往。

2. 正文的表现形式

1) 直陈式

直陈式最重要特点是客观,直接进行陈述和表达。以权威的视角或评述的口吻来表达,能够提高信任感。简单质朴,没有任何修饰和故弄玄虚,让人感觉亲切。

例如荆州旅游广告:

标题:"宾"家必争之地——荆州。

正文:

古之荆州,地势险要,易守难攻,为兵家必争之地。

今之荆州,风景秀美,水香鱼肥,乃"宾"家必争之地。

今日荆州,有厚重的历史底蕴。

今日荆州,有香飘万里的新气象。

该旅游广告文案重点对历史和现实进行对比,古时候因为"地势险要,易守难攻",所以是"兵家必争之地";现在天下太平,"风景秀美,水香鱼肥",是游客们都争相而来的旅游胜地。整个广告文案语义清晰,内容精简,实事求是,感怀古今。

2）表白式

表白式的最大特点是重视旅游企业的自我表达,具有较强的主场意识。这种广告文案的正文重点在自我介绍,传递自己可以提供的信息、服务及优势等。

例如Amtrak列车的广告文案:

标题:这次旅行将穿越沙漠、山岭、森林和隧道。

正文:

这是一列火车。在车上您会感到非常舒服,并为窗外的景象振奋不已。在车上您可以读点书、聊聊天或稍事休息。用餐时可以享受到我们为您准备的美味佳肴及我们热情周到的服务。乘坐我们的列车,可到达500个目的地中的任意一个。在车上您可享受到其他任何一种陆地旅行的快乐。

这是一辆旅游列车的广告,用优美的语言介绍乘坐体验,向读者传递热忱服务的信息。最后用一句"在车上您可享受到其他任何一种陆地旅行的快乐"为自己的服务定位,这是真诚的表达,也是一种品质的承诺,能增加消费者的信任和好感。

再如云南旅游的广告文案:

标题:云南旅游。

正文:

7种心碎治疗法:维他命E、睡眠充足、摄取充足的水、远离你原来所爱的人、禅坐、心中认定这是自己的命。

不够?

去云南旅行!

该广告以谈论治疗心碎的7种方法为开头,似乎是在讨论完全不相干的事。然而,"不够"二字笔锋一转,那怎么办呢?答案是"去云南旅行"。这一广告巧妙地陈述了旅游的作用,即可以治疗心碎,养心养身,帮助人们重新面对人生。这个广告创意独特、技法娴熟,是难得的佳作。

3）代言式

代言式的特点是以代言人的口吻向受众传递信息。这类的旅游广告可以选择名人代言,也可以选用普通人来代言。代言式旅游广告要注意的是代言人对旅游产品的描述要客观,同时要符合一定的身份和人设。

例如张家界旅游广告文案:

标题:人间仙境张家界。

正文:

所有怠慢光阴的人,终被光阴流放。我渴望人间仙境,我愿意把自己放逐在气势磅礴、雄浑奇峭的水墨丹青之中。笑看当年沧海忽腾烟,我愿和你穿行于千峰万壑之中,徜徉于飞瀑流泉之间,分享张家界。

置身云雾,仿佛天兵天将忘记了天女下凡,我仍在每座山里倾听美丽的传说,怀想两岸鸟语花香。层层叠叠的岩石,溪流潺潺的金鞭溪,壮观的天子山,清澈的宝峰湖,神奇的黄龙洞,信步走来,步步是景,处处生情。

我坐在溪边的青石上,看小鱼儿活蹦乱跳。水清澈见底仿佛人间瑶池。抬头可以看到"铜墙铁壁""定海神针""南天柱",仿佛在当年是我和唐僧师徒一起西天取经。一路走来,"青铁柳""算盘子树""蝴蝶树",仿佛捡到了一粒阳光,在斑驳阳光中释放情怀。走得太累可以喝到味醇清甜的"白沙井"水。在落日浑圆的时候,在山川接纳飞鸟回巢时,山上飞流而下的溪水将我烦恼的思绪变得宁静。而在另一个早晨,在太阳悄悄升起的时候,缥缥缈缈的仙雾中,走动着另一个我。

万石怪洞,各式各样的石头,"幸福之门"和"长寿之门"敞开宽阔的胸怀,将我拥抱。继续往前走,我看到富丽堂皇的"龙宫",而传说中的"定海神针"高耸着,瀑布如烟似雾倾泻而下,奇景不断,微波中摇曳浮光,烟雾袅袅。我想传说中的仙境正如此吧!奇形怪状的石头或高耸入云或直插云霄,随心所欲的美随时随地就会让你陶醉。

离开的时候,"回音谷"里仍然在回荡一种留恋的声音。

半夜起床,不知何故。不知昨天,今天,此时几何,不知是梦,非梦,身居何处。

攀峰林而壮怀,涉溪涧以探幽,置云海间忘情,入岩洞中绝叹。

忽然大笑,是人间天堂还是旅游胜地。

沧海桑田与奇观胜状就在张家界。

这篇广告文案较长,内容如一篇优美的散文。该广告以一个普通游客的身份,深入张家界,体验张家界的奇与美。该广告文案以旅游的过程为内容,将景区里的众多美景一一罗列,却没有啰嗦之感,反而增加了读者的兴趣。整个文案多次写道"我看到""我倾听""将我拥抱"等,让读者有极强的代入感,一如亲历。最后结尾"忽然大笑,是人间天堂还是旅游胜地。沧海桑田与奇观胜状就是张家界"是一种顿悟、一种释然、一种肯定,同时点明广告文案的写作对象"张家界",文笔自然,合情合理。

4) 对话式

对话式旅游广告文案主要运用在音频和视频类的传媒方式当中。整个广告文案是简单的人物对话,可以进行很简略地问答,显示出生活气息和故事感。随着短视频和自媒体的发展,这种广告文案变得更加普遍。

例如某旅游社的广告:

A:存钱,付首付!

B:存钱,还房贷!

C:存钱,把自己关在一间小房子里!

D:不如花3平方米的钱,玩遍960万平方千米!

这是一个4人对话的旅游电视广告,四个人一人一句,内容集中讨论一个日常话题——存钱买房。A、B、C三人说出了存钱买房的三个阶段,结论是"把自己关在一间小房子里",听起来让人沮丧。最后一个人D则说:"不如花3平方米的钱,玩遍960万平方千米!"旅游可以让你拥有更广阔的天地,而且价格也不高,只是"3平方米的钱"。该广告很有诱惑性,对深受房贷之苦的一些年轻人很有吸引力,通过引发消费者共鸣,提高其对超脱现实的渴望,激发旅游兴趣。

(三)旅游广告口号

旅游广告口号是为了让旅游消费者对旅游企业、产品和服务加深印象,一般会长期、反复使用简短的口号性语句来加大宣传。广告口号一旦形成,将在一定时期内反复出现,这样才能深入人心,起到巩固效果。广告口号有时与标题通用,但并不是所有的标题都可以用作广告口号,只有那些概括性强的主标题才能作为广告口号来使用。旅游广告口号主要有单句和双句两种表现形式。

1. 单句式

单句式的广告口号就是只用一句话来表达。在全国各省、直辖市的旅游广告口号中,单句式的如下所示。

北京:北京欢迎你。

山西:晋善晋美。

山东:好客山东欢迎您。

湖北:灵秀湖北欢迎您。

青海:大美青海欢迎您。

江西:江西风景独好。

2. 双句式

双句比单句的表现力更强,两个句子可以并列、对比、递进承接,简单又突出特色。在全国各省、直辖市的旅游广告文案中,双句式的如下所示。

上海:发现更多,体验更多。

陕西:山水人文,大美陕西。

河北:诚义燕赵,胜境河北。

天津:天天乐道,津津有味。

内蒙古:祖国正北方,亮丽内蒙古。

辽宁:乐游辽宁,不虚此行。

吉林:白山松水,豪爽吉林。

黑龙江:北国好风光,尽在黑龙江。

江苏:畅游江苏,感受美好。

浙江:诗画江南,山水浙江。

安徽:美好安徽,迎客天下。

福建:福往福来,自游自在。

河南:心灵故乡,老家河南。

湖南:锦绣潇湘,快乐湖南。

广东:活力广东,欢乐祥和。

广西:遍行天下,心仪广西。

海南:阳光海南,度假天堂。

重庆:大山大水不夜城,重情重义重庆人。

四川：天府三九大，安逸走四川。
贵州：走遍大地神州，醉美多彩贵州。
云南：七彩云南，旅游天堂。
西藏：世界屋脊，神奇西藏。
甘肃：精品丝路，绚丽甘肃。
宁夏：塞上江南，神奇宁夏。
香港：我在香港，找回本色。
澳门：感受澳门，动容时刻。

3. 词组式

词组式旅游广告口号需要选取与旅游景区和服务相关的概括性很强的词语，以突尼斯和英格兰旅游广告口号为例：

突尼斯：空气、阳光、海水浴！
英格兰：潮流、典礼、历史之乡！

（四）附文

附文是旅游广告的最后部分，告知消费者购买旅游服务的具体方式或进一步获得信息的方法。该部分是整个广告文案的最后部分，内容包括电话号码、网址、地址、联系人、电子邮件等。

作为广告文案的附文，表面上看不需要费力去写，只要陈述清楚即可，但还是有基本的原则。

其一，附文的位置是最后，但却非常重要，当消费者被旅游广告的内容所打动，打算进行旅游消费的时候，需要获得明确的信息，才能有进一步的旅游消费行为。

其二，附文要写得明确清晰，在媒体表达上可以用醒目字体和颜色提醒消费者注意。

其三，不能有错误，所有信息都要反复核对，确保联系人、通信地址、邮政编码、电子邮件、电话号码正确无误，否则整个广告将彻底失效。

例如，在张家界旅游广告文案的最后，附文写道：

想去张家界，请打开张家界旅游网。美丽的画面不时将视觉挑逗，沉醉在人间天堂，感受张家界的非常美景及狂喜的奇迹，然后和他一起出发。张家界是目的地。

Amtrak列车广告文案的附文如下：

订票请打电话给您的旅行社，或打电话给Amtrak。

五、旅游广告文案的修辞手法

从修辞的角度来看，旅游广告文案是为了更好地进行广告宣传，必要的修辞能提升表达效果,提高感染力。旅游广告文案中运用的主要修辞手法有夸张、比喻、排比、反复、对偶、设问、反问等,下面主要介绍前四种。

(一)夸张

夸张在旅游广告文案的写作中比较常见,是对旅游形象、特征、作用和程度等进行一定的夸大或缩小。在此要强调的是,夸张和浮夸是有较大区别的。夸张是有一定基础的形象写意,听上去是一种感觉的放大或缩小,体会到的是语言的魅力和想象的扩展。而浮夸是脱离现实情况,一味地吸引眼球,极力美化形象,造成失真和失实。因此,旅游广告文案在使用夸张的修辞手法时要注意分寸,不能给人一种华而不实的感觉。当下有些"网红"旅游景点为了吸引游客,过分艺术化地加工景区的宣传文字或照片,等游客到了景区之后却有上当受骗之感,导致该景点"恶评如潮",迅速被游客抛弃,这是旅游广告文案要吸取的教训。夸张手法用得好,能更好地体现旅游景区或服务的格调、韵味,树立好的审美形象,更能让人记忆深刻并认同。

比如以下几个国家的旅游口号,就明显地运用了夸张的修辞手法。

瑞士:上月球之前先来瑞士一游。

埃及:历史的金库。

意大利:露天博物馆。

(二)比喻

比喻是用人们熟悉的、具体的、生动的事物来描写人们不熟悉的、陌生的、抽象的事物的一种修辞手法。该手法能让所描摹的感觉和事物变得浅显、具体,同时唤起人们丰富的感官,让人回味无穷。一个完整的比喻需要有本体、喻体和比喻词,但在旅游广告文案里,可能出现暗喻和隐喻的手法,比喻词可能会被隐去,甚至本体也会被省略,而通过视频和画面来表现本体,仅出现喻体。因此,广告文案中比喻的运用可能不是纯文字的,而是会结合画面或视频来表现。广告文案中运用的比喻也与其他文学作品中的比喻不同,广告文案中的比喻需要结合旅游企业和服务的形象,以增强旅游影响力为目标。旅游本身是从现实生活中跳脱,寻找诗和远方,因此需要陌生感。如果使用的比喻总是运用熟悉、具体的感受来描写,人们将会失去对旅游的新鲜感和探索欲,这反而是不利的。因此,比喻的使用要引起人的注意,以想象为先导激发人们旅游的美好感受,让人能超越现实的枯燥。比喻之物则要可感知、可期待、可追寻。

比如西藏和云南的旅游口号,就明显运用了比喻的修辞手法。

西藏:世界屋脊,神奇西藏。

云南:七彩云南,旅游天堂。

(三)排比

排比是把三个或三个以上意义相关、结构相同或相似的句子排列起来的一种修辞手法。在旅游广告文案中,这样的修辞手法能将旅游企业、服务或产品的理念、主旨、服务等特征集中表现出来,由于句式整齐、节奏和谐,能达到更好的宣传效果。在旅游广告文案中运用排比,加上画面、音乐和配音,能使气势连贯,增强结构感和韵律美。同时,用排比的修辞手法写作之前,需要创作者对旅游企业、服务或产品非常了解。排比的三个句子各有侧重点,字数尽量相同或相差不大;句式结构尽量相同,如采取动宾结构、主谓结构等;结尾尽量押韵,听起来整体性更强。

例如某旅行社的广告:

赶第一班公车,

赶最后一班地铁,

赶稿,

赶工,

赶进度,

花一辈子时间赶时间,

不如……

花点时间让时间休息一下。

再如吾游网的广告:

安静下来,你会最享受旅行中的哪个瞬间呢?

出发时,听着火车开动时的那一触动?

卸下包袱,脑袋一片空白什么都不想?

和恋人背靠背,坐在一起可以什么都不说?

看见美景,放松身心站着发呆?

走在路上,任微风和阳光包围着你?

路遇欢笑的人们,用相机拍下他们的纯真与可爱?

留心美食,尝试舌尖上的美味?

记录美好,用文字、图片、视频分享感悟故事?

人生最好的旅行,就是你想去一个陌生的地方,发现一种久违的感动!

吾游网,无忧旅行,带你发现久违的感动!

(四)反复

反复是指一个词语或句子在广告文案中多次出现,达到强调和加重语气的作用。旅游广告文案中用此修辞手法是为了强调某一认知、服务或体验。虽然在句式结构上,反复和排比有些类似,但排比的句子是表述不同的方面,而反复是强调某一方面的特征,以达到强化观念的效果。

例如吴哥窟的旅游广告文案:

战乱,平息;

再战乱,再平息。

如此反复,
没有人知道什么时候会结束。
法国人来了,又走了。
越南人来了,又走了。
红色高棉来了,他们没有走,他们大多都死了。
黎笋、西哈努克、乔森潘、宋双、拉那烈西哈努克……
陆续登场,先后谢幕。
终于所有人都可以喘一口气。
尽管有时耕田的牛还会踩响一两颗地雷,让人们的回忆时不时被惊醒。
但生活,确实平静下来了。
一切开始恢复,包括那闻名世界的吴哥窟。

第二节　旅游广告文案赏析

一、旅游诗歌式广告文案

（一）中国台湾地区南投县凤凰谷鸟园广告文案

让我们看鸟去。
雨停了,云一朵一朵的;
风来了,花香一阵阵的;
草绿了,露珠儿一颗颗的。
嗨,你的眼睛亮了吗?
一只飞鸿,一声鸟语,
连呼吸的声音都在说:春天来了。
来吧,让你的视觉鲜活起来!
看看枝头吻颈的鹣鲽;
听听溪畔莺声燕语;
领略环肥燕瘦、秾纤合度的巧妙绝伦。
走,带着你的相机,
让我们看鸟去!

作品简析

诗歌语言短小精干,更能反映旅游时心灵的触动,抒发惊喜、感叹等情感。因此,很多景区和旅游企业为了吸引游客,都采用诗歌进行宣传,一方面可以表现旅游的状态,另一方面又可以提升企业的文化品位。写得好的旅游诗歌文案能激发受众的共鸣,让他们产生旅游的冲动。这篇旅游诗歌式的广告文案先用了三个排比句写出了园区的美,让人很容易就进入春天的意境,感受自然,然后用"一只飞鸿,一声鸟语"增加了灵动,同时强调了此处是鸟园。再接着"看着枝头吻颈的缱绻,听听溪畔莺声燕语,领略环肥燕瘦秾纤合度的巧妙绝伦"几句,将园中鸟儿的千姿百态写出来了。最后,用一句如邀约的语言"走,带着你的相机,让我们看鸟去",打动人心,让人产生同去的冲动。

(二)阿里旅行的广告文案

去啊——阿里旅行,
天空在心,路在脚底。
你,梦想去向哪里?
去那座写了你名字的山;
去那片等了你很久的海;
还是去你向往的无边无际,海阔天空?
你说你19岁,
这次旅行绝对不带爸妈;
你说你39岁,
这次旅行就想陪着爸妈出去走走;
27岁的你们,说再不出发就晚了;
而72岁的你,说多老出发都不晚。
学着Hello,学着Thank you,
第一次尝到了当外国人的滋味。
千万个人有千万个旅行梦,
有梦就出发吧!
深度游也好,
走马观花也好,
到此一游也罢,
走出去,你会发现,
只有两条腿的我们,
是可以展翅高飞的。
去啊!

作品简析

这篇旅游文案以诗歌的形式抒情,不是直接以优美的风景吸引游客,而是从思考人生的角度打动人。这篇文案写出了哲理的意味,创作者具有很强的文学功底。通过年龄对比的方式,让人思考旅游在人生不同阶段的意义,极具思辨性,发人深省。从19

岁到39岁,人们对父母的态度改变了;从27岁到72岁,人们对岁月的理解更深了。人生也是一趟旅行,每个阶段的感悟不同,实际的旅游行为不过是人生这趟旅行的一个缩影。紧接着,用号召式的语言"有梦就出发吧",呼吁人们出门旅游。无论什么形式和内容的旅游,只要走出去,外面天地辽阔,两条腿就成了梦想的翅膀。最后,用了两个字"去啊",似乎是再推了一把,把人们推出门去。

二、旅游散文式广告文案赏析

(一)九寨沟的广告文案

每到深秋,九寨沟的景色更是迷人。秋霜过后,层林尽染。翠绿、金黄、火红的多色树叶相间,湖水清澈透明,蓝天白云映入湖中,湖静云动,如水里行舟。你不心动吗?你不行动吗?

作品简析

散文式的旅游广告篇幅比诗歌更长,能详细地描写旅游过程中的经历,更能丰富地表现出的旅游中的感悟。散文式的旅游广告需站在宣传的角度,写出旅游对于世俗的超脱,让受众体验到轻松舒畅、和谐甜蜜的审美享受。旅游散文要选择那些柔和、平静的词汇,打造一个优雅和谐、悠然甜美的意境。只有这样,才能达到良好的广告效果。

这则广告文案只有三行,但将九寨沟的秋景进行了深度概括,以颜色多样来突出景色优美,配合相关视频,让人沉醉。尤其对于每日眼中皆是钢筋水泥丛的人们来说,这样的描写实在令人心动。最后用两句反问"你不心动吗?你不行动吗?"直白的问题,问到了人们心里,极大地调动了人们的情绪。

(二)南非的旅游广告文案

有没有可能沿着相同的山路一直走到布满岩石的好望角海岸?有没有可能600年后再次看到先人们当年站在波涛汹涌的好望角所看到的一切?有没有这样一片土地,依然保持着它最初被发现时的风貌?站在先人们当年傲然屹立的乱石滩上,放眼眺望无垠的大海,这是一片完全不同的土地。站在岸边思绪飞扬,甚至会想,如果一个人能够继续向前,跨过大海,就会到达冰雪覆盖的南极大陆,对此古人也许早已知晓。

有没有可能在体验目不暇接文化的同时却有一种宾至如归的感觉?有没有一个地方那里有无穷的生活乐趣,可以享受无尽的美味,从新鲜的海味到甜美的水果?有没有这样一个国家,它因拥有令人难以想象的独特美景而得到世界的公认,并且拥有六处世界遗产?有没有这样一块土地,那里的人们慷慨大方,能够理解你想独自徜徉并欣赏众多瑰宝的愿望?有没有这样一个地方可以让你在瞬间变成拥有钻石和黄金的百万富翁?你是否在被自己所发现的迷人丰富的文化搞得眼花缭乱之时,还是不忘购物,想尽情购买世界名牌?有没有可能只用一次旅游,你带回的不仅是美好的回忆,以及可与家人一起分享的精彩照片,你还可以带更多的纪念品回家呢?有没有这样一个地方,那里遗迹虽然神圣但却可以自由分享?有没有这样一个地方,我们所知道的传奇故事,也许已经被我们的前人在探索今天的马蓬古布韦文化景观时亲眼目睹或体验过?有没有这样一个地方,那里有使用九种语言的九种文化,但是没有"陌生人"这个词?有没有这样一块土地拥有如此多样的文化,甚至连非传统的文化也得到人们的热爱?今天是否依然存在这样一块土地,它使你获得一种真正的发现和探索世界的感觉,就像你的先人所感受的一样?真的有这样的地方吗?

这里就是。

南非,一切皆有可能!

作品简析

这是一篇国家旅游宣传广告,内容较多,篇幅较长。该文案写作方法与众不同,不是直接白描,而是用了十几个设问句,不停地发问,以吊起受众的"胃口"。此地有古代文化遗迹、美轮美奂的景色、好客而亲善的居民,还是购物的天堂,甚至是创造财富的地方。集齐这么多美好的地方能是哪里呢?最后一句结尾回答"这里就是。南非,一切皆有可能!"这则广告文案配合相对应的景色、遗址、人文,让人浮想联翩,赞叹不已。虽然该文案篇幅很长,但内容不重复,把各种各样的美都堆在你的面前,还会没有去旅游的冲动吗?这则旅游广告文案让其他地方的旅游稍显逊色,别的地方只有一种或几种旅游资源,而南非全都有。这是一种自信,对人们来说是一种诱惑。

三、旅游小说式广告文案赏析

世界与你想象中不同——TripAdvisor猫途鹰

25岁之前,我是一个从不旅行的人……
那年我七岁,我爸当了记者。
每年有好几个月都在全世界到处跑,
每次他一走,我妈就开始哭。
"你长大了,
千万别像你爸爸那样,就知道到处野。"
我爸每次回家都跟我讲世界有多美,
那时候我只有一个想法——
"我才不像你,我哪儿也不去。"
毕业后,我留在家乡工作,
单位离我家只有600米。
我不爱旅行,也不需要旅行,
我妈觉得这样很好。

我爸？我爸当时已经跟她离婚七年了。
25岁那年,单位的一次活动在国外举办,
而目的地就是我爸当年跟我提及最多的地方。
站在那里,我才发现,
爸爸没有骗我。
那一刻,我突然想,
我是不是该去他当年说的那些地方看看。
走的地方越多,我越能理解当年那个爱旅行的他。
很遗憾,当年的我没能和他一起站在这些风景中,
没能亲口跟他说一声——
"爸爸,这里真美。"
有时候,不懂他选择的人生,
是因为没有见过他所见的风景。
启程,去旅行,去看看不同的世界。
猫途鹰,
不同视野看世界。

作品简析

随着旅游广告视频的兴起,旅游小说式广告文案越来越受到人们的喜欢。这则旅游小说式广告的主人公是疲惫而困顿的普通人,经历着平凡而琐碎的人生,这样的人物设定很容易引起普通人的共鸣,同时也让人更有代入感和阅读兴趣。之后,文案描写了旅游给生活的转变及体验,让人对比自身,提升感悟,激发旅游的动机,产生旅游的行为。本广告文案主要分成两段,主人公是单亲家庭长大的孩子,起初他不理解父亲对旅游的爱好,甚至认为是旅游毁掉了他的家庭。他以25岁为界,25岁以前自己不爱旅行,也觉得自己不需要旅行,日子平淡无奇但安稳祥和。但单位的一次活动在国外举办,25岁的他第一次出门旅游,发现了旅游地的美,理解了父亲的热爱,而自己也明白了人不是困兽,而是行走的诗。旅行改变人生,旅游也改变了人生观,旅游让人与世界和解,与亲人和解,与自己和解。最后一部分是广告的号召,突出了"以不同视野看世界"的主题。

1. 什么是旅游广告文案?
2. 旅游广告文案的基本结构分成哪几部分?
3. 旅游广告文案标题的表现形式有哪些?

第七章
旅游解说词

本章导读 本章对旅游解说词的含义、基本分类、语言特点和基本结构和修辞手法等进行了阐释,选取了几例有代表性的旅游解说词进行鉴赏和分析,让学生对旅游解说词有一个全面的认识和掌握,为今后进行旅游解说词的写作打下坚实的基础。

学习目标 了解解说词的基本概念和分类,掌握解说词写作技巧,能抓住不同的景区、建筑、文物等的特点进行旅游解说词的创作。

第一节 旅游解说词概述

一、旅游解说词的含义

解说意为解释说明,解说词是为解释说明而作的相关文字。旅游解说词是口头或书面解释、说明旅游景区的建筑、自然风光、历史等的文本。旅游解说词是预先拟好的,经过反复推敲和试读所形成的旅游解说的基本文本。旅游解说词通过对旅游景区相关事物和历史的准确描述及情绪渲染,打动游客,使其了解旅游景区基本情况和发展状态,以实现最佳效果。旅游解说词能帮助游客在观看实物或视频的过程中加深感受,发挥视觉作用的同时结合听觉,让游客对景区的感知更具体、更深入。可以说,旅游解说词是对旅游过程中视觉感受的补充,有些景区的建筑、文物加上了解说词,能帮助游客进入解说的情境之中,使其身临其境,达到情感的共鸣和认知的提升。当下,为了提升景区的宣传效果,旅游宣传片大量出现,电视、电影、短视频平台等都在不留余力地宣传旅游。为配合宣传的需要,解说词的写作也显得尤为重要。

二、旅游解说词的基本分类

(一)按文本的表现形式

1. 旅游书面解说词

旅游书面解说词是旅游景区里的道路、建筑、文物、景物等的醒目位置放置、张贴的文本,游客可自行阅读。这一类的解说词相对正式,语言精练,解说清晰。

2. 旅游口头解说词

旅游口头解说词包括由导游或解说员在现场给游客解说的解说词,以及为旅游城市、景区或旅游展览等拍摄的相关视频所配的解说词。这一类的解说词语言偏于大众化,较少使用生僻字词,解说时须带有一定的情感,把握语速,以调动观众的情绪。

(二)按运用的场景

1. 旅游宣传视频解说词

这类的解说词主要包括旅游电影宣传解说词、旅游电视宣传解说词、旅游纪录片解说词、旅游短视频解说词等。这类的解说词最重要的是配合视频画面。解说词可以让画面的内容更饱满、更具体,同时加深理解。这类的解说词也可以加入一些抽象的思想或情结让旅游宣传更加具有文化气息。因此,这类的解说词有些类似于剧本,根据解说词大概的内容去拍摄或选取相关的视频,解说词为画外音,与视频组合起来,提高美感,提高认知,增强感悟,也能激发视频观众去景区游览的动机,为旅游培养潜在客户。

2. 旅游景区内解说词

旅游景区内建筑、文物及相关的历史文化知识的解说一般有两种形式,一种是在醒目位置用文字的方式简单说明,另一种是由导游或解说员进行口头解说。两者结合能带领游客重回历史时刻,深入了解文化背景及自然地理知识。旅游景区内的文字解说词应该简洁清晰,字体大小合适,放置、张贴醒目。而导游或解说员的解说词一般比较口语化,相对比较详细,还可以根据现场气氛进行提问或互动,比较灵活,但解说词的基本内容要事先创作和背诵,才能在现场解说时做到清晰流畅。

3. 旅游专题展览解说

这一类的解说词与景区内的解说词类似,分为书面和口头两种形式,旨在帮助游客加深印象和理解。但专题展览通常有特定的宣传主题,因此解说词需紧密结合主题,对现场展示的图片、文字、实物进行解说。与景区内解说词相比,专题展览的解说内容更集中,宣传的意味更浓,语言也需更严谨。特别是一些红色旅游、文化历史等方面的专题展览,更需要遵循历史事实,保持严肃认真的态度。

三、旅游解说词的语言特点

旅游解说词作为游览过程中对视觉和听觉的补充，无论是书面形式还是口头形式，都应具备以下特点。

（一）说明性

旅游解说词具有说明性，是因为旅游解说词以景区风景、建筑和历史事件等为基础，对其景区进行说明、解释和补充。旅游解说词首先应作为配合性的文字，与视频、实物、照片等相互补充。

首先，旅游解说词要清晰明了。口头解说词要言简意赅，一听即懂。文字解说词要简明扼要，一目了然。解说词能让原本美丽的风光更具沉浸感，也能给看似普通的建筑、摆件、衣物等赋予特殊的意义。其次，旅游解说词的说明性体现在解说要按顺序和类别进行创作。旅游解说词要段落分明，每一件实物或一个画面有一段文字说明。在书面形式上，可用标题或空行进行分隔，表现各实物或各画面的相对独立性。最后，旅游解说词的创作要站在游客的角度，体察他们看到景色或实物时想了解、知道的内容，从而得到游客的认可。

（二）大众化

旅游解说词是面向大众的。对视频和实物的解说，要遵循实事求是的原则，这是对观众负责任的表现。首先，尊重观众的视觉体验，让观众边观察边体验。解说词的篇幅要适中，不能干扰观众观赏。其次，无论是书面还是口头的解说词，都要避免歧义，不使用生僻字，不使用文言文、半文半白的语言，同时要做到字句连贯通顺，条理性强，尽量用短句，不用长句。最后，旅游解说词要做到雅俗共赏，语言朴实亲切。书面解说词的字词应简单易懂，字面意思清晰；口头化的解说词应富有节奏感和音乐感，听之自然流畅，娓娓道来。

（三）艺术感

旅游解说词本身应具有美感，因为旅游本身就是一场审美活动。旅游解说词往往具有浓厚的文学色彩，有的用抒情的方法营造意境，有的用讲故事的方式解说历史，有的解说词本身就是以诗歌或散文的方式进行创作的，单独拿出来也是非常优美的。因此，解说词虽然属于在旅游视频、景区和实物的基础上锦上添花的文字，但其艺术感能使它得到观众的青睐。一方面，旅游解说要满足解说视频、景区和实物的需要。风景类的视频、景区需要用一些感性的描述性词汇，引发受众的想象，增强契合感，提高代入感；文化类的视频、景区和实物需要深挖其历史、特点、影响等内容，使叙述有真实感。另一方面，文化旅游的旅游解说词还要符合相应的场合和受众。如果对象是学生，知识性的内容可以多一些；如果对象是中老年人，体验性的词汇可以多用一些。即使是同样的解说词,面对老人、儿童等不同人群解说时也需调整语气、语调,以适应不同的受众。

四、旅游宣传片解说词的基本结构

在进行创作旅游解说词之前,首先要选择素材。在杂乱无章的材料中选取好相应的素材,按顺序组合成一个整体。一个完整的旅游解说词分成标题、开头、主体、结尾四个部分,其结构与一般文体大致相同。

(一)标题

旅游解说词的标题应非常明确地指明解说的景区、建筑、文物等,可以用单句或对句的形式。对句的形式可以增加一些艺术感,现在很多解说词都采取这样的形式,但这也不是必须的。例如,崇宁铜钟解说词的标题为"崇宁铜钟,声闻四达"。也可以用比较文艺句子概括特色,解说的景区、建筑、文物等放在副标题上体现。例如,聊城海源阁的解说词的标题为"闻名天下的私家藏书楼——聊城海源阁"。

(二)开头

解说词的开头是全文的起点,可以采取描述式,直接开门见山地表达,如"游客朋友们,欢迎来到××××""各位来宾,大家好!欢迎来到××××""各位游客,你现在看到的就是著名的××××"等。

除简单的开场白外,还可以用一些营造意境的方式来开头。

如石林的解说词的开头:

说起中国旅游,大家可能听过这样的话:到了北京登墙头,到了西安数人头,到了桂林观山头,到了昆明看石头。今天我们就到素有"天下第一奇观"之称的石林参观游览。

如黄门张氏节孝坊屋解说词的开头就以设问的方式开头,引发游客的兴趣:

各位来宾,大家好!这座毗邻陕山会馆,坐落于南侧山岗上的牌楼式建筑,就是馆区内唯一的一栋牌坊屋,它的全称是黄门张氏节孝坊屋。请大家仔细观察一下,它与周围其他的民居建筑有什么不同。为什么叫牌坊屋呢?牌坊屋,顾名思义就是牌坊和房屋组合在一起。大家看,咱们的黄门张氏节孝坊屋就是前坊后屋的结构。

(三)主体

旅游解说词的主体部分按照景区、建筑或文物的空间、构造等,根据从外到内、从前到后、从上到下的顺序进行描写或说明,让受众有一个全面的了解和认识。其内容要包括名称、特点、历史事件、功能、类型等,也可以适当做一些逻辑关系说明或一些哲理性讨论,但要适度,不能牵强。

比如盘龙寺解说词的主体是这样的:

盘龙寺位于菜子镇菜子村九社鸭儿山台地上,唐太宗李世民殿是盘龙寺的主殿,亦称天子爷殿。建于何时无考。清同治七年(1868年)毁于火灾,10多年后重建,现存建筑1992年新修。

李世民殿坐东朝西,属深沿台,宽12米,廊沿深3米,进深6.5米,前廊格高4.5米,屋脊高7米。沿台南北两侧看墙上分别是龙、虎彩色壁画。前廊楗柱4根,三开间12扇门,门顶有棋盘形彩画9幅,分别是梅兰竹菊和四季花卉。殿内正中的轿子里是李世民的塑像,左右两旁分别是白马爷和金龙爷的塑像。殿内的两根立柱上对称地塑有两条彩色盘龙。屋顶属尖山式硬山顶。屋脊正中是子牙楼,子牙楼上有麒麟和"寿"字,子牙楼两边为6条游龙,两面的垂脊上是5只鳌兽。

比如贵州红军总政治部旧址解说词的主体是这样的:

红军总政治部旧址位于杨柳街28号,与遵义会议会址隔街相望,这里原来是天主教堂,由法国传教士沙布尔在清同治五年(1866年)兴建。教堂有经堂、学堂两个部分,系罗马式伞形拱顶建筑,室内空斗、砖墙,由栗色木柱、穿斗屋架、纵深4排32根高达7米以上的圆径支撑,四周有围墙,建筑之间有大片空地,古树荫荫,庄重堂皇,巍峨富丽。

红军1935年进遵义时,设在这里的总政治部专门召开了群众代表会议,参加会议的有各界群众代表和知识分子代表,研究了建立革命政权、成立遵义县革命委员会的具体问题。此外,还有"赤色工会""政治部保卫游击队"等政权组织和武装组织也成立了。在台上还散发了《中华苏维埃共和国宪法大纲》《中国共产党中央委员会告民众书》《出路在哪里》等宣传品。那时候,总政治部十分热闹。白天黑夜,人进人出,气氛热烈,工作紧张,在遵义人民群众中留下了深刻印象。以至于中华人民共和国成立后,政府寻觅遵义会议会址时,误认为在这里,因此这里挂了很长时间的"遵义会议纪念馆"的牌子。

红军二渡赤水,娄山关大捷,再占遵义时,这里还是红军总政治部,党中央在这里面的经堂召开营、科以上干部大会,传达了遵义会议精神,毛泽东、张闻天、周恩来等领导同志在此讲话,红军干部们高兴地拍着板凳说:"毛主席领导了""问题解决了"。

当年,总政治部代主任李富春,以及蔡杨、刘群先等女红军,还有在总政工作的李一氓、潘汉年等同志都住在这里。

1984年,邓小平同志题写了"红军总政治部旧址"牌匾。

(四)结尾

旅游解说词的结尾就是结束语,需要根据主体内容进行总结,同时在情感上再次呼应,并表达感谢之意。

比如国民革命军第二十四师叶挺指挥部旧址解说词的结尾部分是这样的:

各位朋友,我期望今天的讲解对大家来说不仅仅是一次对历史的回顾。当我们站在这座房子的台阶上,走在它的地板上,触摸着它的墙壁时,我们所经历的就更应该是一种与历史的交融。我希望这种交融能够让我们更加深刻和完整地理解历史,同时更加准确和恰当地把握现在,从而更加坚定和从容地创造美好的未来,用自己的实际行动为历史的画卷添上绚丽的一笔,在创造历史的同时也成就自己精彩的人生。谢谢!

比如黄门张氏节孝坊屋的结尾是这样的:

各位来宾,节孝坊屋的参观到此结束,我想各位对牌坊的历史及这栋节孝坊屋的历史已经有了较详细的了解,在这里我非常感谢各位对我工作的配合,有什么讲解得不清楚的地方,请多多包涵。

五、旅游解说词的修辞手法

(一)比喻

比喻在旅游解说词里被经常使用。通过使用比喻,可以更具体、生动地描绘出景物的特色,从而让观众更好地领略景观之美。

比如茶马古道的解说词写道:

"山间铃响马帮来",说到茶马古道,可能还有人感到陌生,但说到丝绸之路,就可能无人不知,无人不晓了。在丝绸之路上,骆驼是沙漠之舟;在西南的崇山峻岭中,马就是山地之舟。当时的马帮文明带动了商贸文明,促进了社会繁荣,造就了历史辉煌。

比如廖氏官堂的解说词写道:

窗,我们常说"眼睛是心灵之窗",失去了眼睛等于失去了一切希望。屋子的窗就如同人的眼睛一般,在民居建筑中扮演着不可缺少的角色。

(二)引用

旅游解说词为了更有说服力,常常引用诗歌、名人名言、民谣、俗语等。

比如歌乐山的解说词写道:

昔日风景秀丽的歌乐山,成为关押、迫害革命者的人间魔窟,腥风血雨,洒满毒剂。黑牢诗人蔡梦慰烈士对这地狱般的地方作了真实的描绘:"手掌般大的一块地坝,萝筛般大的一块天,二百多个不屈服的人,锢禁在这高墙的小圈里面。一把将军锁,把世界分为两边。空气呵,日光呵,水呵……成了有限度的给予。"

比如玉龙雪山的解说词写道:

天地间的雪山冰峰千千万万,人世间的高山峻岭数不胜数。然而,丽江玉龙雪山这样神奇而壮美、圣洁而多情的雪山却举世罕见。从古到今,已有无数的文人学者、诗人墨客拜倒在雪山下,对它情有独钟,魂牵梦萦。早在元代,就有诗云:"丽江雪山天下绝,堆琼积玉几千叠。"明代地理学家徐霞客也曾感叹:"见玉龙独挂山前,荡漾众壑,领契诸胜。"

(三)拟人

旅游解说词,特别是一些旅游目的地,为了加深亲切感和宜人感,往往以拟人的方式拉近人与山水之间的距离。

比如大理的解说词：

当你风尘仆仆地来到这里，迎面而来的徐徐清风首先会为你拂去旅途劳顿和满身灰尘。一年四季繁花似锦，你足迹所到之处各种各样的鲜花向你开放，献上动人的微笑。白雪皑皑，经夏不消，隆冬时节山茶、杜鹃、蜡梅争相怒放，举目所见，是一幅幅绿叶红花与古雪神云互诉衷肠的画面。

第二节　旅游解说词赏析

一、旅游景区解说词

天下第一奇观——石林

说起中国旅游，大家都听过这样的话：到了北京登墙头，到了西安数人头，到了桂林观山头，到了昆明看石头。今天我们就来到有"天下第一奇观"之称的石林参观游览。参观石林，随着时间的不同、角度的变化、光线的强弱，会有不同的感受，你会觉得石林中的每一块石头都有生命力！

现在我们沿湖边而行，此湖名为石林湖。1955年，周恩来总理游览石林后说："有山要有水，有水就不枯燥了"。石林景区根据总理的建议修建了这个人工湖，为石林增添了不少秀色。大家看，湖水清澈，一座座石峰屹立水中，其中一峰酷似观音，故这一景名为"出水观音"。

朋友们，我们现在立身的地方叫作狮子亭。此处海拔1768.9米，是石林景区中海拔最高的地方。站在亭中，苍苍莽莽的石林景观一览无余。各位不妨在此稍事歇息，看看风景，我也借此时间向大家介绍一下石林的成因。

石林是在特定的自然条件下形成的，是典型的喀斯特地貌。早在二亿七千万年前，石林所处的滇东一带是沉在海中的，当时沉积了很厚的石灰岩，由于地壳运动，这里被抬升，海退成陆。地面受到侵蚀，形成准平原状态。又经喜马拉雅造山运动后抬升，形成云南滇东高原的一个组成部分。在高原形成过程中，由于地下水时急时缓地下降，地表及地下水不断向下溶蚀、冲刷，最终分割成石林形态，于200万年前形成石林。

各位朋友，世界各地喀斯特地貌，论面积之广大，保存之完整，发育之典型，年代之古老，造型之独特，类型之齐全，石林首屈一指。它以独一无二的雄姿、神韵、意境和无法抗拒的魅力，当之无愧地赢得了"天下第一奇观"的美称。

好了，看过小水牛、石屏峰等景点后，各位请看前方石壁上有两个鲜红的隶书大字"石林"，这就是石林胜景。这两个字源于著名的《爨宝子碑》帖中。

由石林胜景,我们进入迷宫,过"千钧一发",在"且住来佳"小憩之后,来到石林中海拔最低的地方——剑峰池。这里池水清澈,天光云影,四周群峰,秀色尽在池中。池水来自地下暗河和地表积水,水位常年保持不变。在喀斯特奇景的深处能保留这样一个天然水池实属难得。写有"剑峰"两字的那块石峰,100多年前如一把锋利的宝剑,直刺蓝天。1833年9月6日,嵩明发生大地震,波及此地,把剑尖给震断了,现在只能看到剑柄。

过了剑峰池便是"极狭通人"。此景取名自晋代文学家陶渊明《桃花源记》中"初极狭,才通人"一句。我们不妨将此名引申为,要进石林"桃花源",必经此道。

现在请大家展开想象的翅膀,去尽情欣赏这天然雕塑博物馆的精品区吧!仰看"双鸟渡食",揽"犀牛望月",过"象踞石台",敲响时钟,抚"千年龟",听洞府仙韵,过"一线天"……

有朋友会问,走了大半天,我们怎么没见到阿诗玛呢?现在请各位随我下幽兰深谷,沿途一路寻去,看谁最先找到阿诗玛。途中我们可以看到"蟒蛇出洞""唐僧打坐""悟空石"等天然造型景观。

朋友们,眼前看到的这块草坪叫跳月坪。每年火把节,撒尼人都要欢聚于此,唱歌、跳舞、摔跤、斗牛。你若想了解撒尼人的生活与风情,请记住,农历六月二十四一定要光临彝家的火把节。

大家请看玉鸟池畔的独立石峰,它苗条高挑,风姿绰约,侧视宛若一位亭亭玉立的少女,头上的撒尼头布和背上的四方篮依稀可辨,它就是阿诗玛的化身。阿诗玛是彝语,译成汉语便是金子般美丽、善良的姑娘。传说在美丽的阿着底,阿诗玛如朝霞般明亮,似太阳般灿烂。凶残的财主热布巴拉强行抢走了阿诗玛,她的心上人阿黑历尽千辛万苦把阿诗玛救了出来。来到石林时,万恶的热布巴拉勾结恶魔泛起洪水,冲散了这对恋人,洪水中阿诗玛化为一尊石像,屹立在石林中的玉鸟池畔。

阿诗玛是撒尼人的文化象征,她的美,已化为奇观异景,铸成了永不褪色的艺术品。这里的石峰因她而多情,这片土地又因石林而名扬天下。

作品简析

这篇解说词是一篇旅游景区解说词,这一类解说词对于优美瑰丽的自然风光,力求用各种优美的词汇进行描绘,同时融入人文背景,让自然和人文紧密地结合在一起。该解说词按游览顺序创作,将石林的开发历史和阿诗玛的故事穿插其中,整体内容自然流畅,有很强的代入感,能让游客对石林有一个全面的了解和认识。

在这篇解说词中,导游带领游客移步换景,让游客边走边看边听,增强旅游的体验。导游在重要的景点还会提示游客,如"朋友们,我们现在所立身的地方叫狮子亭""看过小水牛、石屏峰等景点后,各位请看前方石壁上有两个鲜红的隶书大字'石林',这就是石林胜景""现在请大家展开想象的翅膀,去尽情欣赏这天然雕塑博物馆的精品区吧""朋友们,眼前看到的这块草坪叫跳月坪"等等。这些提示让游客不至于忽视重要的景点,同时也能感受到导游的亲切和热情。解说词内容全面,对相关地理知识和历史事件的解释穿插到位,时间脉络清晰,对相关数据进行了准确说明,这些说明性的内容能增强游客的直观感受和认识。这篇解说词语言平实,尤其是最后对阿诗玛独立石峰的描写,故事内容紧凑,用了比喻的修辞手法来描写阿诗玛的美丽,"如朝霞般明亮,似太阳般灿烂"这样的语言让人浮想联翩,让人因最后有情人被恶势力逼迫不得不分离的结局感到哀伤。这让原本美丽的自然风光融入了人性的关怀,将善恶美丑的价值判断注入自然风景之中,丰富了景区的层次和格调。

二、古建筑旅游解说词

庞氏老屋

清道光年间(1821—1850年),庞氏家族因家境变迁,废学督理家务,巡山选址,重建祠堂。到庞氏十三公时,家族一支迁到崇阳,在崇阳境内定居、生存、繁衍,于是便有了今天我们看到的这栋庞氏老屋。家谱记载,庞氏老屋是庞氏家族的第三十五太祖庞林芳建的。庞林芳在兄弟中排行老四,字芳若,号景祥。他当时不满足于现状,到外面闯荡,在生意场上经过多年的打拼,终于有了一定的成就,积累了一定的财富,有比较殷实的家底。为了把家族发扬光大,彰显家族实力,庞林芳便想到在家乡修建房屋,于是便有了这栋气派的房子,也就是我们今天看到的庞氏老屋。

庞氏老屋的原址前有月山,大市河绕流而过,四周开阔,苍山点缀,阡陌纵横。庞氏老屋的修建时间虽然并不太久远,但其建筑特色却为众多文物建筑专家所赞叹。庞氏家族在这里世代生息繁衍、务农经商,所沿用的家训格言吸收了当地的民风民俗,不仅传承了传统的家文化,也是对当时民风民情的反映。庞氏老屋见证了风雨沧桑,烙下了历史的印记,是充满本土特色的传统民居。它告诉我们庞氏家族的变迁史,成为一个拥有固有文化内涵的建筑实体,不仅具有重要的历史、科学、艺术价值,其建筑风格和装饰艺术在当地也具有一定的代表性,具有一定的文物保护价值与鉴赏价值。

据家族的老人介绍,在1950—1952年抗美援朝战争期间,中国人民志愿军入朝作战,而东北军紧邻朝鲜战场,为了稳定东北军区的后方,军区部队家属曾迁至内地。因此,老屋也有幸作为当时东北军直属机关的托儿所,使用了两年。在此期间,人们对老屋进行了维修,使之得以保存完好。此后,这里一度是大市公社的小学。随着时间的流逝,我们现今所能看到的只是整个原建筑的三分之二。

庞氏老屋坐西北朝东南,平面呈近正方形布局。前厅、天井和堂屋为中轴线上的主要建筑,两边辅以厢房,左右对称,布局完整严谨。建筑结构以砖木混合为主,梁架多为穿斗式,墙体为青砖砌筑,屋面干摆小青瓦,屋脊干摆青瓦,为两层楼阁式建筑。南北两侧为五花墙,正立面、南北两侧为混水墙,后墙为土墙。正立面左右两侧各设离地高1.8米的石窗,花纹图案为拐字锦,左侧一石窗残缺。

曾有人比喻说:建筑是凝固的音乐。的确是这样。走进庞氏老屋,极具对称美的建筑风格,生动活泼的雕刻艺术,具有丰富想象和科学合理的设计,严谨的教育文化内涵,无一不证明了这点。我们不得不佩服当时人们的聪明才智和想象,我们中华民族不愧是世界上极具创造性和想象力的民族。这些不仅从外观可以感知,而且从家谱和房子中的神案、图案和祖训中也可以一步得到证实。

庞氏家族对于本族的教育是很严格的,以追求积极上进和美好生活为目的的精神教导从来没有停止过,教育家族成员及后代要遵纪守法。从家谱上看,庞氏家族创造了一整套家训体系,如孝亲、敬长、睦族、和邻、修养、举祭、齐家、养性、闺范、敦厚、树德、闲邪、存诚、慎言、通行、惩忿、禁博、息讼等,无不表达了庞氏族人对美好和谐生活的追求。

再看房子的正面,我们能感受到它的大气、对称美及雕刻的精巧。大家请注意,前面的墙上分别对称地设有圆形的窗户和方形的窗,很显然,窗户的主要作用是采光和透气。除此之外,那上面圆形的窗户还有其他作用呢!据说除了透气和采光,当外面有战情时,关闭大门后,可以由此向外面射箭,起到防御作用。如果只有这几个窗户,那一定会显得有些单调,所以不论是在窗户上还是墙垛上,都有些雕刻的图案,美观大方又富有一定含义。大家看看它们都有哪些含义呢?从左到右的墙垛上的图案分别表示:福到人家、年年有余、喜上眉梢、江南锦绣、松鹤同春。左右窗户上的图案呈对称分布,也有其特定的意义。

请大家再从外面整体地看它的墙面设计,这就是典型的马头墙。马头墙以其起伏变化,体现了庞氏古建筑的独特韵律,这样的感觉就像由箫或者古筝奏出的曲子,余韵悠远。

从建筑学的角度来看,古民居通常被分为以下几个部分:庭院、大门、前厅、天井、后堂、厢房、格门、格窗、屋顶、火巷。这样形式上的分类,可以让人们一目了然。下面我们就沿着这个次序来逐一欣赏。

先看大门,此门在设计上是属于"歪门斜道"。大家知道这是为什么吗?主要是基于风水的考虑,房子正对山尖"不吉利"。

大门口有两根石柱,称为门当。门当的上面是门楣,中间是两扇大门,大门两边有两扇小门。大门的正门一般是不开的,除非有尊贵的客人到来,家人和客人平时一般都从侧门进出。门梁上有一些花草类的雕刻,象征丰收和繁荣兴旺。

让我们走进去,感受老屋内在的魅力吧!

与其他几栋房子不同的是,庞氏老屋属于类似徽式建筑风格的典型南方建筑,大气、气派是其显著特点。庞氏老屋原建筑面阔23.8米,进深16米,占地面积380.8平方米,建筑面积687平方米。虽然现在搬到这里的只有原建筑的三分之二,也就是说只有454平方米,但当我们走进去时,仍能很明显地感觉到它的高大、宽阔、幽深、庄严。

(从大门进去,到达后堂)我们现在站在后堂的走廊上,从这里可以看到里面的庄严与大气,欣赏到构思的独特与设计的精巧之处。前厅面阔七间,沿中轴线对称,左右各三间,分别称为明间、次稍间和稍间。在当时,只有很富裕的人家才有这样的宅院。每一栋房子均为砖墙承重式硬山搁檩结构,檩枋均直接置于墙上。明间后檐处设两根立柱,下半部为石柱,上半节为木柱。室内东西两缝楼板承重梁下装有木隔断,南北面端开有通向次间的偏门,在稍间后方原安有木质影壁,现已丢失。明间设有三根、次间设有两根拉枋进行牵拉，使梁架稳固可靠，与厢房檩枋相交处设有角梁，顺角檐铺有较大的板瓦，作为天沟排水。

"有堂皆设井"，老屋的天井也很大，檐口处均用滴水、眉子，呈长方形，天井的主要作用是采光和排水。

这栋房子原有一个后堂是用来祭祀的，因为种种原因，没有能够搬过来。现在的后堂结构是明间置穿斗式梁架两缝，雕花月梁与中柱上部挑梁连接，穿枋与两根高3.7米的石柱相连，石柱上设有卯口。因房子是台梁式的三重结构，需要承受较大的压力，并且要耐腐蚀，所以便有了巨大的石柱，这是它的又一突出特色。石柱有三米多高，约一吨重，是其他房子所没有的，在当时机械化程度很低的条件下，建造实属不易。同时，这也从侧面反映了古代劳动人民改造自然的能力。

后堂面积宽阔，除了用来聚会，还有一个重要的用途就是进行教育和教化。这使我想起了《礼记·学记》里面的话："化民成俗"。在庞氏家族中，除了家族文化礼仪等方面的教育外，还有一个突出的特色是进行武学的教育，以此来强身健体，取得功名。在庞氏老屋的原址上，至今还保存着一把早已生锈的偃月刀，一般是不拿出来示人的，这表明了庞氏家族早已把习武作为一种基本的教育。练习地点就在这间房子里面，这与这间房子的广阔面积是相符的。

藻井是老屋的特点之一。大家想一想它原来应该是什么样的呢？大家可以进行各种猜测。我们现在已经无法找到它原来的部件，只有依靠大家的聪明才智去展开联想了。其他部分如两厢房均为硬山搁檩式结构，仅前廊设木柱两根；厅屋、厢房及后堂次、稍间均为两层，有楼板与楼板枋；厅房与厢房设楼梯口，楼梯皆为活动楼梯。

下面请看正堂的横梁上的雕刻，横梁穿枋很大，左右各有一个，呈对称分布。请大家再看，除了起建筑支撑作用的横梁，还有主要起装饰作用的横梁。看，那两个就是鱼头跟鱼尾连在一起的图案，预示着头尾相连、年年有余。

"无宅不雕花"，是此民居的一个重要特点。进入室内，我们可以看到到处都是精雕细刻的石、木雕构件，琳琅满目，清新淡雅。庞氏建筑中玲珑的木、石雕刻是民居中的精华，甚至可以说是民居中的点睛之笔。雕刻的内涵包括人物、山水、花卉、飞禽、走兽、云头、回纹、八宝博古、文字楹联及戏文故事等，还有一些几何形图案。有写实的，也有写意抽象的，可以说是无所不包。这些雕刻艺术是当地人生活的写照，带有鲜明的地方色彩，体现了精湛的艺术技巧，具备较高的审美价值。从门到户，从窗阁到围栏，从门檐至房梁，都体现了古代劳动人民对美的追求。

大家再看厢房、前厅及后堂的各房间窗户上的雕刻。这些精巧的雕刻有梅花、鸳鸯、喜鹊、兔子、龙以及一些花草等图案，象征年年有余、鸳鸯戏水、双龙呈祥等等。房子二楼的柱子上也有雕刻。由于岁月流逝和风雨侵蚀，有些已经腐蚀，只有一个图案是原物了。大家看看，是哪一个呢？

这些雕刻艺术在今天仍给我们带来极大震撼。然而在当时，从事雕刻艺术的民间艺术家的地位是相当低下的，虽然他们留下了不朽的作品，但他们的姓名却无从稽考。他们的高超手艺、才智和创造力，都蕴藏在这些雕刻艺术中。

对称美是这个房子的又一个特点。看,前面的墙面和窗户以及里面房间的设计都是对称的,里面的厢房及横梁等也都是沿中轴线对称的。但是请大家仔细看,尽管两边的雕刻图案位置对称,但里面的内容却是富于变化的,呈现出多样性,真是美不胜收。

此建筑所有墙体均有着双重功能,既起着承重作用,又有围护功能。山墙和檐墙均为青条砖砌筑,前、后檐为封护檐,内墙粉刷,外墙均为清水墙面。

参观完庞氏老屋,大家一定有很多感触吧!在现在看来,大家可能会觉得在群山环绕、交通不便的地方修建这样气派的房子有点不可思议,认为是不是有些奢侈了。其实不然。在当时的经济和社会环境下,人们在获得一定收入后,大多都会选择修建精美的房屋。这不仅是为了光耀门楣,也是因为人们对美好生活的追求和向往,同时他们也给后人留下了一份不可多得的财富。谢谢大家!

(蒋馨岚 执笔)

作品简析

这是一篇古建筑旅游解说词,这一类的解说词一般运用白描的手法,从外到内,按游览的路线进行解说。该解说词中既有体现古建筑的专业词汇,也有大众化的居住生活体验的词汇,二者结合,既能体现该建筑的历史底蕴和人文气息,也能增强代入感,让游客自由想象居住体验。这篇解说词是导游给游客现场解说的解说词,整体较长,将庞氏老屋从整体到细节,从历史到现在,非常详细地进行了解说。涉及的相关数据和历史皆为真实的,没有夸大。

该解说词在从屋外走进去的时候说"让我们走进去,感受老屋内在的魅力吧",带动了游客参观的热情。从大门进去,到达后堂的时候,解说词特地用括号标明接下来将要解说的地点和时间,非常精细到位。接着说,"我们现在站在后堂的走廊上,从这里可以看到里面的庄严和大气,欣赏到构思的独特和设计的精巧之处"。解说了一阵子之后,又提示游客"大家想一想它原来应该是什么样的呢?大家可以进行各种猜测"。这样的设问让游客有继续探索的兴致。最后参观完了之后说"参观完庞氏老屋,大家一定有很多感触吧",引发人们游览后的思考。

这是一栋有历史的古建筑,里面曾经生活着一群热爱生活、努力上进的人们。这样的建筑不仅是美的,还是善的,"表达了人们对美好生活的追求和向往,同时他们也给后人留下了一份不可多得的财富",这样的总结非常到位,强调了该建筑的人文价值,也引发了游客对自身的思考。

三、红色旅游解说词

杨柳街·红军街

游客朋友们,我们现在参观的是遵义杨柳街和红军街。

杨柳街是遵义会议会址的背街,位于会址后门。这里有红军总政治部旧址、红军警备司令部旧址、中华苏维埃共和国国家银行旧址、红军干部团休养连旧址,以及博古、李德旧居等众多红色景点。在杨柳街东南,又复原重建了一条老街,现名红军街。遵义红军街依老城杨柳街历史原貌而建,基本上保留了长征后期杨柳街的风貌。这里集中了红军时期的重要建筑和文物,因此被称为"红军街"。

杨柳街这个名称,已有400年历史,是贵州省内较老的一条古街。因旧时青石板小街两旁杨柳繁茂而得名。从街口望去,小街四处有柳叶式波浪形街迹出现,然后有一个急转弯,往右再形成柳叶形,这也许是杨柳街地名的又一注解吧!

杨柳街在历史上属于"背街",并不是中央区商业街,因此一年四季总是安静祥和的。1949年后,300米长的杨柳街开始繁华起来,因为这里还有几所省内大名鼎鼎的学校:省重点中学遵义四中、省重点小学文化小学,以及遵义人尽皆知的两家品牌幼儿园。

前几年,在对杨柳街的红军总政治部旧址、中华苏维埃共和国国家银行旧址,以及博古、李德旧居进行了修复之后,为了建设和复原以遵义会议会址为中心的红色街区,展现当年民风民俗,当地按照"修旧如旧"的原则,建设起了由张震将军题写馆名的遵义会议陈列馆,在原方家院位置恢复重建了红军警备司令部,还另选地址修建邓小平旧居和红军休养连驻地。在这些建筑全部完工之后,杨柳街便成为遵义红色旅游的典型街区和历史文化名城的标志性建筑。

红军街坐落于遵义市老城湘江河畔,北与遵义宾馆隔街相对,凤凰山文化休闲广场近在咫尺,南与红军总政治部旧址、遵义会议旧址毗邻,东与遵义公园、西与遵义四中相接,与景色秀美的凤凰山、巍峨雄伟的红军山隔岸相望。这里素为遵义传统的商业、文化中心区域,街区以朴实的黔北民居建筑设计彰显出独特的地域文化属性。

红军街是遵义市着力打造的汇集商业、休闲、文化、娱乐、餐饮等多重功能于一体的红色旅游商业街,是全国重点文物保护单位、国家4A级旅游景区遵义会议会址的全方位延伸。街区占地面积17000余平方米,实际可利用商业面积16400平方米,拥有商铺176间。

街区统一规划、统一布局、统一管理,创建精品景区,实现规模效应,突出功能分区,分别建有红色旅游纪念品销售功能区,地方风味小吃、名优特色餐饮功能区,品遵义烟、品地方茶功能区,买贵州土产、购遵义特产功能区,休闲旅游、文化娱乐、旅社饭店功能区,地方文化展览、文艺演出、文化产品销售功能区,为旅游者开辟广阔的文化消费空间。通过设立红军部队陈列室,复原红军标语,上演红军歌舞,修建红军雕塑,出售红军草鞋、服饰等纪念品,推出"忆苦饭"等多形式载体,形成红军街鲜明的"红色主线",充分展现遵义革命老区独特的红色文化和乡土文化。坚持"红色主线",搞好整体开发,凸显红军街的政治、社会和经济效应,打造"中国红色旅游第一街"。

(黄先荣 执笔)

作品简析

这是一篇红色旅游解说词,这一类的解说词相对其他的解说词更加庄重和客观,对历史的叙述实事求是。红色旅游一般是导游沿着游览的路线边走边解说,因此既要穿插历史,也要解说现实,让游客在参观建筑和风景时,能够结合历史变迁,同时感受如今和平年代的繁荣与祥和。尤其是"300米长的杨柳街开始繁华起来,因为这里还有几所省内大名鼎鼎的学校:省重点中学遵义四中,省重点小学的文化小学,以及遵义人尽皆知的两家品牌幼儿园"这一段的描写,能让游客进行今昔对比,感慨当下安宁祥和的生活,达到红色教育的目的。该解说词的对象是两条街道,沿街建筑的名字和历史是重点,对街道基本情况中的数据进行精确到位的描述,增强了解说词的说明性,可以提高游客的理性认识。最后,介绍了红军街的功能分区,让游客自由选择参观和消费,给游客提供信息的同时,也尊重了游客的消费自由。游客在体验红色文化的同时,也感受到遵义的本土文化,二者结合,能有更深刻的沉浸式体验。

复习思考

1. 什么是旅游解说词?
2. 旅游解说词有何语言特点?
3. 旅游解说词的基本构成有哪几部分?

参考文献
References

[1] 张璟.旅游文学研究述评[J].旅游科学,2009(2).
[2] 袁世硕.中国古代文学作品选[M].北京:人民文学出版社,2002.
[3] 林庚,冯沅君.中国历代诗歌选[M].北京:人民文学出版社,2001.
[4] 李时人.中华山水名胜旅游文学大观(诗词卷)[M].西安:三秦出版社,1998.
[5] 王志武,祯祥.中华山水名胜旅游文学大观(文赋楹联卷)[M].西安:三秦出版社,1998.
[6] 萧涤非,程千帆.唐诗鉴赏辞典[M].上海:上海辞书出版社,1983.
[7] 唐圭璋.唐宋词鉴赏辞典[M].上海:上海辞书出版社,1986.
[8] 夏承焘,张璋.金元明清词选[M].北京:人民文学出版社,2005.
[9] 闻捷.天山牧歌[M].北京:北京联合出版有限公司,2021.
[10] 闻一多.闻一多全集[M].上海:上海书店出版社,2020.
[11] 陆游.入蜀记 老学庵笔记[M].柴舟,校注.上海:上海远东出版社,1996.
[12] 郁达夫.屐痕处处[M].北京:中国文史出版社,2021.
[13] 许仲琳.封神演义[M].北京:人民文学出版社,2020.
[14] 李汝珍.镜花缘[M].北京:中国文联出版社,2016.
[15] 曹雪芹.红楼梦[M].北京:人民文学出版社,2008.
[16] 吴承恩.西游记[M].北京:人民文学出版社,2010.
[17] 冯梦龙,凌濛初.三言二拍[M].北京:中华书局,2014.
[18] 陈锋.元明散曲选读[M].哈尔滨:黑龙江人民出版社,1983.
[19] 余秋雨.文化苦旅[M].武汉:长江文艺出版社,2014.
[20] 吴欢章.现代作家游记辞典[M].上海:汉语大词典出版社,1997.
[21] 曾华鹏等.现代抒情美文100篇[M].南京:江苏教育出版社,1994.

[22] 梁羽生.名联谈趣[M].上海:上海古籍出版社,1999.
[23] 陈家铨.名联欣赏[M].南昌:江西人民出版社,1981.
[24] 余清逸,周瑞玉.对联的欣赏与写作[M].南京:江苏科学技术出版社,1985。
[25] 游国恩,王起,萧涤非,等.中国文学史[M].北京:人民文学出版社,2002.
[26] 伍蠡甫.山水与美学[M].上海:上海文艺出版社,1985.
[27] 刘德谦.中国旅游文学新论[M].北京:中国旅游出版社,1997.
[28] 文化部文物局.中国名胜辞典[M].2版.上海:上海辞书出版社,1986.
[29] 沈祖祥.旅游与中国文化[M].2版.北京:旅游教育出版社,2002.
[30] 韩荔华.中国旅游文学与语言研究论丛[M].北京:旅游教育出版社,2002.
[31] 侯玉珍.阅读·鉴赏·评论[M].北京:中国铁道出版社,2001.
[32] 李利君.小小说的九十年代后[M].北京:作家出版社,2004.
[33] 甘桁.楹联百话[M].上海:汉语大词典出版社,2004.
[34] 华国梁.中国旅游文化[M]北京:中国商业出版社,2003.
[35] 曹文彬.中国旅游文学[M].北京:中国商业出版社,2003.
[36] 姚治兰.电视写作教程[M]北京:中国传媒大学出版社,2005.
[37] 高鑫,周文.电视艺术概论[M].北京:北京广播学院出版社,2002.
[38] 奥格威.一个广告人的自白[M].林桦译.北京:中信出版社,2008.
[39] 张国柱.威远古今:陇西旅游导游解说词[M].兰州:甘肃人民出版社,2009.
[40] 云南省总工会.带你游云南:云南旅游精品景区解说词荟萃[M].昆明:云南人民出版社,2003.
[41] 王玉德,沈远耀.湖北古民居 附:木兰湖古民居解说词[M].武汉:崇文书局,2008.
[42] 黄先荣,蒋兴勇.贵州红色旅游导游解说词[M].北京:中国旅游出版社,2008.

教学支持说明

为了改善教学效果,提高教材的使用效率,满足高校授课教师的教学需求,本套教材备有与纸质教材配套的教学课件(PPT电子教案)和拓展资源(案例库、习题库、视频等)。

为保证本教学课件及相关教学资料仅为教材使用者所得,我们将向使用本套教材的高校授课教师赠送教学课件或相关教学资料,烦请授课教师通过电话、邮件或加入旅游专家俱乐部QQ群等方式与我们联系,获取"电子资源申请表"文档,准确填写后反馈给我们,我们的联系方式如下:

地址:湖北省武汉市东湖新技术开发区华工科技园华工园六路

邮编:430223

电话:027-81321911

传真:027-81321917

E-mail:lyzjjlb@163.com

旅游专家俱乐部QQ群号:758712998

旅游专家俱乐部QQ群二维码:

群名称:旅游专家俱乐部5群
群　号:758712998

电子资源申请表

填表时间：_____年___月___日

1. 以下内容请教师按实际情况写，★为必填项。
2. 根据个人情况如实填写，相关内容可以酌情调整提交。

★姓名		★性别	□男 □女	出生年月		★职务	
						★职称	□教授 □副教授 □讲师 □助教

★学校		★院/系	
★教研室		★专业	
★办公电话		家庭电话		★移动电话	
★E-mail（请填写清晰）			★QQ号/微信号	
★联系地址		★邮编	

★现在主授课程情况	学生人数	教材所属出版社	教材满意度
课程一			□满意 □一般 □不满意
课程二			□满意 □一般 □不满意
课程三			□满意 □一般 □不满意
其 他			□满意 □一般 □不满意

教 材 出 版 信 息		
方向一		□准备写 □写作中 □已成稿 □已出版待修订 □有讲义
方向二		□准备写 □写作中 □已成稿 □已出版待修订 □有讲义
方向三		□准备写 □写作中 □已成稿 □已出版待修订 □有讲义

请教师认真填写表格下列内容，提供索取课件配套教材的相关信息，我社根据每位教师填表信息的完整性、授课情况与索取课件的相关性，以及教材使用的情况赠送教材的配套课件及相关教学资源。

ISBN(书号)	书名	作者	索取课件简要说明	学生人数（如选作教材）
			□教学 □参考	
			□教学 □参考	

★您对与课件配套的纸质教材的意见和建议，希望提供哪些配套教学资源：